INA TAUS

BETTER THAN A
FAKE-BOYFRIEND

BETTER
THAN A

BOYFRIEND

Bibliografische Information der Deutschen Nationalbibliothek: Die Deutsche Nationalbibliothek verzeichnet diese Publikation in der Deutschen Nationalbibliografie; detaillierte bibliografische Daten sind im Internet über dnb.dnb.de abrufbar.

Die automatisierte Analyse des Werkes, um daraus Informationen insbesondere über Muster, Trends und Korrelationen gemäß §44b UrhG („Text und Data Mining") zu gewinnen, ist untersagt.

Impressum:
Copyright © 2021 Ina Taus
2. Auflage, Mai 2025

Lektorat: Mirjam Pulverich
Korrektorat: Tatjana Weichel | Wortfinesse
Cover-Illustration: Saskia Weichelt | Sasu Art
Coverschrift/Titelei: Vivien Summer
restliche Covergestaltung: Kristina Tausek
Buchsatz: Kristina Tausek (mit Bildern von Saskia Weichelt | Sasu Art)

Verlag: BoD · Books on Demand GmbH, Überseering 33, 22297 Hamburg,
bod@bod.de
Druck: Libri Plureos GmbH, Friedensallee 273, 22763 Hamburg
ISBN: 978-3-8192-4773-6

Für alle Chaoten.

Für die Trigger- und Contentwarnung bitte
auf Seite 284 blättern.

Kapitel 1

Montage nervten. Und der erste Schultag nach den Ferien lag auf der Erträglichkeitsskala gleichauf mit einem Bad in glühender Lava. Dementsprechend angepisst stieg ich aus dem Bus und schlurfte in Richtung Schule. Um nicht unschön von der Seite angelabert zu werden, trug ich demonstrativ meine Kopfhörer zur Schau. Zusätzlich zum leicht genervten Gesichtsausdruck versprühte ich die richtige Sprich-mich-ja-nicht-an-Aura.

Mein Plan ging auf. Zumindest bis ich das Schultor passierte und erkannte, dass Dave übermotiviert auf mich zujoggte, als hätten wir uns seit Ferienbeginn nicht mehr gesehen.

Ich zog die Kopfhörer von den Ohren und begrüßte ihn mit einem Handschlag. »Hey, Bro.«

»Niklas. Auch endlich da?« Dave, der eigentlich David hieß, grinste mich breit an. Diesen leicht benebelten Ausdruck kannte ich nur zu gut.

»Alter, hast du heute schon einen durchgezogen?«

»Chill mal. Ich muss ein bisschen runterkommen. Busfahren mit den schreienden Kindern stresst tierisch.« Dafür erntete Dave ein Kopfschütteln von mir, denn ihn laugte sein ganzes Leben aus.

»Nimm das nächste Mal Kopfhörer mit«, machte ich einen Vorschlag, den er niemals umsetzen würde. Dafür kiffte er zu gerne. Und da war ihm jede Ausrede recht.

»So wie du?«

»Wieso nicht?« Und da sich das Gespräch nur weiter im Kreis drehen würde, wechselte ich das Thema. »Komm schon, gehen wir in die Klasse.«

»Ich wollte mir ein Brötchen beim Kiosk holen.«

»Ey, und ich dachte schon, dass du mir so überschwänglich entgegenläufst«, zog ich ihn auf.

»Das wünscht du dir nur.« Dave schob sich an mir vorbei, drehte sich jedoch im Weggehen noch einmal um. »Halt mir einen Platz frei.«

»Hättest du vielleicht gerne.«

Den Schulhof überquerte ich schon etwas besser gelaunt, und beim Eingang hielt ich dem schwarzhaarigen Tim aus der Klasse unter mir die Tür auf. Sogar ein Grinsen hatte ich für ihn parat. Sein Blick blieb an meinen tätowierten Unterarmen hängen, da die Ärmel des Langarmshirts hochgeschoben waren. Tim brachte nur ein gequietschtes »Hi« raus. Lässig zwinkerte ich ihm zu und schob mir das Haar aus der Stirn. Mir war schon aufgefallen, dass er sich den ganzen Sommer mit seinen Zwölftklässler-Freundinnen in meiner Nähe herumgedrückt hatte, aber ich hatte so getan, als hätte ich es nicht bemerkt. Nur weil wir beide schwul waren und die gleiche Schule besuchten, mussten wir ja nicht automatisch ein Paar werden. Ich wusste nichts über ihn, außer dass er mit seinem Lockenkopf süß wirkte und einen halbwegs guten Geschmack in Sachen Kleidung hatte.

Im Schulgebäude wandte ich den Blick ab, doch ich bemerkte, dass Tim mich immer noch anstarrte. Ein wenig sonnte ich mich in seiner Bewunderung. Aus diesem Grund schaffte ich es nicht mehr, ihn zu warnen, bevor er in den Direktor hineinlief.

Shit!

Die Gesichtsfarbe des armen Kerls änderte sich von knallrot zu leichenblass und wieder zurück innerhalb von zehn Sekunden. Beeindruckend.

»Es ... Herr Direktor Müller. Ich ... ich ... es tut mir so leid.« Schnell suchte Tim das Weite. Weil ich ein netter Mensch war, blieb ich bei dem alten Mann stehen. Er hatte nur noch ein Jahr bis zur Pensionierung, also übertrieb ich nicht.

»Hey, Opa«, begrüßte ich ihn und klopfte ihm auf die Schulter. »Lange nicht gesehen.« Ich nannte ihn nicht wegen der weißen

Haare und den vielen Falten so, auch nicht aus Mangel aus Respekt, sondern weil er wirklich mein Großvater war.

»Du kommst ja sonntags nie zum Familienessen«, beschwerte er sich gleich und betrachtete meine bunten Unterarme. Mama und Papa waren in dieser Hinsicht entspannt und nach meinem sechzehnten Geburtstag gingen wir das erste Mal gemeinsam zum Tätowierer, einem alten Schulfreund von Papa. Opa war im Gegensatz zu meinen Eltern weit weniger gechillt und ein bisschen in der Zeit hängen geblieben. Für ihn waren Tattoos etwas, das Knastis und Versager trugen, aber nicht der Enkel des Direktors. Ich hätte die Tätowierung verstecken können, doch den Gefallen tat ich ihm nicht. Sie gehörten zu mir und wenn er sie oft genug sah, würde er sich daran gewöhnen. Sanfte Sensibilisierung sozusagen.

»Weil ihr immer so früh bruncht. Welcher normale Jugendliche, der am Vorabend mit seinen Freunden unterwegs war, schafft das?«

»Du nicht«, brummte er und deutete dann auf die Treppe, die nach oben führte. »Solltest du nicht in deine Klasse? Du bist bestimmt wieder der Letzte.« Nein, das war Dave.

»Hey, es hat noch nicht mal geläutet«, beschwerte ich mich. »Gibs zu, du willst mich nur loswerden, um endlich cooles Direktorenzeug zu machen, anstatt dich um den Pöbel zu kümmern.«

Opa schmunzelte. »Vielleicht. Muss ja niemand wissen, dass ich dich kenne.« Ey, der Umstand, dass *ich* der Enkel des Direktors war, war für mich peinlicher als für ihn. Außerdem war der Zug längst abgefahren, denn der Großteil meiner Mitschüler wusste Bescheid.

Trotzdem sah ich demonstrativ an mir hinunter. Zerrissene schwarze Jeans, graues Shirt, das schon seine besten Tage hinter sich hatte. Meine Haare musste ich nicht erst im Spiegel sehen, um zu wissen, dass sie das absolute Chaos waren. Tja, im Lehrerzimmer konnte er nicht mit mir angeben. Schon gar nicht, weil die Lehrer meine Noten kannten. »Sorry, alter Mann, wenn hier jemand davonläuft, dann ich.« Grinsend klopfte ich ihm noch mal auf die Schulter und joggte die Stufen nach oben in den ersten Stock. Zielsicher steuerte ich unser Klassenzimmer an und begrüßte meine Mitschüler. Da wir uns in den Ferien regelmäßig gesehen hatten, brach niemand aufgrund unbändiger Wiedersehensfreude in Tränen aus. Hätte ich mich besser mal rar gemacht im Sommer.

Ich steuerte auf den Tisch zu, an dem ich immer saß, blieb aber kurz davor stehen. Mit dem Zeigefinger deutete ich auf den Kerl, der sich dort hingesetzt hatte. »Du bist neu.« Und ich eindeutig interessiert, wie ich feststellen musste.

Der Kerl war extrem heiß. Es wunderte mich, dass sich nicht bereits alle Mädels um ihn scharten, denn er sah wirklich gut aus. Blonde Haare, hellblaue Augen und ein außerordentlich sportlicher Körper, den ich hoffentlich nicht zu begeistert anstarrte. Als schwuler Kerl hatte man es an der Schule nicht immer leicht, aber mit meinen Mitschülern hatte ich bisher keine Probleme gehabt, weil ich mich an einige Regeln hielt.

Regel 1: Nie mit Klassenkameraden flirten.

Regel 2: Klassenkameraden, die theoretisch in mein Beuteschema fielen, nie in der Umkleide anstarren.

Regel 3: Sich unter allen Umständen an Regel eins und zwei halten.

»Ja«, antwortete er, sein Blick blieb dabei kurz an meinen Tattoos hängen, bevor er sich wieder auf sein Smartphone konzentrierte.

Irritiert drehte ich mich um und warf meinen Mitschülern fragende Blicke zu, blieb schlussendlich an Sarah, die ich seit der Grundschule kannte, hängen. Sie zuckte nur mit den Schultern und verdrehte die Augen. Offensichtlich war ich heute nicht der Einzige gewesen, der den Neuen angesprochen hatte und abgeblitzt war.

Jeder normale Mensch hätte sich jetzt einen anderen Platz gesucht. Nur … normal war langweilig, darum setzte ich mich neben ihn.

»Ich will dich jetzt gar nicht lange anlabern«, sprach ich ihn von der Seite an, »aber du sitzt auf meinem Platz.« Gott, ich klang wie ein Schläger. Oder wie jemand, der Probleme mit Veränderungen hatte.

Dafür erntete ich einen skeptischen Blick. »Steht dein Name auf einem Reservierungsschild?«

»Nope, ich habe ihn mit Edding ins Bankfach geschrieben. Niklas. Nur falls du nachsehen willst.«

»Nein, danke, muss nicht sein.« Er lehnte sich mit verschränkten Armen zurück, aber ich war mir sicher, dass er sich dringlich eine Superkraft wünschte. Ein Röntgenblick könnte ihm dabei behilflich sein, durch die Tischplatte zu sehen, um zu überprüfen, ob ich Bullshit erzählte.

Seinen Namen verriet er mir leider nicht. Was nicht nur daran lag, dass Dave vor mir stand und noch bekiffter aussah als zuvor. Brötchen holen – von wegen. Er deutete auf mich. »Das ist mein Platz.«

Der Neue schnaubte – teils frustriert, teils belustigt – und ich verdrehte die Augen. »Stell dir vor, genau dasselbe habe ich zu dem netten Kerl neben mir gesagt.«

Daves Blick schwankte von mir zu dem Neuen und wieder zurück. »Er ist neu, oder?«

Nina tauchte wie aus dem Nichts auf, legte einen Arm um Daves Hüfte und zog ihn zum Nebentisch. »Du sitzt dieses Jahr neben mir.« Dave wirkte nicht begeistert und warf mir sehnsüchtige Blicke zu, dabei sollte er froh sein, dass Nina ihn unter ihre Fittiche nahm. Bei ihr konnte er wenigstens abschreiben.

Der Neue sah ihnen hinterher. »Man soll ja öfter mal was anderes probieren«, murmelte der Kerl neben mir, von dem ich immer noch nicht den Namen kannte, aber bereits wusste, dass er kein großer Socializer war. Vielleicht brauchte er keine sozialen Kompetenzen, so gut, wie er aussah.

Die Schulglocke läutete und setzte leider irgendwelche Filter in meinem Kopf außer Kraft.

Sag es nicht. Sag es nicht. Sag es nicht.

»Ich würde gerne *dich* probieren.« Fuck. Ich hatte es gesagt.

»Was?«, fragte er irritiert nach.

Scheiße. »Was?«

»Ich bin mir nicht sicher, ob ich dich eben richtig verstanden habe.«

Ich lächelte ihn an. »Einigen wir uns darauf, dass ich eben gar nichts gesagt habe.«

Er zog eine Augenbraue hoch. »Du bist eigenartig.«

»Danke.«

»Das war kein Kompliment.«

»Ich freu mich trotzdem drüber.«

»Könntest du jetzt freundlicherweise die Klappe halten?«

Mit meinen Fingern tat ich so, als würde ich meinen Mund wie einen Reißverschluss schließen, was ihn noch mehr zu ärgern schien. Ich bückte mich nach meinem Rucksack, um einen Block und einen Kugelschreiber rauszuholen. Danach schaffte ich es ganze zwei Sekunden, nichts zu sagen, bis ich mich doch wieder dem Neuen zuwandte.

»Ehrlich gesagt bin ich mir sicher, dass du mich vorhin richtig verstanden hast.«

Frustriert seufzte er auf. »Ja, ich leider auch. Aber nur damit du es weißt: Du gehst mir auf den Sack. Und das liegt nicht daran, dass du mich«, er zeigte Gänsefüßchen in der Luft, »*probieren* möchtest, sondern allein an deiner nervigen Art.« Normal konnte jeder. »Und bevor du jetzt irgendetwas sagst: Ich bin nur hier, um mein Abi zu machen, und sonst nichts.« Was für 'ne Spaßbremse.

Zum Glück rettete mich unsere Klassenlehrerin Frau Frank davor, dem Neuen weiter auf die Nerven zu gehen. Wie immer trug sie Skinny Jeans, ein schlichtes T-Shirt und einen Blazer, doch den anderen Jungs in der Klasse hingen auch so die Zungen aus den Mündern wie hechelnden Hunden.

Sie lächelte in die Runde. »Endspurt«, sagte sie begeistert und klatschte sogar in die Hände. »Schön, dass alle versetzt wurden.« Dabei warf sie zuerst Dave, dann mir einen Blick zu, denn wir hatten im Vorjahr auf der Kippe gestanden. Was leider an unserer eigenen Faulheit lag. »Und wir dürfen einen neuen Schüler begrüßen.« Ihr Blick wanderte von mir zum Neuling. »Alexej Nikolajew, magst du uns etwas über dich erzählen?«

So genervt, wie er schnaubte, wollte er nicht, tat es aber trotzdem. »Hey, ich bin Alex.« Er winkte lustlos in die Runde. »Und weil ihr euch wegen des russisch klingenden Namens fragt, wo ich herkomme: Ich bin in Deutschland geboren«, erklärte er, »also löchert mich bitte nicht mit Nachfragen über das Heimatland meines Opas, denn ich kann euch nichts darüber erzählen.«

Nur um ihn zu ärgern, würde ich mich gerne erkundigen, ob er Wodka mochte.

Frau Frank nickte und schien zu merken, dass Alex nicht mehr sagen wollte. »Okay. Dann reden wir mal kurz darüber, was in diesem Schuljahr so alles auf euch zukommt.«

Als wüssten wir das nicht.

Das Auftauchen von Alexej Nikolajew hatte ein vorhersehbares Jahr schon jetzt aufregender gemacht. Wir würden noch gute Freunde werden.

Kapitel 2

Ich hatte mich getäuscht. Alexej und ich würden wohl eher keine Freunde werden. Das lag aber nicht an mir, sondern an ihm. Denn er hatte sich im letzten Monat mit niemandem angefreundet. Er war zu allen höflich – außer zu mir –, nur richtige Freundschaften hatte er keine geschlossen. Eher lockere Bekanntschaften. Außerdem ging er nie mit uns Feiern. Nicht mal, wenn ich ausdrücklich betonte, dass ich nicht kommen würde. Es konnte also nicht an mir liegen. Oder?

»Hey, Mann«, grüßte ich meinen Sitznachbar wie jeden Tag und nahm neben ihm Platz.

»Morgen«, grummelte er zurück und gähnte.

Überhaupt hing er heute noch kaputter in seinem Stuhl als sonst. Mir war schon aufgefallen, dass er nicht unbedingt ein Morgenmensch war, denn er brauchte drei Becher Kaffee, bis er kein einsilbiges Gemurmel mehr von sich gab und zu ganzen Sätzen fähig war. Was seine Mitarbeit in den ersten Stunden auf ein Minimum absinken ließ. Da er sonst immer Vollgas gab, war das für die Lehrer okay. Ein heißer Streber, dessen Fleiß leider nicht auf mich abfärbte.

»Schlecht geschlafen?«, fragte ich und schob ihm einen Starbucks-Kaffee rüber. Heute Morgen hatte ich den genialen Einfall gehabt, dass ich mich mal nicht wie der letzte Arsch aufführen und stattdessen meinem Sitznachbarn etwas Gutes tun könnte. Okay, die Aktion war nicht uneigennützig, denn es zog mich tierisch runter, dass Alexej mich so gar nicht zu mögen schien. Langsam kam ich mir wie ein Welpe vor, der um jeden Preis um Zuneigung bettelte.

»Hmpf«, war die wenig aufschlussreiche Antwort. Da die Silben aber so kläglich klangen, tippte ich auf eine beschissene Nacht.

»Hast du gesehen«, buhlte ich weiter um seine Aufmerksamkeit, »ich habe dir einen Karamell-Macchiato mitgebracht.«

Nun sah er mich tatsächlich an.

Okay … tat er nicht. Er schielte nur kurz aus dem Augenwinkel zu mir, bevor er seinen Blick auf den Kaffeebecher heftete. »Warum?«

Dieser Kerl war den ganzen Tag über keine Stimmungskanone, aber morgens war er zu vergessen. »Weil mich dein frühmorgendliches Herumgebrumme nervt und ich mir dachte, mit einem anständigen Kaffee, der ausnahmsweise aus keinem Automaten kommt, wirst du schneller erträglich.«

Langsam, beinahe in Zeitlupe, griff er nach dem Becher. »Was bekommst du dafür?«

»Ein Lächeln?«

Mein Vorschlag brachte mir eine hochgezogene Augenbraue ein. »Sorry, wollte nur einen Witz machen.«

Alexej nahm einen Schluck von seinem Kaffee und seufzte genießerisch. Dieser Ton … ob er im Bett auch so …

Stopp, stopp, stopp. Meine Gedanken in diese Richtung schweifen zu lassen, wäre nicht nur absolut falsch, sondern inakzeptabel.

»Danke. Du laberst zwar immer viel, aber eigentlich bist du ganz korrekt.« Endlich begriff er es.

Alexej hielt mir seine Faust hin und ich stieß meine dagegen. »Heißt das, du kommst heute nach der Schule mit uns allen in den Park?« Meine letzten Worte wurden von der Schulglocke verschluckt, die den Stundenbeginn einläutete.

»Nein!«

»Warum nicht?«, jammerte ich. »Wir alle wollen dich integrieren. Falls es dir nicht aufgefallen ist, haben wir eine extrem gute Klassengemeinschaft und unternehmen in der Freizeit viel miteinander.«

Er zuckte nur mit den Schultern. »Sorry, Mann. Wir schreiben doch morgen diesen Mathetest, und dafür muss ich lernen.«

»Kannst du das nicht später? Abends?« Alexej zeigte auf seine nicht zu übersehenden Augenringe. »Wirke ich so, als würde ich mir die Nacht um die Ohren schlagen wollen, um den Stoff in mein Hirn zu prügeln?«

War das eine Fangfrage? Denn das war genau das, was ich geplant hatte. »Nein?«

»Korrekt.«

»Ein anderes Mal?«

Alexej ließ sich mit seiner Antwort Zeit, nippte noch einmal an seinem Kaffee. »Okay. Irgendwann begleite ich euch.«

Damit konnte ich leben. »Schön.«

Frau Frank betrat den Raum und war wie immer so gut gelaunt wie ein Eichhörnchen auf Speed. An ihr sollte Alexej sich mal ein Beispiel nehmen, denn diese Frau trug den ganzen Tag ein Lächeln auf dem Gesicht.

Sogar noch, nachdem sie festgestellt hatte, dass ich nicht der Einzige war, der seinen Aufsatz nicht dabeihatte.

»Niklas«, hielt mich Frau Frank auf, als ich meinen Rucksack schulterte, um in den Kunstsaal zu gehen.

»Ja?«

»Kommst du einen Augenblick zu mir?«

»Okay.« Der Rest meiner Mitschüler packte zusammen und einige verließen bereits den Klassenraum. Frau Franks Blick blieb an meinem Tisch
nachbarn hängen.

»Alexej?« Obwohl Frau Frank ihn angesprochen hatte, sah er zunächst mich an, bevor er seinen Kopf in ihre Richtung drehte. »Könntest du an der Tür auf Niklas warten?«

»Natürlich.« Etwas irritiert blieb er hinter dem Rest der Klasse zurück, nur um sich danach lässig gegen den Türrahmen zu lehnen.

Frau Frank setzte sich auf den Lehrertisch und schlug ihre Beine übereinander. »Niklas, hör zu«, beschwor sie mich. »Das ist dein letztes Jahr und du solltest dich wirklich reinhängen.«

Laut seufzte ich auf. »So schlecht steht es doch um meine Noten gar nicht.«

»Weil du unglaublich intelligent bist und dir den ganzen Stoff im Unterricht aneignest. Wofür andere stundenlang zu Hause lernen müssen, nimmst du nebenbei auf. Aber es reicht nicht, nur bei den Tests eine halbwegs gute Note zu bekommen. Du solltest endlich anfangen, deine Hausaufgaben zu machen. Ich bin mir sicher, du wärst sowieso innerhalb kürzester Zeit damit fertig.«

Statt einer Antwort kämmte ich mir durch mein chaotisches Haar.

»Komm schon, Niklas. Ein bisschen mehr Einsatz.«

»Ich versuch's«, antwortete ich, da sie mich sonst sowieso nicht gehen lassen würde.

»Gut.« Danach sah sie zu Alexej. »Danke, dass du auf ihn gewartet hast.«

Immer noch mit leicht verwirrtem Gesichtsausdruck nickte Alexej. »Kein Ding.« Meine Augen wanderten über die gutsitzende, schwarze Jeans, weiter nach oben zu dem gleichfarbigen Hoodie, dessen Reißverschluss geöffnet war und den Blick auf ein weit ausgeschnittenes, weißes T-Shirt preisgab. Kopfschüttelnd zwang ich mich, Alexej nicht länger auszuchecken. »Okay, wir gehen dann mal in den Kunstraum, Frau Frank. Danke fürs Gespräch.«

»Schönen Tag noch«, zwitscherte sie und sprang vom Lehrertisch, nur um voller Elan in ihren Unterlagen zu wühlen. So viel Motivation hätte ich auch gerne.

Mit hochgezogenen Augenbrauen sah Alexej mir entgegen, drehte sich um und ging in den Flur. Ich folgte ihm. »Warum musste ich jetzt auf dich warten? Hat sie Angst, dass du den Weg nicht findest?«

Mit dem Ellbogen stieß ich den Vollpfosten an. »Nein, aber sie ist ungern mit männlichen Schülern allein in einem Raum, nachdem es da mal blöde Redereien gab.«

»Ohhhhh«, kam es von Alexej. »Jap. Verständlich. Sie ist heiß.«

Angepisst verschränkte ich die Arme vor der Brust. »Vor allem ist sie alt.«

»Bullshit. Die ist noch keine dreißig.«

Darauf sagte ich gar nichts mehr, weil ich von ihm nicht hören wollte, wie scharf unsere Lehrerin war. Damit lag mir Dave schon andauernd in den Ohren. Schweigend nahmen wir die Treppen ins zweite Obergeschoss, wo sich der Kunstraum befand.

»Herzlichen Glückwunsch übrigens«, sagte Alexej als wir auf der letzten Treppenstufe ankamen.

Ich blieb stehen, hielt mich aber weiterhin am Geländer fest. »Hä? Warum sagst du das?«

»Du bist nicht dumm. Nur faul.«

Ich zuckte mit den Schultern. »Und? Ändert das jetzt was an deiner Meinung von mir?«

»Ich hab überhaupt keine Meinung über dich.«

»Nur eine Abneigung, oder?«

»Auch nicht. Du bist mir einfach egal.«

Autsch. Ich machte einen Schritt auf ihn zu, und wir standen nun viel zu dicht beieinander. »Weil dir jeder scheißegal ist«, flüsterte ich.

Alexej lachte. So richtig. Wie ein Verrückter legte er seinen Kopf in den Nacken und brüllte los. Als er fertig war, wischte er sich ein paar Lachtränen aus dem Augenwinkel. »Du hast absolut keine Ahnung.«

Mit der Hand stieß er mich leicht gegen die Brust. Ich machte automatisch einen Schritt zurück und presste den Rücken fest gegen das Geländer. Drohend beugte er sich über mich. »Bekomm erst mal dein Leben in den Griff.«

»Das muss ich nicht«, giftete ich zurück. »Denn bei mir läuft alles so, wie ich es mir vorstelle.«

»Dann führst du ein echt trauriges Leben.« Nachdem er mir noch einen bösen Blick zugeworfen hatte, ließ er mich allein. Völlig neben mir stehend, starrte ich ihm hinterher. *Was zur Hölle …?*

Obwohl die Glocke läutete, folgte ich ihm nicht in den Kunstraum. Stattdessen setzte ich mich auf die Treppe, zog die Beine dicht an den Körper und vergrub mein Gesicht zwischen den Händen. Zuerst Frau Frank, jetzt Alexej … zu Hause das Ganze noch von meinen Eltern und Großeltern. Ich wusste doch, dass ich mehr erreichen konnte. Leider schaffte ich es in den seltensten Fällen, mich aufzuraffen. Und im Moment mochte ich nicht mal aufstehen, geschweige denn zum Unterricht gehen.

Nach einer Weile bemerkte ich, dass jemand neben mir Platz genommen hatte. »Alles okay?«, fragte er zaghaft.

Ich öffnete die Augen, drehte den Kopf in die Richtung, aus der die Stimme gekommen war, und sah Tim neben mir sitzen. Freundlich lächelte er mich an.

»Hey«, grüßte ich lahm und sah mich um. Der Flur hatte sich geleert, und wir waren allein. »Solltest du nicht im Unterricht sein?«

»Die Frage könnte ich dir auch stellen«, erwiderte er, immer noch dieses strahlende Lächeln im Gesicht.

Genervt zog ich die Augenbrauen hoch.

Sofort wurde Tim nervös. »Ich hatte Kunst und war auf dem Weg in meine Klasse, da habe ich dich hier sitzen gesehen.«

»Und da dachtest du dir, du setzt dich mal zu deinem guten alten Freund Niklas und laberst ihn von der Seite an.« Meine schlechte Laune ließ ich absichtlich an ihm aus, was kein schöner Zug von mir war.

Sofort sprang Tim auf. Der verletzte Ausdruck in seinem Gesicht entging mir nicht. Am liebsten hätte ich die Augen verdreht. Warum ich also nach seiner Hand griff und ihn wieder neben mich zog, konnte ich mir nicht erklären. »Sorry«, murmelte ich. »Alexej hat mich genervt und jetzt lasse ich es an dir aus.«

Tim biss sich auf die Unterlippe. »Hattet ihr Streit?«

Ich schüttelte den Kopf. »Nee, nur 'ne Meinungsverschiedenheit.«

Schwere Schritte erklangen auf der Treppe, und weil ich wusste, dass Tim genauso ein Musterschüler wie Alexej war, schnappte ich mir seine Hand, zog ihn auf und hinter mir her ins Männerklo, das gleich neben dem Kunstraum lag.

Leise schloss ich die Tür und lehnte mich dagegen, während Tim nervös von einem Bein aufs andere stieg. »Was tun wir hier?«, flüsterte er.

»Uns verstecken?«

»Warum?«

»Um keinen Ärger zu bekommen?«

»Du ziehst Probleme doch magisch an«, meinte er grinsend. Flirtete Tim mit mir?

Statt ihm zu widersprechen, zuckte ich nur mit den Schultern. »Vielleicht stehe ich auf den Nervenkitzel.« Schüchtern wandte er den Blick ab, sah stattdessen auf den Boden. »Warum hast du dich zu mir gesetzt?«, fragte ich. Nicht weil es mich interessierte, sondern eher, weil es mir gefiel, Tim aus der Fassung zu bringen.

»Weiß nicht«, nuschelte er.

Ich stieß mich von der Tür ab und ging auf ihn zu. Dicht vor ihm blieb ich stehen. »Oh, ich bin mir sicher, du hast da schon eine gewisse Ahnung.«

»Ich mag dich«, sagte er so schnell, dass ich mir gar nicht sicher war, ob ich ihn richtig verstanden hatte.

Falsche Antwort. Er kannte mich nicht gut genug, um mich zu mögen. »Das solltest du nicht. Du brauchst einen netten Kerl. Jemand, der mit dir ins Kino geht, mit dir kuschelt und Pärchenbilder auf Insta hochlädt.«

Nun sah er zu mir hoch. »Das will ich alles nicht.«

Amüsiert schmunzelte ich. »Das sagen sie immer, und irgendwann bin ich dann doch wieder der Böse.«

Zweimal hatte ich bereits ähnliche Worte gehört.

Ich will nichts Festes.

Nur Spaß.

Ich war kein Aufreißer. Aber natürlich wollte ich Sex. Hallo, ich war ein Teenager. Meine Hormone spielten verrückt, nur hatte ich weder Lust auf schnellen Sex noch auf eine Beziehung. Darum hatte ich mich dummerweise zweimal auf *etwas Lockeres* eingelassen. Und was war passiert?

Natürlich hatten die Kerle zu klammern angefangen, wollten rund um die Uhr mit mir abhängen und *mehr*, obwohl das nie Teil

des Deals gewesen war. Und wer war das Arschloch in der Geschichte? Ich, natürlich.

Deshalb machte ich einen Schritt zurück. Und gleich noch einen.
»Ich geh dann mal. Wir sehen uns, Tim.« Ohne mich nach ihm umzudrehen, verließ ich den Waschraum.

Kapitel 3

Weil ich keinen Bock mehr auf Unterricht hatte, verließ ich das Schulgebäude und ging in Richtung des Parks, in dem wir im Normalfall immer nach Schulschluss miteinander abhingen. Ich schrieb Dave eine Nachricht, dass ich hier warten würde und holte aus meinem Rucksack die Decke, die ich immer mit mir herumschleppte. Dann legte ich mich hin und starrte in den Himmel. Für Anfang Oktober war es heute erstaunlich warm, aber bald würde ich nicht mehr einfach hier chillen können, ohne mir eine Erkältung einzufangen.

Es war dumm gewesen, die Schule zu schwänzen. Vor allem nach der Ansprache von Frau Frank.

Mein Handy vibrierte, und ich zog es aus der Hosentasche.

> **Unbekannte Nummer:**
> Wo bist du?

> **Niklas:**
> Wer ist da?

Als würde ich das einem Fremden verraten.

> **Unbekannte Nummer:**
> Alex

Ich nahm mal stark an, dass Alexej mir schrieb, wollte ihn jedoch ein wenig ärgern, nachdem er mich auf der Treppe stehen gelassen hatte.

Niklas:
Sorry, ich kenne keinen Alex.

Unbekannte Nummer:
Alexej, du Blitzbirne

Bevor ich zurückschrieb, speicherte ich seine Nummer ein.

Niklas:
Ahhh.

Alexej:
Warum bist du nicht mehr in der Schule?

Niklas:
Keinen Bock mehr

Alexej:
Wegen des blöden Kommentars? Ich wollte dir nicht wehtun.

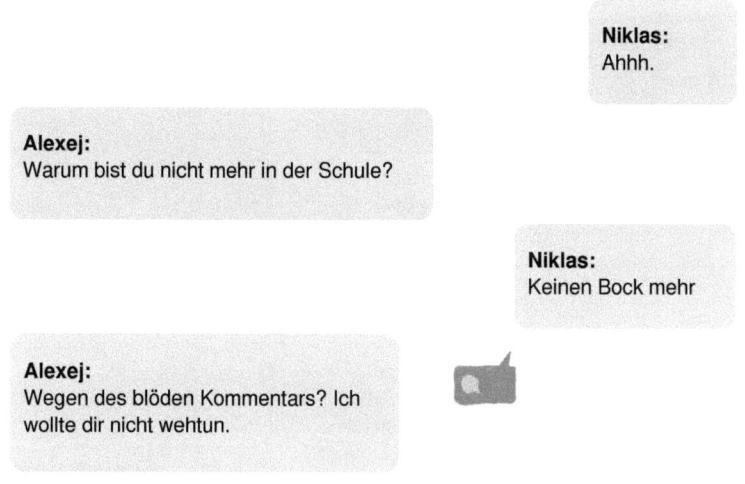

Laut lachte ich auf, was mir einen skeptischen Blick eines älteren Ehepaares einbrachte, das soeben auf dem bekiesten Weg entlangschlenderte. Weil die beiden mir am Arsch vorbeigingen, konzentrierte ich mich wieder auf mein Handy.

Niklas:
Komm schon. Denkst du, ich liege heulend in meinem Bett?

Alexej:
Möglicherweise.

Und er nannte mich Blitzbirne. Um ein Selfie von mir zu machen, streckte ich den Arm aus. Grinsend posierte ich für die Kamera und schicke das Bild an Alexej.

Niklas:
Siehst du? Keine Tränen. Du könntest trotzdem vorbeikommen und nach mir sehen. Ich glaube, manchmal bräuchte ich jemanden, der sich um mich kümmert.

Alexej:
Sorry, dafür bin ich nicht zuständig.

Niklas:
Sorgen hast du dir aber gemacht, oder? Immerhin hast du dir extra meine Nummer besorgt.

Alexej:
Bilde dir jetzt nichts darauf ein. Es bedeutet nicht, dass wir BFFs sind, nur weil ich deinen dauerbekifften Freund nach deiner Nummer gefragt habe.

Den ich im Moment sehr vermisste, denn ein wenig Gras würde den Vormittag erträglicher machen. Ich kiffte nicht oft, nur hin und wieder zog ich gerne mal einen durch. Einfach so.

Niklas:
Rede dir das nur ein …

24

Alexej:
Wo bist du eigentlich?

Niklas:
Im Park gleich neben der Schule. Kommst du auch?

Antwort bekam ich darauf keine. Ich wertete das als ein höfliches Fick-dich!

Schon ein wenig besser gelaunt legte ich mich wieder in die Wiese und schaute in den Himmel. Allerdings nicht allzu lange, denn – ich gab es nicht gern zu – ich war kein Disney-Märchenprinz, dem einer darauf abging, in die Wolken zu starren. Ich war kein Träumer. Kein Poet. Sondern ein Vollpfosten, der es auf unerklärliche Weise (es lag an meinem guten Aussehen, da war ich sicher) zu einer Vielzahl an Followern auf Videopeek gebracht hatte, indem er Coming-Out-Videos gedreht hatte. Im Moment reichte es schon, wenn ich zu einem aktuellen Trend-Song ein Video hochlud, und die Community überschlug sich. Da ich nicht mehr auf alle Kommentare antworten konnte, pickte ich mir oft die am meisten gestellten Fragen heraus und beantwortete sie. Heute hatte ich die Wahl zwischen: *Hast du einen Freund?* und *Bist du Top oder Bottom?* Die zweite Frage ging mir definitiv zu weit, deshalb entschied ich mich für die erste.

Nachdem ich die Frontkamera eingerichtet hatte, drückte ich auf den Timer und kämmte mit den Fingern durch mein Haar. Der Countdown kam bei null an, und ich zeigte mit dem Finger dorthin, wo ich den Kommentar einblenden würde. »Es ist wieder so weit«, sagte ich in die Kamera. »Heute beantworte ich euch eine Frage.« Ich biss mir kurz auf die Unterlippe und kam mir vor, als würde ich mich für die Kamera prostituieren. »Und zwar die, ob ich einen Boyfriend habe.« Nun grinste ich hoffentlich halbwegs sexy in die Kamera. »Nein, habe ich nicht. Ich warte, bis mir der Richtige über den Weg läuft.« Jetzt tat ich schüchtern und senkte den Blick ein wenig. Das Video endete, und ich lud es mit den passenden Hashtags hoch.

Dann kam der Moment, in dem ich mich ein kleines bisschen selbst hasste. Warum? Weil ich eine verdammte Show abzog, um weitere Abonnenten zu bekommen. Und wofür? Weil mit jedem neuen Follower mein Selbstbewusstsein wuchs? Auch, aber vor allem, da ich das Gefühl hatte, mit meinen Videos etwas zu erreichen. Vielleicht war das aber auch nur Einbildung.

Danach drehte ich eine Story auf Insta, laberte ein wenig über den Schulalltag, als sich Dave neben mich fallen ließ. Ich schwenkte die Kamera ein bisschen, damit man ihn gut sehen konnte.

»Das ist übrigens mein guter Freund Dave, der sich über ein paar neue Follower freuen würde.« Ich zwinkerte. »Bei ihm haben die Mädels unter euch gute Chancen.« Ich lud die Story hoch. »Ey, was machst du schon hier?«, fragte ich ihn.

»Hatte auch keinen Bock mehr. Lust, was zu rauchen?«

»Warum nicht.« Wir setzten uns auf, und Dave zog einen vorgefertigten Joint aus einem Säckchen mit Tabak. Im Gegensatz zu ihm sah ich mich nervös um. Ich war nicht so abgebrüht wie er, wenn es darum ging, in der Öffentlichkeit einen durchzuziehen. Allerdings waren außer ein paar Rentnern und den Kindern auf dem mindestens hundert Meter entfernten Spielplatz kaum Leute im Park. Nachdem Dave einen tiefen Zug genommen hatte, hielt er mir die Tüte ebenfalls hin. Ich inhalierte, da ich aber kein Profi war, hustete ich wie ein Asthmatiker los.

Fest klopfte ich mir auf die Brust. »Scheiße, das knallt«, versuchte ich mich rauszureden.

»Nur der beste Shit für meinen Bro.«

Wir stießen mit unseren Fäusten gegeneinander. »Warum hast du Alexej meine Nummer gegeben?«

Dave lehnte sich zurück. »Weil er gefragt hat. Hätte ich sie ihm nicht geben sollen?«

»Nee, passt schon.«

»Meinst du, er will mit dir auf ein Date oder so?«

Belustigt lachte ich auf.

»Alexej? Mit mir? Nope. Da geht er eher mit der Frank aus.«

»Mit der würde ich gerne … na ja, nicht ausgehen. Du weißt schon.« Vielsagend wackelte er mit den Augenbrauen und nahm mir den Joint ab.

Ich wusste genau, worauf er hinauswollte. Igitt.

Nun prustete Dave los. »Du müsstest mal dein Gesicht sehen.« Dave dachte bestimmt, es lag am Gedanken an Hetero-Sex, aber so war es nicht. Viel mehr mochte ich die Vorstellung von Alexej mit Frau Frank nicht. Warum auch immer.

Regel 1, Regel 1, Regel 1, erinnerte ich mich.

»Egal. Alexej hat nur gefragt, warum ich nicht mehr in der Schule bin.«

»Hat dich das Gespräch mit der Frank runtergezogen? Was wollte sie eigentlich?«

»Hat sich wegen meiner Mitarbeit beschwert.«

Provozierend sah Dave mich an. »Du hättest wohl besser den Aufsatz schreiben sollen.«

»Hast du doch auch nicht«, murrte ich.

»O doch, hab ich.«

Nun klappte mein Mund weit auf. »Echt?«

»Klar, ich brauche gute Noten dieses Jahr. Sonst wird das nichts mit dem Studium.«

Mit gerunzelter Stirn sah ich zum Joint in Daves Hand. Knallte das Zeug so krass?

»Du willst studieren?«

Er nickte. »Du nicht?«

»Kein Plan.« Wusste ich wirklich nicht, aber ich sollte es mir bald mal überlegen. Ich legte mich wieder hin. Solche Gespräche zogen mich immer extrem runter.

Als der Rest der Klasse im Park aufgetaucht war – natürlich ohne Alexej –, machte sich ein seltsames Gefühl in mir breit.

Enttäuschung.

Ich hatte gehofft, er würde mitkommen, um nach mir zu sehen. Leider hatte ich mir umsonst Hoffnung gemacht, was meine ohnehin nicht besonders gute Laune noch mieser machte. Komischerweise war ich in letzter Zeit nur selten glücklich.

Klar, ich scherzte, laberte pausenlos Blödsinn und ließ den Pausenclown raushängen, aber die Leere in meinem Inneren füllte ich damit nicht. Dabei hatte ich doch alles. Die Welt lag mir weitestgehend zu Füßen.

Ob es anderen Menschen auch so ging wie mir? Waren wir alle nur Hüllen, die nach außen hin zwar funktionierten, innerlich aber völlig leer waren?

Nina, die auf Daves Schoß saß, hielt mir eine Bierflasche entgegen. »Nimm, vielleicht schaust du dann nicht mehr so böse.«

Laut schnaubend nahm ich das Getränk entgegen. »Ich schaue nicht böse.«

»Erzähl das mal Daves Followern«, sagte sie kichernd, und erst jetzt bemerkte ich, dass er seine Kamera auf mich gerichtet hatte.

»Hab dich verlinkt, Bro«, murmelte er und zog Nina näher an sich heran. Verwundert stellte ich fest, dass er ihr einen Kuss auf den Mund drückte.

What the fuck? »Seid ihr zusammen?«

Dave grinste. »Bekommst du eigentlich irgendwas mit?«

»Offensichtlich nicht.« Ich sah von ihr zu ihm und wieder zurück. »Aber ernsthaft. Wie? Wann?«

»Ist noch frisch«, antwortete Nina. »Wir haben in letzter Zeit oft gemeinsam Hausaufgaben gemacht und …«

»… eins führte zum anderen«, schloss Dave die Erklärung.

Schnaubend boxte ich ihm gegen die Schulter. »Alter. Und da erzählst du gar nichts?«

»Der Gentleman genießt und schweigt.«

Nina sah Dave richtig verliebt an. »Du bist so süß, Baby.«

Baby? Sie waren schon bei Kosenamen angekommen? Dave legte seine Hand an ihre Wange und küsste sie. Das war mein Stichwort.

Ich zog mein Handy aus der Hosentasche, um nachzuschauen,

was Dave gepostet hatte. Das Video wurde mir gleich angezeigt, denn ich folgte nicht vielen Leuten auf Videopeek. Er hatte auf mein *Ich-habe-keinen-Freund*-Video reagiert, indem er das heimlich aufgenommene Video von vorhin hochgeladen hatte. Was mir als Erstes auffiel, war, dass Nina absolut unrecht hatte. Ich sah nicht sauer oder angepisst aus, sondern traurig. Und Dave hatte das Ganze auch noch mit Text hinterlegt.

Sad Boy. Searching for love. #gayboy #boyslove #loveislove

Bestimmt ließ ich den Clip ganze fünf Mal laufen und prustete dann lauthals los. »Scheiße, Dave. Wenn du da nicht was losgetreten hast.«

Er löste sich von Nina. »Oh, darauf hoffe ich«, sagte er lachend, und ich stimmte mit ein.

Kapitel 4

»Hallo?«, schrie ich und warf die Tür hinter mir schwungvoll ins Schloss. »Ist jemand zu Hause?« Ich trat mir die Schuhe von den Füßen, stellte sie aber brav ins Regal, weil mir meine Mama sonst den Arsch aufreißen würde. Bei vier Kindern hatte sie keine Zeit, hinter jedem herzuräumen und uns schon früh zu einem gewissen Grad an Ordentlichkeit gedrillt.

Mama kam aus ihrem Arbeitszimmer, verschränkte die Arme vor der Brust und sah mich wütend an. Was bestimmt effektvoller aussähe, wenn sie ihre Haare nicht mit Pinseln oben halten würde und mit Farbe besudelt wäre. Da sie Künstlerin war, eigentlich keine große Überraschung. Der angepisste Gesichtsausdruck dafür schon. Als Jüngster hatte ich von jeher alle Freiheiten gehabt, für die meine älteren Geschwister hart gekämpft hatten.

»Ähm, hi?«, sagte ich vorsichtig und wollte an ihr vorbei nach oben in mein Zimmer. Ich hatte Hunger, aber ich würde sie bestimmt nicht fragen, ob es etwas zu essen gab. Ich war nicht lebensmüde.

»Du hast heute den Kunstunterricht geschwänzt. Und die darauffolgenden Stunden auch.«

Tja … es wunderte mich nicht, dass sie Bescheid wusste. Denn sie war meine Kunstlehrerin. Außerdem unterrichtete mich mein großer Bruder in Mathe, was die Schule zu einem verdammten Minenfeld machte.

Was noch unangenehmer war: Wenn ich den morgigen Test verhauen würde, wüsste Mama innerhalb weniger Stunden von meinem Versagen. Sie musste nicht erst auf Elternsprechtage warten, denn meine Noten wurden unter der Hand im Lehrerzimmer diskutiert.

»Ja.«

Sie warf ihre Hände frustriert in die Luft. »Wieso, Niklas? Wieso? Soweit ich weiß, hattest du erst heute mit Simona«, das war Frau Frank, »ein Gespräch, dass es so nicht weitergeht.«

Das konnte ich jetzt nicht einmal abstreiten. »Ich weiß.«

»Und warum bist du dann abgehauen? Wo warst du überhaupt?«

»Im Park neben der Schule.«

»Bis jetzt?«

Ich zucke mit den Schultern. »Die anderen sind nach der Schule auch noch gekommen, und …«

»Niklas.« Enttäuschung schwang in ihrer Stimme mit. »Weißt du, wenn du wenigstens nach Hause gegangen wärst, hätten wir erzählen können, dass du dich nicht gut gefühlt hast, aber so …« Genervt schüttelt sie den Kopf. »Wir« – damit meinte sie bestimmt Opa, meinen Bruder Felix und sich selbst – »können dir nicht helfen. Wir müssen dich wie jeden anderen Schüler behandeln, und du solltest endlich anfangen, dich für mehr als dein Smartphone zu interessieren.«

»Okay …«, antwortete ich leise, denn egal wie alt man war, wenn man seine Eltern liebte und im Normalfall gut mit ihnen auskam, war es nie cool, zu hören, was für eine Enttäuschung man war.

»In einer Stunde gibt es Essen. Du solltest die Zeit nutzen und Mathe lernen.«

»Ich bin kein kleines Kind«, erwiderte ich trotzig.

Schnaubend drehte sich meine Mama um. »Dann verhalt dich nicht wie eines.« Sie ließ mich allein im Flur stehen und warf die Tür hinter sich ins Schloss.

Scheiße.

Ich ließ den Kopf hängen und schleppte mich lustlos nach oben. Das kleinste Zimmer im Haus war meins, und dort angekommen warf ich den Rucksack auf Malm, mein Bett, das mit blauer Bettwäsche bezogen war. Mir gefielen die Ikea-Produktbezeichnungen verdammt gut, darum nannte ich sämtliche Möbelstücke in meinem

Zimmer beim Namen. Neben Malm gab es noch Pax, den Schrank, Micke, den Schreibtisch, und Billy, das Buchregal. Sehr viel mehr hätte auch keinen Platz gehabt und ich stand sowieso nicht auf übermäßige Dekoration. An der Wand, an der Malm stand, hingen Poster meiner Lieblingsbands. Pierce the Veil, Sleeping With Sirens, Bring Me The Horizon.

Früher, als mir noch nicht klar gewesen war, dass ich auf Kerle stand, hatte ich immer angenommen, ich wollte einfach so wie die Sänger meiner Lieblingsbands sein. Erst nachdem ich meine Blicke nicht mehr von ihren Gesichtern abwenden konnte, während ich mich ausgiebig mit meinem Körper beschäftigte, wurde mir klar, wie falsch ich lag. Tja, für die Erkenntnis war es eindeutig zu spät gewesen, denn als ich Spätzünder mich endlich mit meiner Sexualität auseinandergesetzt hatte, zierten bereits zahlreiche Tattoos wie die meiner *Vorbilder* meine Oberarme. Was, wie ich in diesem Moment feststellte, möglicherweise ein Grund für meine vielen Follower auf Videopeek war. Ich sah wie ein Bad Boy aus, verhielt mich aber in den kurzen Abschnitten, die ich hochlud, wie der nette Kerl von nebenan. Der Traum aller Männer und Frauen.

Mein Blick wanderte weiter, zu Bergshult, dem Regalbrett über dem Bett, das meine kleine Sukkulenten-Sammlung beherbergte. Neben der Musik interessierte ich mich kaum für etwas außer meiner Pflanzensammlung, die sich nach dem akuten Platzmangel in meinem Zimmer auf das ganze Haus ausgeweitet hatte. Die Orchideen waren ins Wohnzimmer ausgewandert, genauso wie die tropischen Zimmerpflanzen, denen es in meiner Schuhschachtel zu schattig war. Dafür fühlten sich die verschiedensten Arten von Farnen in meiner Gegenwart sehr wohl, die auf Vilto, dem Regal neben der Tür, ihren Platz hatten. Ansonsten besaß ich nicht viel Zeug, außer dem Laptop, der auf meinem Kissen lag.

Gott, jetzt stand ich schon wie ein Irrer im Zimmer herum und glotzte auf die Einrichtung, anstatt was für Mathe zu tun.

Seufzend warf ich mich auf Malm, klappte den Laptop auf und startete Spotify. Nachdem ich meine Lieblingsplaylist angeklickt hatte, zog ich das Mathebuch und einen Collegeblock aus dem

Rucksack und ließ mich zurück in die Kissen fallen. Im Gegensatz zum Großteil meiner Mitschüler brauchte ich nicht wirklich Stift und Papier, um Mathe zu lernen. Es reichte mir, wenn ich mir die Theorie durchlas und diese dann am schwierigsten Beispiel, das wir in der Schule durchgenommen hatten, anwandte. Natürlich ohne es selbst zu rechnen, sondern nur, indem ich den Lösungsweg durchging. Lag vermutlich an den Genen, sonst wäre Felix, der meines Wissens nach früher genauso ein fauler Sack wie ich war, wohl nicht Mathelehrer geworden.

So schaffte ich es innerhalb kurzer Zeit, den Stoff zu wiederholen. Verstanden hatte ich es ja schon im Unterricht. Und komischerweise fühlte ich mich ziemlich gut, nachdem ich etwas für die Schule getan hatte. Möglicherweise sollte ich die Erkenntnis für meinen schulischen Erfolg nutzen und nun regelmäßig lernen. Gut gelaunt zog ich das Smartphone aus der Hosentasche und schrieb Alexej eine Nachricht.

> **Niklas:**
> Rate mal, wer heute im Park war und trotzdem den ganzen Mathestoff wiederholt hat.

Dahinter setzte ich einen grinsenden Smiley. Komischerweise schrieb Alexej nicht innerhalb von Sekunden zurück, also rappelte ich mich auf und ging in die Küche.

Meine Mama stand beim Herd und rührte in einem großen Wok herum. »Was gibts denn?« Ich stellte mich hinter sie, legte eine Hand auf ihre Schulter und schaute in den Wok.

»Thai-Hähnchen-Curry.«

»Klingt lecker. Brauchst du Hilfe?«

»Du kannst den Tisch decken. Ich habe Felix zum Essen eingeladen, und die Zwillinge sollten auch jeden Moment mit Papa kommen.« Die Zwillinge, das waren meine um zwei Jahre älteren Brüder Levi und Mats. Sie studierten, aber im Gegensatz zu Felix wohnten sie noch hier.

Ich drückte Mama einen Kuss auf die Wange. »Tut mir leid«, entschuldigte ich mich bei ihr. »Es war nicht cool, zu schwänzen.«

»Vor allem war es dumm. Dir war doch klar, dass ich es mitbekomme.«

»Ja.« Leider machte ich mir nur im seltensten Fall Gedanken über mein Handeln.

Endlich drehte sie sich um und sah mich an. »Weißt du, ich habe dir immer alles durchgehen lassen. Du warst mein kleiner Sonnenschein, hast entschuldigend gelächelt und niemand konnte dir lange böse sein. Vielleicht war das ein Fehler«, meinte sie kopfschüttelnd, zog mich jedoch trotzdem in ihre Arme. »Oder du brauchst einfach einen Freund.« Sie löste sich von mir und grinste verschwörerisch. »Der hält dich vielleicht vom Schwänzen ab.«

»Würde ich in diesem Fall nicht erst recht blaumachen, weil ich bei ihm sein will?«

Nun verdrehte sie die Augen. »Dann nimm jemanden aus deiner Klasse.«

»Mama, nicht die ganze Welt ist schwul.«

»Laut einer aktuellen Studie haben acht Prozent der Männer schon mal einen anderen Mann geküsst. Und – was ich schockierend finde – dreizehn Prozent der Befragten waren schon mal mit einem anderen Mann im Bett.« Etwas leiser fügte sie hinzu: »Offensichtlich muss man sich nicht küssen, um miteinander zu schlafen.« Es war mir total unangenehm, wenn Mama mit solchen Statistiken ankam. Oder über Sex sprach.

»Wo liest du so was?«

»Ich weiß, wie man das Internet benutzt. Und ich habe einen schwulen Sohn.«

Ich zog die Augenbrauen nach oben. »Aha.« Das erklärte genau gar nichts. »Meinst du, Papa liest so was auch?«

Nun lachte sie laut los. »Keine Ahnung. Aber warum nicht?«

Einerseits fand ich es schön, dass meine Eltern mit meiner sexuellen Orientierung kein Problem hatten, andererseits übertrieb Mama ein bisschen. »Ich decke mal den Tisch«, sagte ich.

»Acht Prozent, Niki. Acht Prozent. Du musst nur herausfinden, wer aus deiner Klasse infrage kommt.« Manchmal war ich mir nicht sicher, ob sie mich verarschte oder nur übermotiviert war, weil sie sich einen Partner für mich wünschte. Ich tippte eher auf Zweiteres.

Ohne auf ihr Projekt *Zukünftiger-Schwiegersohn* einzugehen, holte ich Teller aus dem Küchenschrank, Servietten und Besteck aus den Schubladen, und trug alles ins Wohnzimmer, wo der Esstisch stand, der genügend Platz für eine Großfamilie wie unsere bot. Ich deckte den Tisch ein und holte die großen hölzernen Untersetzer für die Töpfe. Mama hatte es irgendwann aufgegeben, das Essen in der Küche anzurichten.

Zurück bei Mama setzte ich mich auf einen der zwei Barhocker vor der Kücheninsel. »Meinst du, ich bekomme Ärger wegen der heutigen Fehlstunden?«

»Vermutlich. Simona war nicht besonders amüsiert.«

»Das kannst du laut sagen.« Felix, der in einem früheren Leben bestimmt Ninja gewesen war, weil er sich lautlos anschleichen konnte, nahm auf dem Barhocker neben mir Platz. »Du solltest heute besser noch den Aufsatz schreiben.«

Ich ließ meinen Kopf nach unten fallen. »Meint ihr, ich kann so kurz vor dem Abi die Schule wechseln?«

»Sorry, Niki, aber wir werden dich keinen anderen Lehrern zumuten«, sagte Felix. Ich würde gerne behaupten, mit sarkastischem Tonfall, leider klang er, als wäre es sein voller Ernst.

»Haha«, murmelte ich, ohne aufzusehen. »Tut ihr mir einen Gefallen?«

Fast gleichzeitig fragten Mama und Felix: »Welchen denn?« Beide klangen argwöhnisch.

Ich setzte mich auf und sah von einem zum anderen. »Wir reden nicht mehr über den heutigen Tag. Dafür werde ich morgen einen tadellosen Aufsatz bei Frau Frank abgeben und eine Eins im Mathetest schreiben.«

Felix sah skeptisch aus, nickte jedoch.

»Deal.«

Im Gegensatz zu ihm schien meine Mutter ein wenig mit sich zu ringen. »Gut«, stimmte sie zu und ging zurück zum Herd. »Sieht fertig aus. Die anderen kommen bestimmt jeden Moment, wir tragen also schon mal alles zum Esstisch.«

Schnell sprang ich vom Barhocker und lief zu meiner Mutter. »Ich helfe dir.« Ein paar Pluspunkte zu sammeln könnte nicht schaden.

»Mamakind«, hörte ich Felix murmeln, ignorierte ihn aber. Für seine sechsundzwanzig Jahre war er manchmal erschreckend kindisch. Und noch dazu selbst ein Mamakind, denn immerhin kam er mehrmals pro Woche zum Abendessen, obwohl er eine eigene Wohnung besaß.

Augenverdrehend schnappte ich mir den Topf mit dem Reis und ließ meiner Mutter mit dem Wok den Vortritt. Wir waren noch nicht mal im Wohnzimmer, da hörten wir schon die lauten Stimmen von Papa und den Zwillingen.

»Ich habe nur gefragt«, beschwerte sich mein Vater lautstark, »ob es nicht einmal möglich ist, euch irgendwo abzuholen, ohne dass wir irgendwelche Freunde noch an den Arsch der Welt kutschieren müssen.« Felix, Mama und ich schauten uns grinsend an. Die Zwillinge hatten einen für uns nicht überschaubaren Freundeskreis und waren eigentlich immer auf dem Sprung. Und sie scheuten nicht davor zurück, unsere Eltern mitten in der Nacht aus dem Bett zu klingen und sich von irgendwo abholen zu lassen. Meistens hatten sie entfernte Bekannte im Schlepptau, die gefühlt am anderen Ende der Welt wohnten, und denen sie eine Mitfahrgelegenheit versprochen hatten. Meine Eltern hatten es nicht leicht mit uns.

Die Zwillinge erwiderten gar nichts auf Papas Beschwerde, sondern kamen direkt zu uns. Er folgte ihnen nur kopfschüttelnd, beharrte aber auch gar nicht auf eine Antwort. Nachdem er Mama einen Kuss gegeben hatte, setzte sich jeder auf seinen angestammten Platz. Mein Vater und Felix jeweils am Kopfende des Tisches. Die Zwillinge saßen gegenüber von Mama und mir.

»Es riecht total gut«, sagten sie gleichzeitig und ließen ihre Fäuste gegeneinander krachen. Meine Eltern sahen sich halb belustigt, halb verzweifelt an. Ja, Großfamilien konnten manchmal echt anstrengend sein.

Kapitel 5

Nach dem Duschen warf ich mich nur in Boxershorts bekleidet auf Malm, stöhnte jedoch frustriert auf, als mir einfiel, dass ich noch diesen beknackten Aufsatz schreiben musste. Eine Argumentation, soweit ich mich erinnerte.

Zuerst wollte ich mir aber noch eine Dosis Videopeek gönnen. Oder eine Dosis Alexej, denn von ihm war eine Nachricht eingegangen.

Alexej:
Herzlichen Glückwunsch. Soll ich dir dann morgen früh applaudieren?

Laut lachte ich auf. Mir gefielen die Konversationen mit ihm.

Niklas:
Du solltest zumindest darüber nachdenken. Das wäre eine standesgemäße Begrüßung, die mir gefallen könnte.

Alexej:
Träum weiter

Niklas:
Von dir?

Vielleicht schrieb ich das jetzt nur, um Alexej zu ärgern. Möglicherweise lag es aber daran, dass mir Mamas Statistiken nicht aus dem Kopf gingen.

Alexej:
Du weißt, wie ich es gemeint habe.

Plötzlich fiel mir wieder Regel 1 ein: Nie mit Klassenkameraden flirten. Deshalb ruderte ich zurück.

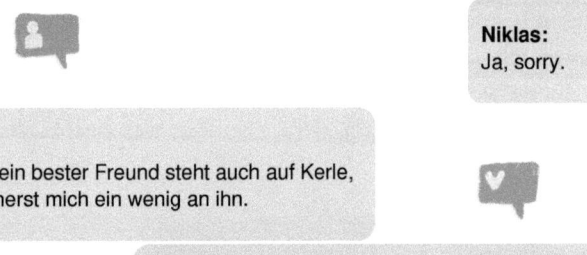

Niklas:
Ja, sorry.

Alexej:
Alles gut. Mein bester Freund steht auch auf Kerle, und du erinnerst mich ein wenig an ihn.

Niklas:
Willst du mich gerade subtil mit deinem Freund verkuppeln?

Auf die Frage hin erhielt ich erst einmal drei Augenroll-Smileys.

Alexej:
Nope. Der verliebt sich nicht so schnell.

Klang nach dem idealen Kerl für mich.

Niklas:
Und du?

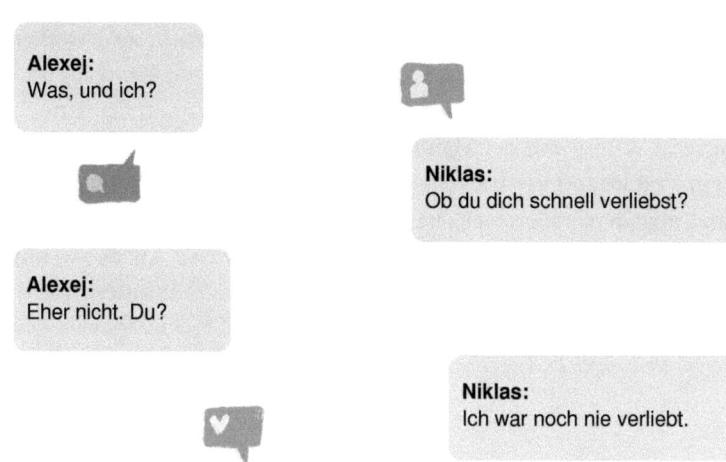

Alexej:
Was, und ich?

Niklas:
Ob du dich schnell verliebst?

Alexej:
Eher nicht. Du?

Niklas:
Ich war noch nie verliebt.

Warum hatte ich das jetzt geschrieben? War ich irre? So was erzählte man doch nicht seinem Sitznachbarn, der einen nicht einmal gut leiden konnte. Und vor allem, wie hatte ich es geschafft, das Gespräch in diese eigenartige Richtung zu manövrieren?

Das Handy vibrierte in meiner Hand.

Alexej:
Sei froh. Erspart dir jede Menge Ärger.

Wenn er das sagte. Eigentlich wollte ich das Gespräch jetzt abbrechen, da es mir ein wenig zu persönlich wurde. Aber einfach nicht mehr zurückzuschreiben war Alexejs Ding, meines nicht.

Niklas:
Vermutlich hast du da recht. Muss jetzt meinen Aufsatz schreiben, sonst nervt Frau Frank morgen wieder rum.

Alexej:
Gute Idee. Ich werde gleich noch Mathe wiederholen.

Kurz drückte ich das Smartphone gegen meine Brust, als mir aber klar wurde, was ich da tat, schleuderte ich es von mir, stand auf und ging mit dem Laptop unter dem Arm zu Micke. Darauf, heute noch tausend Wörter mit der Hand zu schreiben, hatte ich keinen Bock. Frau Frank fand es zwar besser, wenn wir handgeschriebene Aufsätze abgaben, andererseits hatte ich eine ziemliche Sauklaue. In Bezug auf die Leserlichkeit meiner geistigen Ergüsse würde sie mir dankbar sein, wenn ich ihr das nicht zumutete. Zumindest hoffte ich das und legte los. Das Thema *Die Großstadt. Ein Konglomerat aus Jungen und Alten* bot viel Spielraum für meine Thesen.

Zwei Stunden später war ich endlich fertig mit dem doofen Aufsatz, druckte ihn aus und stopfte die Zettel gleich in meinen Rucksack.

Ich wollte ins Bett, allerdings musste ich aufs Klo und Zähneputzen, also schlurfte ich ins Badezimmer. Unser Haus war ziemlich groß, der einzige Minuspunkt war, dass wir nur ein Badezimmer besaßen, deshalb war man darin selten allein. Heute traf ich auf Papa, der nur in Boxershorts seine Zähne schrubbte. Trotz der zweiundvierzig Jahre war mein Vater Kai noch super durchtrainiert, was ich neidlos anerkennen musste. Aber konnte er sich nicht wenigstens ein T-Shirt anziehen, wenn man sich hier schon ständig über den Weg lief?

»Hey«, grüßte ich und stellte mich neben ihn ans Waschbecken.

Ich schnappte mir die gelbe Zahnbürste und prüfte, ob sie trocken war. Nachdem Felix und ich vor ein paar Jahren nach einem Monat festgestellt hatten, dass wir unabsichtlich die gleiche Zahnbürste verwendet hatten, war ich in dieser Hinsicht ein gebranntes Kind. Ich nahm mir die Zahnpasta und begann zu putzen. Dabei zog ich ein paar Grimassen, die Papa eifrig erwiderte. Als er mit Zähneputzen fertig war, strubbelte er mir durchs Haar und setzte sich auf den Rand der Badewanne.

»Hab gehört, du hast die ganze Lehrerschaft heute in Aufruhr versetzt.«

Ich spuckte Schaum ins Waschbecken. »Weißt du, wäre die Schule nicht voller Spione, wüsste gar niemand was davon.«

Er schnaubte. »Ja, in dieser Hinsicht bist du echt 'ne arme Sau.« Papa und Mama waren dafür, dass sie halbwegs erwachsene Kinder hatten, noch relativ jung. Das kam wohl daher, weil sie Felix im zarten Teenageralter von sechzehn Jahren bekommen hatten.

»Das musst du mir nicht sagen«, grummelte ich und schrubbte weiter.

»Für mich ist es absolut okay, wenn du kein Abi hast. Wegen mir solltest du dich nicht quälen.« Er zeigte auf die kleine Bambuspalme, die gleich neben der Bergpalme im Badezimmer wohnte. »Du könntest eine Lehre zum Gärtner machen, wenn du damit glücklicher bist.«

Im Gegensatz zu Opa, Mama und Felix hatte Papa nicht die Lehrer-Laufbahn eingeschlagen, sondern führte eine Werbeagentur samt Druckerei, die er von meinem anderen Opa übernommen hatte. Mats fand alles rund um Papas Business total spannend und spielte sich gerne als Junior-Chef auf. Allerdings interessierte er sich mehr für administrative Angelegenheiten und absolvierte deshalb ein BWL-Studium.

Levi, der Kreativere der Zwillinge, der das Zeichentalent von meiner Mama geerbt hatte, studierte Medientechnik. Jeder hatte den für sich richtigen Weg eingeschlagen. Außer mir natürlich. Ich war anscheinend das schwarze Schaf der Familie.

»Boah, ich weiß nicht, Papa.« Mit der Zahnbürste in der Hand deutete ich auf ihn. »Das mit den Pflanzen ist mein Hobby. Keine Ahnung, ob ich da noch Spaß dran hätte, wenn es mein Beruf wäre.«

Anders als der Rest meiner Familie drängte er mich nie in irgendeine Richtung. »Klingt einleuchtend«, stimmte er mir zu. Danach zuckte er mit den Schultern und stand auf. »Ist nicht so wichtig. Ich bin mir sicher, egal wie du dich entscheidest, du wirst den richtigen Weg gehen. Und lass dich von den Lehrern in der Familie nicht unter Druck setzen. Die haben keine Ahnung, wie das echte Leben so läuft.«

»Sag das bloß nicht Mama«, warnte ich ihn.

»Ich bin doch nicht lebensmüde.« Mit diesen Worten verließ er das Bad. Ich putzte in Ruhe die Zähne fertig, wusch mein Gesicht und erleichterte meine Blase.

Zurück im Zimmer warf ich mich auf Malm und schnappte mir das Handy. Alexej hatte sich nicht mehr gemeldet, wie ich seltsam enttäuscht feststellte. Deshalb öffnete ich die Videopeek-App. Dort warteten zahlreiche Likes, Nachrichten und Verlinkungen. Schnell stellte ich fest, dass extrem viele Leute auf Daves Video reagiert hatten und mich – den armen, traurigen Niklas – von seinem Single-Dasein erlösen wollten. War Videopeek jetzt eine Dating-App? Was zur Hölle hatte der Arsch da losgetreten? Nicht nur ich, sondern auch Dave hatte innerhalb weniger Stunden einen ganzen Haufen neuer Follower dazubekommen.

Die Frage war nur: Was sollte ich jetzt tun? Denn wenn ich die Kommentare richtig verstand, wünschten sich die neuen Subscriber quasi eine Live-Liebesgeschichte im Netz. Aber das hier war nicht irgendeine Fernsehshow. Das war mein verdammtes Leben!

Kapitel 6

Eineinhalb Wochen später bekam ich meinen Aufsatz von Frau Frank zurück. »Gut gemacht, Niklas. Weiter so.« Bei der Matheklausur hatte ich – ohne angeben zu wollen – eine Zwei, ich hatte also die Wogen für ein Weilchen geglättet.

»Danke.«

Alexej grabschte sofort nach dem Stück Papier. »Du stellst dich absichtlich dumm, damit die anderen nicht allzu viel von dir erwarten, oder?«

Das konnte ich nicht einmal abstreiten, denn da lag schon ein Körnchen Wahrheit in seinen Worten. »Danke für die tolle Verhaltensanalyse, Doktor Freud.«

»Schau, genau das meine ich. Niemand würde erwarten, dass du überhaupt weißt, wer Freud ist.«

Ein wenig angepisst sah ich zu Alexej. »Jetzt wirst du beleidigend.«

Frau Frank klatschte mal wieder in die Hände. Leider hatte ich nicht mitbekommen, dass sie bereits sämtliche Hausaufgaben ausgeteilt hatte und nun unsere Aufmerksamkeit wollte. »Schön, dass du dich so gut mit deinem Sitznachbarn verstehst, aber jetzt sollten alle zuhören, denn es geht um die Referate.«

»Alles easy. Ich halt die Klappe.«

Ein durchtriebenes Lächeln erschien auf dem Gesicht unserer Lehrerin. So kannte ich die nette Frau Frank gar nicht. »Und für dich habe ich das Thema *Jugendslang* parat.«

»Ohne Scheiß?«

»Wenn ich mir so anhöre, was du von dir gibst, sollte das doch *dein* Thema sein«, fuhr sie mir voll in die Parade. »Bitte mit Definition, geschichtlichem Verlauf, Merkmalen und so weiter. Du weißt ja, wie das läuft.« Bei jedem anderen Thema wusste ich das, aber was sollte ich bitte über den Slang der Jugendlichen zwanzig Minuten lang erzählen? Ich konnte ja schlecht Effi Briest in Jugendsprache übersetzen. Theodor Fontane würde sich im Grab umdrehen.

Wobei … so übel war die Idee gar nicht. »Damit wir jetzt nicht ewig besprechen, wer mit wem zusammenarbeitet«, redete Frau Frank unbeirrt weiter, »bekommt jeder seinen Sitznachbarn für das Referat zugeteilt.«

Ich brauchte Alexej nicht einmal anzusehen, denn ich wusste auch so, dass er weder mit mir zusammenarbeiten wollte noch das Thema prickelnd fand.

Frau Frank war heute hardcore drauf, denn niemand durfte sich aussuchen, worüber referiert wurde, sondern sie ging von Tisch zu Tisch und vergab die Themen, ohne auf Proteste zu hören.

Ich drehte mich zu Alexej. »Sorry. Ich wollte dich da nicht mit reinziehen.«

Zu meiner absoluten Überraschung wirkte er nicht angepisst. »Kein Ding. Ich finde das Thema gar nicht so übel.«

»Und den Projektpartner?«

Belustigt schüttelte Alexej den Kopf. »Man gewöhnt sich an deine Eigenheiten«, sagte der Kerl, der zu Beginn so abweisend wie ein Kaktus gewesen war. »Außerdem können wir das Referat aufteilen. Jeder schreibt einen Teil, und zum Schluss kopiere ich alles zusammen und wir machen daraus eine Einser-Arbeit.«

»Nur kein Druck, Bro.« Gerade war er mir ein wenig zu übermotiviert. »Aber ja, wird schon hinhauen.«

Den Rest der Stunde hörten wir Frau Frank zu, die uns noch mal alles erklärte und gleich Termine vergab. Leider war sie eine nachtragende Person, denn Alexej und ich sollten bereits in zwei Wochen unser Referat halten.

»Scheiße, wird das knapp«, meinte er nach der Stunde, die zum Glück die letzte an diesem Tag war. Und für diese Woche. Wir verließen gemeinsam die Klasse und gingen die breite Treppe runter.

»Niklas«, rief mir Dave hinterher. Er stand noch oben und wartete auf jemanden. Müsste ich raten, würde ich auf Nina tippen. Die beiden gab es nur mehr im Doppelpack. »Kommst du heute Abend ins Pub?«

»Sicher.« Ich winkte kurz und folgte Alexej nach draußen. »Magst du mitkommen?«

»Ich kann leider nicht«, lehnte er meine Einladung ab. Gefühlt die Hundertste.

Laut seufzte ich auf. »Du bist echt schwer beschäftigt.«

»Glaub mir, manchmal wäre es mir auch anders lieber.« Seine Worte hatten einen traurigen Unterton angenommen.

»Dann scheiß auf alle Gründe, die dich davon abhalten, und komm mit.«

Mitten auf dem Schulweg blieb Alexej stehen. »Es geht nicht«, wiederholte er und betonte dabei jede Silbe. »Und geh mir jetzt nicht auf den Sack, sondern akzeptier es einfach.«

Abwehrend hob ich die Hände etwas an. »Schon gut, schon gut«, entschuldigte ich mich. »Habs geschnallt.«

Kopfschüttelnd rauschte ich an ihm vorbei, und zu meiner großen Überraschung lief er mir hinterher. Er holte auf und ging eine Weile schweigend neben mir in Richtung Busstation. Leicht stieß er mich mit dem Ellbogen an. »Sorry, ich hätte dich nicht so anfahren sollen.«

»Schon gut, ich bin keine Mimose. Reden wir wieder über das Referat.«

»Was hältst du davon, wenn du mit in meine Wohnung kommst und wir die wichtigsten Details besprechen? Ich hab noch bis halb vier Zeit«, machte er einen Vorschlag, den ich nicht ablehnen würde.

Wir hatten die Bushaltestelle erreicht, und ich stoppte. Argwöhnisch sah ich ihn an. »Deine Wohnung?«

»Ja, meine Wohnung.«

»Du bist Schüler.«

»Blitzmerker«, schnaubte er. »Meine Eltern sind nach Italien gezogen, ich wollte den Abschluss lieber in Deutschland machen. Ich spreche nicht mal Italienisch.«

»Ich auch nicht.« Verwirrt fuhr ich mir durchs Haar. »Und jetzt bezahlen sie dir hier 'ne Wohnung?«

»Jap.« Er nickte. »Aber ich lerne online Italienisch, damit ich ihnen folgen kann.« Alexej war ein ziemlicher Streber, aber er war auch faszinierend. Gutaussehend sowieso, nur wäre es ein fataler Fehler, mich auf einen Mitschüler einzulassen.

Regel Nummer 1.

Regel Nummer 2.

Regel Nummer 3.

Die Worte wiederholte ich wie ein Mantra in meinem Kopf.

»Und nach dem Abi«, fragte ich vorsichtig, »willst du deinen Eltern nach Italien folgen?« Noch ein Grund, sich an die Regeln zu halten.

»Das ist der Plan. Es ist einfacher, nicht auf sich allein gestellt zu sein«, sagte er abwesend. »Für alles verantwortlich zu sein, ist verdammt mühsam.«

»Ich könnte mir das absolut nicht vorstellen.« Immerhin lebte ich seit meiner Geburt mit drei Brüdern und meinen Eltern zusammen. Mama kümmerte sich fast allein um den Haushalt. Wir halfen manchmal beim Kochen, Abräumen oder Abwaschen, doch wir rührten keinen Finger, wenn es um die Wäsche ging. Außerdem wussten Mats und Levi definitiv nicht, wo sich der Staubsauger befand. Die Chipskrümel in ihren Zimmern waren eindeutige Beweise, die gegen sie sprachen.

»Ja, ist echt 'ne Umstellung. Allerdings waren meine Eltern überzeugt davon, dass mir ein wenig Verantwortung guttun würde.« Vor meinem inneren Auge tauchte Alexej in einem Kittel auf, wie er mit Eimer und Mopp bewaffnet die Wohnung wischte. Kochte. Rechnungen bezahlte. Klar hatte er da keine Zeit, um mit uns abzuhängen. Der Kerl war quasi erwachsen. Vermutlich hatte er auch einen Nebenjob. Noch dazu das viele Lernen. Ich bekam gerade richtig Mitleid mit ihm.

»Komm«, forderte ich ihn auf. »Gehen wir zu dir. Du bist der erste Kerl mit eigener Wohnung, den ich kenne.« Vielleicht konnte ich ihm beim Aufräumen behilflich sein.

Ich war auf alles vorbereitet, als die Tür aufschwang. Zumindest fast, denn die Möbelhausatmosphäre überforderte mich. Es roch sogar neu, stellte ich fest, nachdem ich einen Fuß in seine Wohnung gesetzt hatte. Der Eingangsbereich wirkte extrem steril. Entweder besaß Alexej nur ein paar Schuhe und keine Jacken *oder* sein ganzes Zeug befand sich in dem großen Schrank, der nicht unbedingt fehlplatziert war, aber den Blick auf jegliches Leben verbarg. Daneben stand eine Kommode, auf die er seinen Schlüssel legte, gleich neben eine Plastikblume. Als Pflanzenliebhaber konnte ich darüber nur den Kopf schütteln.

Wir schlüpften aus unseren Schuhen, und ich sah mich verstohlen um. Vom Flur konnte man in beide Richtungen gehen. Alexej zeigte nach links. »Erste Tür WC, zweite Tür Badezimmer. Am Ende des Gangs mein Schlafzimmer, daneben der zweite Schlafraum.« Eine Führung bekam ich nicht, allerdings deutete er nach rechts. »Wohnküche.«

Er ging voraus, und ich folgte ihm. Mit offenem Mund stand ich mitten in Alexejs Wohnzimmer und drehte mich einmal im Kreis. Der Kerl brauchte definitiv keine Hilfe beim Aufräumen. Diese Wohnung war aus einem Einrichtungskatalog gebeamt worden. Und der war ganz sicher nicht von Ikea. Eher von seinem preislich höherwertigen großen Bruder. Es war makellos sauber, nur ein wenig leblos. Keine Poster. Keine Pflanzen. Keine Bilder. Nichts. Allerdings gab es bodentiefe Fenster, die den Blick auf eine kleine Grünanlage freigaben, die wohl zu dem Wohnkomplex gehörte. Es gab eine gemütlich aussehende Couch, auf der eine blaue Decke lag, einen Fernseher und eine Playstation. Spiele dazu entdeckte ich keine, aber die waren wohl wie so alles in dieser Wohnung hinter blickdichten Schränken verstaut. Natürlich fragte ich mich, ob er etwas zu verstecken hatte oder einfach keine Persönlichkeit besaß.

»Sieht sehr aufgeräumt aus«, sagte ich. Mir war aufgefallen, dass ich schon länger nicht mehr den Mund aufgemacht hatte, darum wollte ich die entstandene Stille füllen.

»Mach ich immer abends vor dem Schlafengehen.«

»Möglichweise bist du deshalb morgens so müde.«

Alexej grinste. »Vielleicht.«

Er ließ seinen Rucksack auf die Couch gleiten und ging in die Küche. Dort öffnete er den riesigen Kühlschrank. »Magst du was trinken? Ich habe Apfelsaft. Oder O-Saft.«

Ich stand hinter der Kücheninsel, die mich ein wenig an zu Hause erinnerte, nur dass es hier keine Barhocker gab. »Apfelsaft, bitte.« Suchend sah ich mich um, fand aber keinen Esstisch. »Sag mal, isst du im Stehen? Oder im Bett?«

Er kam mit der Apfelsaftpackung zu mir. »Nein, auf der Couch.«

»Okay«, sagte ich wenig intelligent und beobachtete, wie Alexej Gläser aus dem Schrank holte. Auf meinem stand Winter is coming und auf seinem Fire & Blood. Offensichtlich befand sich hinter den vielen Schranktüren doch so was wie ein Leben, das etwas über Alexej preisgab. Immerhin wusste ich jetzt, dass er zu Haus Targaryen gehörte, während er mir richtigerweise schon Team Stark zugeteilt hatte. Jon Snow war ja mal so was von heiß. »Game-of-Thrones-Fan?«, fragte ich ihn.

»Geht so. Ich mag die Bücher, hab aber auch die Serie geschaut.«

»Und? Was ist besser?«

Alexej sah mich an, als hätte ich den Verstand verloren. »Ey, Niklas, bei so einer Frage gewinnen immer die Bücher.«

Beleidigt zog ich eine Augenbraue hoch. »Also, erzähl das mal den Herr-der-Ringe-Filmen oder Full Metal Jacket.«

Völlig überfordert sah er mich an. »Okay, ich stimme dir zu. Auch wenn ich bis vor einer Sekunde nicht einmal wusste, dass Full Metal Jacket auf einem Buch basiert.«

Mich wunderte eher, dass er den Film überhaupt kannte. »Und dann behaupten die Leute immer, ich wäre dumm.«

Sofort verdrehte Alexej die Augen. »Nein, du bist nur faul.« Er nahm einen Schluck Apfelsaft und deutete auf die Couch. »Setzen wir uns dort rüber und besprechen das Referat.«

»Willst du mich schon wieder loswerden?«

»Nicht unbedingt. Aber ich habe doch gesagt, dass ich nicht lange Zeit habe«, drängte er darauf, etwas für die Schule zu tun.

Ich schnappte mir den Saft und ging wenig motiviert zur Couch. Dort stellte ich mein Getränk auf dem Couchtisch ab und ließ gleich darauf den Rucksack von den Schultern gleiten. Hätte ich schon längst tun sollen. Seufzend setzte ich mich aufs Sofa. »Okay. Dann tun wir etwas für die Schule. An einem Freitag. Nachmittag. Wohlgemerkt.«

Alexej nahm neben mir Platz. »Wir sind nur aus diesem Grund hier.«

»Und ich dachte schon, weil du auf mich stehst.«

»Was?«

»Was?«, erwiderte ich in dem gleichen schockierten Tonfall und stieß ihn mit dem Ellbogen an. »Mach dich mal locker.«

»Ich bin locker.«

»Klar«, sagte ich und tätschelte ihm verständnisvoll nickend den Oberschenkel. Dabei kam mir eine grandiose Idee. Sie war zwar nicht neu auf Videopeek, aber ich würde sie ein wenig umändern von Wie-schwul-sind-meine-Freunde in Wie-schwul-sind-meine-Mitschüler. Leider müsste ich dazu Regel Nummer 1 – nie mit Klassenkameraden flirten – brechen, aber wenn ich es im Anschluss aufklärte, würden sie schon darüber hinwegkommen. Vor allem waren ein paar davon sowieso ganz heiß darauf, auf Videopeek groß rauszukommen, und wenn ich sie verlinken würde, dann hätten sie ja auch was davon. Die Idee war einfach. Und genial. Meine Follower würden es lieben. Ich wollte sofort loslegen, nur musste ich zuerst die Sache mit dem Referat hinter mich bringen.

Total unmotiviert öffnete ich den Rucksack und holte einen Stift und meinen Collegeblock. »Lass uns mal anfangen.«

Gemeinsam teilten wir in der nächsten dreiviertel Stunde die Arbeit zwischen uns auf, und Alexej fand meine Idee, einen Text in heutige Jugendsprache zu übersetzen, sehr gut. Wir entschieden uns, einen Teil aus *Die Räuber* von Friedrich Schiller zu nehmen, weil Frau Frank quasi bekennendes Fangirl war. Womöglich hatte sie noch nie ein *wirklich* gutes Buch gelesen. Anders konnte ich mir das nicht erklären.

Alexej warf seinen Block auf den Couchtisch und seufzte erleichtert auf. »Fuck, ich fühle mich immer so gut, wenn ich was auf meinen elendslangen To-do-Listen abgehakt habe.«

»Man könnte sich direkt daran gewöhnen«, gab ich zu. Irgendwie hatte er ja recht, und womöglich war Alexej zur richtigen Zeit an unserer Schule aufgetaucht. Um mich wachzurütteln, denn genau das hatte ich gebraucht. Ich hatte *ihn* gebraucht.

Ich trank den Apfelsaft aus und zog mein Smartphone aus der Hosentasche. »Wirfst du mich jetzt raus?«

Grinsend antwortete Alexej: »Nein, erst in fünf Minuten.«

»Okay, darauf werde ich nicht mehr warten.« Ohne Alexej anzusehen, verstaute ich meine Schulsachen wieder im Rucksack, schulterte ihn und stand auf.

Nun sprang er ebenfalls von der Couch. »Ich bringe dich noch zur Tür.« Was für eine günstige Gelegenheit, um Alexej zum Videopeek-Opfer zu machen! Mit dem Handy in der Hand ging ich zurück in den Flur, zog mir meine Schuhe an und aktivierte so unauffällig wie möglich die Kamera. Danach sah ich zu Alexej, der einen halben Meter von mir entfernt stand.

»Danke«, brachte ich mit zittriger Stimme hervor und verstand selbst nicht, warum ich plötzlich nervös war und mir die Pumpe wie im Sportunterricht ging. Lag es an dem spontanen Gedanken, der mir eben in den Kopf geschossen war, und der mich einen Schritt nach vorne machen ließ?

Ich stellte mich auf die Zehen, spitzte die Lippen und küsste Alexej auf die Wange. Einfach so.

Und das nicht einmal so schnell wie Flash, sondern so langsam, wie Opa die Stiegen des Schulgebäudes erklomm. Der Muskel in meiner Brust schlug einen Salto und dann noch einen und noch einen, was ich zu ignorieren versuchte.

Mit einem breiten Lächeln im Gesicht ließ ich von Alexej ab, denn ich war mir sicher: Er war eine Zehn.

Eine verdammte Zehn!

Er wirkte zwar ein wenig überrascht, jedoch nicht angepisst. Ein außerordentlich gutes Zeichen, denn er hätte mich jederzeit wegstoßen können. Hatte er aber nicht.

Plötzlich total nervös biss ich mir auf die Unterlippe und schaute ihm tief in die Augen. Dieses Mal passierte es nicht, weil ich wegen eines Videos mit der Kamera flirtete, sondern nur wegen ihm. Weil mein Körper das wirklich wollte. Mein Kopf kam nämlich nicht mehr hinterher.

Was passierte gerade mit mir?

Einige Sekunden lang hielten wir den Blick des jeweils anderen fest, leider nur, bis Alexej den Kopf leicht schüttelte. Vielleicht war er doch keine Zehn, sondern nur eine … Sieben?

»Ich muss los«, presste ich hervor und hechtete zur Tür, die ich aufriss, hindurchtrat und dann schnell hinter mir schloss. Völlig neben mir stehend lief ich ein Stück die Treppen hinunter und lehnte mich danach mit klopfendem Herzen gegen die Wand.

Wieso war ich jetzt eigentlich davongelaufen? Und warum zitterte ich am ganzen Körper, verdammt?

Und überhaupt … was war da gerade in mich gefahren?

War das nur wegen des Videos gewesen?

O Gott! Das Video. Ich filmte immer noch.

Mit zittrigen Händen hob ich das Smartphone an und stoppte die Aufnahme, nur um sie gleich darauf anzusehen. Zu Beginn konnte man Alexej ganz gut erkennen, doch nachdem ich einen Schritt auf ihn zugemacht hatte, war mir der Verstand abhandengekommen, denn das Video zeigte nicht Alexej, sondern den Fußboden.

Dieser Kerl musste irgendwas mit meinem Kopf angestellt haben, denn der hatte sich ausgeschaltet. Stand-by-Modus. Ich würde jetzt einfach nach Hause gehen, in der Hoffnung, dass ich meiner Mama nicht über den Weg lief. Denn irgendwie war sie mit ihren blöden Statistiken schuld, die sie mir in den Kopf gepflanzt hatte, dass ich Alexej eben geküsst hatte.

Kapitel 7

Es war nach zehn, als ich endlich den Pub betrat. Er war gesteckt voll und ich bereute, dass ich überhaupt gekommen war. Mich zu Hause um meine Pflanzen zu kümmern hatte mich entspannt, war aber leider in den Augen der anderen ein echt lahmes Hobby.

Und Niklas? Wo warst du am Freitag?

Ach, ich war zu Hause und habe ein paar Ableger meiner Pflanzen eingetopft.

Mit so einer Antwort hätte ich mich auf der Coolness-Skala irgendwo ins unmessbare Loser-Nirvana katapultiert. Aus diesem Grund hatte ich mich dazu gezwungen, mich zu duschen, zu stylen und noch einmal das Haus zu verlassen. Die gefühlt tausend Grad, die es hier drin hatte, trugen nicht gerade dazu bei, mich weiter ins Getümmel schmeißen zu wollen. Dabei mochte ich das Dublin mit seinen grünen Neonröhren unter dem Tresen und dem dunklen Holz, das sich hinter der Bar bis an die Decke zog. Ein wenig sah es hier drin wie in einer alten englischen Bibliothek aus. Womöglich fühlten sich Studenten und Schüler deshalb so wohl, denn der Altersdurchschnitt lag bei geschätzten zwanzig Jahren. Unter der Woche gab es hier oft Live-Konzerte, an Wochenenden spielte es Musik, die ich als Celtic-Punk bezeichnen würde.

Da ich nicht unbedingt ein Riese war, fand ich meine Klassenkollegen natürlich nicht sofort. Nein, zuerst schob ich mich Richtung Bar, danach dort entlang weiter durch die Menge, bis ich endlich an einem bekannten Gesicht hängen blieb.

Sarah.

Zum Glück.

Neben Dave – und Alexej – mochte ich sie von allen aus der Klasse am liebsten. Sie war eher ruhig, hatte aber einen verdammt schwarzen und vor allem bissigen Humor.

Verzweifelt streckte Sarah einen Zehn-Euro-Schein in die Luft und hoffte so, die Aufmerksamkeit des Hipster-Barkeepers zu erlangen. Allerdings war sie so klein, dass sie beinahe von rechts und links von der Menge verschluckt wurde. Ich war kein Goliath, aber ich schob mich neben sie, zog ebenfalls einen Zehner aus der Tasche und hoffte, dass man nun von uns Notiz nehmen würde. Außerdem drehte ich mich so, dass ich sie ansehen konnte. Mit dem Rücken drängte ich den Typ zur Seite, der Sarah eingekesselt hatte und mich jetzt durch sein Shirt hindurch anschwitzte. Igitt.

Ich stand auf Körperkontakt. Auf unfreiwilligen Austausch von Körperflüssigkeiten fuhr ich so gar nicht ab.

»Hey, Sarah«, grüßte ich sie etwas verspätet.

Sie schien mich erst jetzt wahrzunehmen. »Niklas«, seufzte sie erleichtert. »Ich werde schon die ganze Zeit übersehen.«

»Warten wir einfach zu zweit«, schlug ich vor.

»Heb mich lieber hoch.«

»Sicher nicht.«

»Warum?« Vielleicht weil ich kein Bodybuilder war? »Soll ich dich auf meine Schultern setzen oder was ist dein Plan?«

Kopfschüttelnd sah sie mich an. »Die Idee ist nicht ausgereift, aber ich will jetzt verdammt noch mal ein Guinness.«

»Lass mich das regeln.«

Ich legte einen Unterarm auf der Bar ab, stellte mich auf die Zehenspitzen und wedelte wie ein Verrückter mit meinem Zehner. Der Barkeeper warf mir einen Blick zu, und ich zwinkerte. »Zwei Guinness, bitte«, rief ich mit einem Grinsen.

»Alter«, kam es frustriert von Sarah. »Deshalb hat der mich nicht gesehen. Checkt nur die Kerle ab.«

Mir entkam ein belustigtes Schnauben. »Klar. Es liegt nicht dran, dass du so klein wie eine Ameise bist.«

»Und was bist du dann? Eine grüne Stinkwanze?«

»Ja, Baby. Gib mir Tiernamen«, antwortete ich mit einem Schnauben.

Leider in genau dem Moment, in dem der Barkeeper die zwei Pints über den Tresen schob.

»Da stehst du drauf?«, fragte er mit einem breiten Grinsen im Gesicht. Eigentlich war er ein attraktiver Typ. Schwarze Haare, blaue Augen, verwegenes Lächeln. Allerdings war er bestimmt zehn Jahre älter als ich.

»Ja, klar«, sagte ich mit deutlich hörbarem Sarkasmus in der Stimme. »Bin absolut der Typ für kinky stuff.« War ich nicht, allerdings laberte ich mich gern um Kopf und Kragen.

Nun zwinkerte er mir zu. »Wir können das Gespräch vertiefen, wenn es hier etwas ruhiger wird.«

Ganz bestimmt nicht. »Wir werden sehen«, antwortete ich stattdessen und schob den Zehner über den Tresen. »Passt schon so.«

Ich schnappte mir die Gläser, drehte dem Barkeeper den Rücken zu und lehnte mich gegen den Tresen. Grinsend hielt ich der etwas perplex aussehenden Sarah ihr Bier hin. »Bitte.«

»Ich weiß nicht, ob ich mich wegen des Getränks bedanken oder dir gratulieren soll, weil du Flirten wie eine Fremdsprache beherrschst.«

»Beides«, gab ich zurück. »Und nur falls du es wissen möchtest: Ich habe herausragende Fähigkeiten in Französisch und Griechisch.«

Es dauerte einige Sekunden, bis meine Anspielung bei Sarah ankam, doch dann reagierte sie, indem sie sich den Finger leicht in den Mund steckte und würgte. »Du bist manchmal echt widerlich.«

Daraufhin stießen wir an und tranken einen Schluck Guinness. »Und du prüde. Wo sind die anderen?«

»Wieso? Willst du Dave und Nina dabei zusehen, wie sie sich die Zungen bis zu den Mandeln stecken?«

Sofort verzog ich das Gesicht. »Nicht wirklich. Allerdings wollte ich einen kleinen Schwulentest bei Dave und ein paar anderen machen.«

»Für deinen bescheuerten Videopeek-Account?«

»Erstens ist der nicht bescheuert, und zweitens: ja!«

Sarah verdrehte nur die Augen und trank noch einen Schluck,

sagte aber nichts mehr. Wir waren in dieser Sache eindeutig nicht einer Meinung. Allerdings – und das mochte ich am liebsten an ihr – ließ sie mich mein Ding trotzdem durchziehen, obwohl sie es kacke fand. »Ein Schwulentest«, murmelte sie. »Und wie willst du vorgehen?«

»Keine Ahnung.« Ich zuckte mit den Schultern. »Ich dachte an Umarmungen, Schenkel streicheln, angedeutete Küsse.«

»Zielgruppe?«, lautete ihre nächste Frage.

»Unsere Klassenkammeraden?«

Sofort schüttelte sie den Kopf. »Willst du das wirklich? Ich meine, bei Dave würde ich mir keine Gedanken machen, aber bei den anderen? Ich weiß nicht.« War die Idee tatsächlich so mies? Langsam kamen mir auch Zweifel.

»Meinst du nicht, sie würden den Spaß verstehen?«, fragte ich nach.

»Einige bestimmt. Du könntest es auf die ganze Schule ausweiten. Bei ein paar Jungs hatte ich immer das Gefühl, dass sie dir nachschauen.«

»Ach«, sagte ich. »Also findest du die Idee doch nicht so schlecht?«

»Ich finde sie immer noch beschissen.« Nun war ich verwirrt. Fragend sah ich sie an. »Ich würde nur gerne sehen, wie dir der eine oder andere die Meinung geigt. Oder dir eine verpasst.«

Gemeinsam lachten wir laut los. »Dann komm mit. Du bist die Jury«, sagte ich zu Sarah und zog sie mit mir ins Getümmel.

Dave war eine Sieben. Er hatte kurz mit mir Händchen gehalten, bevor er mich gefragt hatte, ob ich verzweifelt war. Martin, sein jüngerer Bruder, war eine Fünf. Zumindest sah Sarah das so.

Wir hatten zusammen getanzt und ich hatte ihm einen Arm um die Schulter gelegt. Als ich ihm einen Kuss auf die Wange gedrückt hatte, war seine Grenze erreicht gewesen, denn er war schnell abgerückt und hatte mich gefragt, ob ich meine notgeilen fünf Minuten hätte.

Bei meinen beiden Freunden hatte Sarah gefilmt, allerdings so, dass man keine Gesichter sehen konnte. Nachdem sie mich mehrmals darauf hinwies, dass ich mit der Idee die Grenzen des guten Geschmacks sprengte, war ich mir gar nicht mehr so sicher, ob ich die Ausschnitte überhaupt hochladen wollte. Nur weil schon andere Leute die Idee gebracht hatten, musste ich es ja nicht auch machen.

Gott … ich war eindeutig zu nüchtern an diesem Abend, sonst hätte ich schon längst sämtliche Vorbehalte über Bord geschmissen. Morgen, sprach ich mir selbst gut zu, würde ich noch einmal über die Sache nachdenken und mit Dave und Martin über die heimlich gedrehten Videos reden. Ein Gespräch mit Alexej würde ich mir sparen, da ich sowieso nur seine Füße auf dem Video hatte.

»Ich hole mir noch ein Bier. Magst du noch etwas?«, fragte ich Sarah, die immer noch mein Smartphone in der Hand hielt.

»Gerne. Frag mal, ob sie Kilkenny haben.«

»Mach ich.«

Zum Glück hatte sich der Pub schon ein wenig geleert, und ich musste mir keinen Weg durch die Menschenmasse bahnen, sondern konnte völlig ungehindert zum Tresen gehen. »Hey«, begrüßte ich den Barkeeper von vorhin, der gerade ein paar Gläser polierte. »Zwei Kilkenny, bitte.«

»Kommt sofort«, sagte er mit einem Lächeln und drehte sich zu dem kleinen Getränkekühlschrank, in dem die Flaschen lagerten. Kurz darauf stellte er sie vor mir auf dem Tresen ab. »Geht aufs Haus.«

»Ähm … danke?«

»Bedank dich gerne später.«

Ganz bestimmt nicht. Für meine Getränke würde ich sicher nicht so weit gehen. Es reichte ja schon, dass ich die Geisel meiner Follower war und ich für die Reichweite weiter ging, als ich jemals gedacht hatte. Irgendwo musste man eine Grenze ziehen und sich ein paar Prinzipien bewahren. Bei mir war es eben meine Tugend. Falls man das überhaupt noch sagen durfte, wenn man keine Jungfrau mehr war.

Fieberhaft überlegte ich, wie ich dem Kerl eine möglichst höfliche Abfuhr erteilen konnte, da schob sich der süße Tim neben mich. »Bitte Cider Red Berries für mich.« Danach lächelte er mich an. »Hey, Niklas.« Sein Blick war ein wenig … unstet, aber er stand noch ziemlich sicher auf zwei Beinen, also war er wohl nicht allzu betrunken.

»Tim«, begrüßte ich ihn lächelnd. »Hab dich bisher noch gar nicht gesehen.«

»Aber ich dich.« Dabei klang er ein wenig vorwurfsvoll. Die Frage war nur: Wieso?

Über meine Schulter hinweg warf ich einen Blick zu Sarah, da ich ihr signalisieren wollte, dass ich ihr Bier hatte. Sie deutete mit dem Zeigefinger aufgeregt auf mein Smartphone, das sie auf Tim und mich gerichtet hatte.

Ohhhhhh, fuck. Ich wusste, was Sarah wollte, und es war *die* Idee, wie ich den Barkeeper loswerden und Tim zum neuesten Teilnehmer meines Schwulentests machen konnte. Wobei ich bei ihm ja wusste, dass er eine Zehn war. Und auch ein wenig für mich schwärmte.

Als der Barmensch mit Tims Cider auftauchte, reichte ich ihm den Schein, den ich immer noch in meiner Hand hielt. »Geht auf mich.«

Mit angepisstem Gesichtsausdruck sah er zwischen mir und Tim hin und her, murmelte danach etwas, das verflucht nach »Na, wenn das dein Typ ist …« klang und verschwand.

»Du musst mich nicht …«, begann Tim zu protestieren, doch ich schüttelte nur den Kopf.

»Alles gut. Den schulde ich dir.«

»Wofür?«, fragte er irritiert nach.

Ich schob sein Getränk näher zu ihm und griff mir mein eigenes. »Dafür, dass du mich gerettet hast. Cheers.«

Tim stieß mit mir an und trank genauso wie ich einen Schluck, bevor er verwirrt den Kopf schüttelte. »Gerettet? Wovor?«

Verlegen nippte er an seinem Cider.

»Einem bedeutungslosen One-Night-Stand mit dem Barkeeper.« Mit meiner Ehrlichkeit brachte ich Tim so aus dem Konzept, dass er sich verschluckte und irrsinnig hustete. Obwohl wir schon relativ dicht beieinander standen, trat ich noch näher an ihn heran und klopfte ihm sanft auf den Rücken. »Alles okay?«

Seine Augen tränten, und er sah zu mir hoch. Erwartungsvoll, wie ich mir einbildete. Ach, scheiß doch auf Moralvorstellungen. Ohne zuerst eine Pro- und Kontra-Liste auszuarbeiten, beugte ich mich zu Tim und drückte meine Lippen auf seine.

Einen Herzschlag lang verharrte er völlig regungslos, dann legte er seine Hände in meinen Nacken und intensivierte den Kuss. Mist! So war das nicht geplant gewesen.

Sanft löste ich mich von ihm, der beinahe mit Herzen in den Augen zu mir aufsah.

Ich räusperte mich. Besser, ich rückte gleich mit der Sprache raus, bevor sich der Kleine da in irgendwas hineinsteigerte. »Du, Tim«, begann ich vorsichtig, »flipp jetzt nicht aus. Du kennst doch Sarah aus meiner Klasse, oder?«

Er runzelte argwöhnisch die Stirn. »Klar, sie ist die Schwester von Martha.« Verständnislos sah ich ihn an. »Meiner besten Freundin«, erklärte er.

»Ach so.« Keine Ahnung, wie andere auf solche unnützen Infos reagierten, aber ich wollte nicht so tun, als würde es mich interessieren. Für mich hätte ein *Ja* gereicht. »Na ja, die Sache ist die«, erklärte ich ihm, »dass ich für meinen Videopeek-Account ein Video machen wollte.«

»Indem du mich küsst?«, fragte er nach.

»Es sollte eher so ein Wie-schwul-sind-die-Leute-in-meiner-Schule-Video werden.«

Enttäuschung blitzte in seinen Augen auf. »Verstehe.«

»Du bist übrigens eine Zehn.« Was laberte ich hier bitte? »Auch beim Küssen. Also, du küsst toll.« Mein Kompliment ignorierte er völlig.

»Hast du deshalb heute Martin auf die Wange geküsst?«

Wo konnte man sich hier bitte verstecken? Der Barkeeper würde mich bestimmt nicht mehr hinter den Tresen lassen. »Ja«, gab ich zerknirscht zu. »Es war von Anfang an eine Scheißidee. Tut mir leid.«

»Das muss es nicht.«

»Nicht?«

»Nein, weil … sonst hättest du mich vielleicht nie geküsst.«

Jetzt bekam ich ein richtig schlechtes Gewissen, denn Tim war ein total lieber Kerl, und dann geriet er an mich. Einen Typen, der ungefähr so emotional wie eine Tiefkühlerbse war. Bei mir traf der Spruch Es-liegt-nicht-an-dir-sondern-an-mir zu hundert Prozent zu. »Hör mal, Tim …«

»Nein«, unterbrach er mich scharf. »Jetzt hörst du mir mal zu.«

Perplex starrte ich ihn an. Was kam jetzt? Wollte er mir die Meinung geigen? Wenn ja, würde ich ihm sogar zuhören, denn ich hatte es verdient.

»Ich habe mitbekommen, dass du seit Daves Trauriger-Niklas-Post in gefühlt tausend Videos verlinkt wurdest, weil die Kerle scharf auf dich sind. Du weißt so gut wie ich, dass Videopeek nicht das neue Tinder ist und das so nicht läuft.«

»Tim, ich suche gar nicht wirklich nach …«

»Ich bin noch nicht fertig«, ließ er mich wissen. »Aber deine Follower wollen das. Sie wollen dich glücklich sehen, und weißt du was: Ich will das auch.«

»Mit dir, oder wie?« Der Satz kam unfreundlicher raus als geplant.

»Warum nicht? Was spricht dagegen, wenn wir uns zwei oder dreimal die Woche treffen und deinen Fans geben, was sie sich wünschen.«

»Na ja, ich würde sie ja dann belügen.« Und zwar ziemlich krass, denn ich hatte für Tim so absolut gar keine Gefühle.

»Komm schon, Niklas.« Nun sprach er wie mit einem kleinen Kind mit mir. »Das tust du doch jetzt auch schon. Oder glaubst du, dass irgendjemand, der dich kennt, ernsthaft denkt, dass der Videopeek-Niklas dein wahres Ich ist?«

Eine Antwort blieb ich ihm schuldig. Erschöpft lehnte ich mich gegen den Tresen. Was hatte ich mir da nur eingebrockt? Mein Bier trank ich in einem Zug aus und knallte die Flasche auf die Bar.

»Ehrlich gesagt«, begann ich, »habe ich absolut keine Ahnung, was ich jetzt sagen soll. Oder tun.«

»Denk über meine Worte nach. Du kannst testweise das Video von unserem Kuss posten und sehen, wie die Leute reagieren.«

»Puh.« Mir entkam ein lautes Schnauben. »Was hast du davon?«

»Bestimmt bald mehr Follower. Und dich.«

»Das wäre aber nicht echt.« Das musste ich sofort klarstellen.

»Vielleicht würde sich daraus etwas Echtes entwickeln.«

Mit beiden Händen rieb ich mir über das Gesicht. »Scheiße, Tim …«

Er machte einen Schritt auf mich zu und flüsterte: »Überleg es dir.« Er nannte mir noch seinen Namen auf Videopeek und ging, ohne sich noch einmal nach mir umzudrehen.

Und ich war bis heute der Meinung gewesen, Tim wäre süß. Dabei war er nur auf neue Follower aus.

Es dauerte nicht lange und Sarah stand neben mir. Bevor sie es tun konnte, schnappte ich mir das unangetastete zweite Bier auf dem Tresen und kippte es hinunter, ohne auch nur einmal abzusetzen.

»Ihr habt euch echt lange unterhalten, nachdem du ihn geküsst hast«, stellte Sarah richtigerweise fest.

»Ja.«

»Du sahst nicht glücklich aus. Was wollte er denn?«

»Meine Seele«, antwortete ich. Denn genauso fühlte es sich für mich an. Als hätte mir der Teufel einen Pakt vorgeschlagen …

Kapitel 8

»Was machst du noch hier?« Mama griff nach ihrem Handy, das auf der Küchentheke lag, und checkte die Uhrzeit. »Den Bus hast du definitiv verpasst.«

Schlecht gelaunt rührte ich in meinem Frühstück herum. Das Joghurt schmeckte fad, die Banane fand ich zu breiig und die Dinkel-Schokoflocken zu süß. »Sieht so aus.«

»Du kannst nicht schon wieder fehlen«, beschwerte sie sich, warf ihre Tasche auf den Tisch und stopfte Mappen hinein, die bis eben friedlich neben mir gelegen hatten.

»Hatte ich nicht vor. Ich dachte, ich fahre mal mit dir.«

Sie hielt inne, zog die Augenbrauen hoch und sah mich überrascht an. »Vor Kurzem hast du mir noch erklärt, es ist dir peinlich, mit deiner Mutter gemeinsam zur Schule zu fahren.«

Laut seufzte ich auf. »Heute nicht, okay?« Es war Mittwoch, und für diese Woche hatte ich mein erträgliches Höchstmaß an lärmenden Kindern bereits gestern Nachmittag erreicht. Außerdem wollte ich auf dem Weg ein wenig am Referat schreiben, denn die Angelegenheit hatte ich ein kleines bisschen schleifen lassen.

Zu meiner Verteidigung: Ich hatte immer noch an Tims unmoralischem Angebot zu knabbern. So eine Fake-Beziehung in den sozialen Medien würde mir die tinderähnlichen Anmach-Nachrichten ersparen – und weitere Follower bringen. Andererseits hatte ich kein gutes Gefühl bei der Sache, denn es wäre nicht *echt*.

»Wirklich?« Sie klang überrascht.

»Ja.« Ich nahm die Müsli-Schale und wollte damit zur Spüle gehen, als Papa gähnend in der Küche auftauchte.

»Morgen«, grüßte er uns verschlafen. Zum Glück konnte er den Weg zur Kaffeemaschine mit fast geschlossenen Augen meistern. Er schaffte es selten vor neun zur Arbeit.

Auf dem Weg zur Spüle drückte ich ihm die Schüssel gegen die Brust. »Hier, bitte. Kaffee zählt nicht als ordnungsgemäßes Frühstück.« An meine Mutter gewandt sagte ich: »Ich warte im Auto auf dich.«

Im Flur zog ich mir meinen schwarzen Hoodie an, schlurfte in die Garage und warf mich in Mamas Mini. Nachdem ich angeschnallt war, holte ich den Laptop und das Smartphone raus. Zweiteres starrte ich wütend an. Tim war schuld, dass ich seit Tagen nichts mehr auf die Reihe bekam. Und das nicht auf eine gute Art.

Ich musste die Sache endlich regeln. Widerwillig öffnete ich die Videopeek-App und rief Daves Trauriger-Niklas-Post auf. Ein paar Klicks später wurde das Video nun gleichzeitig mit dem aufgenommenen Kuss von Tim und mir abgespielt. Einen Text schrieb ich auch noch dazu: *Dank meinem neuen Freund bin ich nicht mehr einsam.* Ich verlinkte Tim und hoffte, dass ich dafür nicht irgendwann in der Hölle schmoren würde.

Zumindest brauchte ich jetzt nicht mehr über die Scheiße nachdenken und konnte mich auf Wichtigeres konzentrieren. Das Referat, das anstand, außerdem hatten wir am Freitag einen Test in Geschichte. Ich öffnete den Laptop, und genau im gleichen Moment riss meine Mutter die Fahrertür auf.

»Bin da«, flötete sie gutgelaunt. »Du kannst gerne jeden Tag mit mir mitfahren, wenn du möchtest.«

»Schauen wir mal«, erwiderte ich. Praktisch war es ja schon. Ich wollte eben nur nicht, dass alle sofort wussten, dass ich sowohl mit unserer Kunstlehrerin als auch mit dem Mathelehrer verwandt war. Gut, wir hatten den gleichen Nachnamen, aber Müller war ein häufiger Name und … warum dachte ich jetzt eigentlich darüber nach? Bei uns in der Klasse wussten sowieso alle, dass ich zu der Müller-Lehrer-Sippe gehörte und fanden es nicht weiter erwähnenswert.

Ich konzentrierte mich auf den Laptop und fing mit einer groben Gliederung des Referats an. Ich notierte mir Stichworte, während meine Mama zu den nervigen Gute-Laune-Songs im Radio lauthals mitsang. Jetzt wusste ich wieder, warum ich lieber den Bus nahm, denn sie war schon aus gutem Grund keine Musiklehrerin geworden.

Trotzdem kam ich zügig voran, und als sie den Wagen souverän in die Parklücke am Lehrerparkplatz lenkte, war ich äußerst zufrieden mit den Vorbereitungen für das Referat. Ich packte alles ein und sprang aus dem Wagen. »Danke fürs Mitnehmen. Hab erste Stunde Sport und muss los«, verabschiedete ich mich schnell und rannte in Richtung des Schulgebäudes. Nach einem kurzen Abstecher zu meinem Spint, wo ich die Sporttasche deponiert hatte, ging ich direkt in die Umkleide. Obwohl wir noch zehn Minuten bis zum Beginn der Doppelstunde hatten, war der Raum schon gut gefüllt. Ich winkte in die Runde und steuerte meinen Stammplatz in der letzten Ecke an. Dort zog ich mich seit Jahren mit dem Rücken zu allen anderen um. Weniger wegen mir, sondern mehr, damit sich niemand beobachtet fühlte. Seit meinem Coming-out hatte ich es stets vermieden, die Körper meiner Mitschüler genauer anzusehen, obwohl mir der eine oder andere rein optisch durchaus gefallen würde. Nur hielt ich eisern an Regel 2 fest: Klassenkameraden, die theoretisch in mein Beuteschema fielen, nie in der Umkleide anstarren. Das hatte immer gut geklappt. Bis heute.

»Hey, Niklas«, grüßte mich Alexej und stellte seine Sporttasche direkt neben mir ab.

»Morgen.« Ich zog mir mein T-Shirt über den Kopf und hielt an dem Ich-starre-an-die-Mauer-Vorsatz fest.

»Sag mal, wieso hast du so viele Tattoos?«

Was war das für eine Frage? Ich drehte mich zu ihm und sah ihn fragend an. Zum Glück stand er im Gegensatz zu mir nicht oberkörperfrei da. »Warum interessiert dich das?«

»Ich stehe auf Tattoos.« Im Sinne von er fand sie scharf? Oder eher, weil er sie als Kunstform betrachtete?

Verstehend nickte ich, kapiere aber gar nichts. Das sah man mir wohl an, denn Alexej sprach weiter. »Na ja, ich frage mich nur: Du bist achtzehn, oder?«

»Ja?«

»Bist du am Tag nach deiner Volljährigkeit ins nächste Tattoo-Studio gelaufen, hast Tausende von Euros auf den Tisch geknallt und gesagt: Bitte einmal den ganzen Oberkörper voll machen?«

Nicht zu vergessen: Die Arme.

Ich schnaubte. »Natürlich nicht. Ich hab mit sechzehn angefangen. Meine Eltern sind da total entspannt.« Und meine Brüder hatten in dieser Hinsicht ausgezeichnete Vorarbeit geleistet. »Außerdem hat Papa ebenfalls Tattoos und mich zu allen Terminen begleitet.«

»Und du hast dir dann vom Osterhasen, dem Christkind und zum Geburtstag statt Geschenken mehr Tinte auf deinem Körper gewünscht?«

»Teilweise.« Alexej schaute mir bei unserem Gespräch nicht ins Gesicht, sondern ließ seinen Blick ausgiebig über meinen Körper wandern. »Ich hatte Glück, weil ich in dem Tattoo-Studio einen Kerl kennengelernt habe, der neu war und jemanden gesucht hat, an dem er üben kann.«

»Aha.« Er nickte und sah endlich weg. Ich wandte ebenfalls den Blick ab und versuchte das kribbelnde Gefühl in meinem Inneren zu ignorieren. »Wie weit bist du mit dem Referat?«, wechselte er das Thema.

Ich zog mir mein Shirt an. »So gut wie fertig«, log ich und starrte wieder auf die Wand vor mir.

»Hast du überhaupt schon angefangen.«

Böse funkelte ich ihn an. »Natürlich habe ich das.« Erst jetzt wurde mir bewusst, dass ich meinen Kopf wieder in seine Richtung gedreht hatte. Leider – oder Gott sei Dank – genau in dem Moment, als er sich aus seinem Oberteil schälte. Mein Blick fiel sofort auf seinen nackten Oberkörper.

Verdammt … durften Abiturienten überhaupt Bauchmuskeln haben? Klar, sie waren nicht übermäßig definiert, nicht wie bei einem Bodybuilder, aber trotzdem da. Sodass man den Blick nicht davon abwenden und dem Pfad blonder Härchen weiter nach unten folgen wollte.

Regel Nummer 2, Niklas! Schau nach oben. Nach oben in sein Gesicht, schrie der letzte Rest Vernunft, den ich in mir hatte. Das tat ich und ertappte Alexej dabei, wie er schon wieder auf meine Tattoos starrte. Der Kerl brachte mich um den Verstand!

Ich biss mir auf die Unterlippe und hatte keine Ahnung, was ich sagen oder wo ich hinschauen sollte. Alexej senkte den Blick, griff nach seinem Shirt und zog sich an.

Guter Move. Ich drehte ihm den Rücken zu, so wie ich es schon die ganze Zeit hätte tun sollen. Stumm zogen wir uns weiter um.

Ein kurzer Blick über meine Schulter sagte mir, dass er fertig war. Ich setzte mich auf die schmale Bank und sah zu ihm hoch. »Ich schätze, dass wir am Freitag alles finalisieren können. Bist du gut in Power Point?«, fragte ich ihn.

»Klar. Ich erstelle ein passendes Theme, füge meinen Teil ein und maile dir alles.«

»Sollen wir uns nicht noch einmal treffen?« Ein leicht beleidigter Unterton schlich sich in meine Stimme, und anscheinend hörte das auch Alexej raus.

»Wir können uns noch mal kurz bei mir zusammensetzen, wenn du darauf bestehst.«

»Bis du mich wieder rauswirfst?«

Nun lächelte er. »Genau.« Er setzte sich neben mich und rutschte etwas näher zu mir. »Vielleicht bekomme ich dieses Mal mehr als nur einen Kuss auf die Wange«, flüsterte er leise.

Ich war gerade dabei gewesen, mir eine Haarsträhne aus dem Gesicht zu schieben, doch jede meiner Bewegungen fror ein. Bisher hatte er den Kuss mit keiner Silbe erwähnt, und ich war davon ausgegangen, dass wir so tun würden, als wäre es nie passiert. War es jedoch. Und Alexej wollte es nicht vergessen.

Unsicher sah ich ihn an. »Möchtest du das denn?«, wisperte ich und schaute, ob uns irgendjemand beachtete, was nicht der Fall war.

Er zuckte mit den Schultern. »Ehrlich gesagt, bin ich mir da nicht sicher, aber ich würde es gerne herausfinden. Hilfst du mir dabei?«

Außer einer hilflosen Geste mit meinen Händen war ich zu nichts fähig. »Keine Ahnung«, flüsterte ich.

»Dann finden wir das am Freitag doch gemeinsam raus.«

Mit einem Lächeln im Gesicht stand er auf und stellte sich zu Dave, der mit Kolja und Devin über ein neues Computerspiel sprach, das Alexej ebenfalls kannte. Zumindest entnahm ich das den Wortfetzen, die es bis zu mir auf die Bank schafften.

Statt mittags die Freistunde mit den anderen in der Klasse zu verbringen, stahl ich mich heimlich davon. Ich brauchte ein wenig Abstand von Alexej, denn ich war verwirrt. Was passierte gerade in meinem Leben?

Tim fuhr auf mich ab, und jetzt wollte Alexej mich als Testobjekt, um herauszufinden, ob er … ja, was überhaupt? Schwul war? Bisexuell? Pan?

Blindlings lief ich aus der Schule und direkt in Tim hinein. Wie hatte ich ihn nur übersehen können? Oder alle anderen, die um ihn herumstanden.

»Hey«, grüßte er mich lächelnd. »Hast du schon Schluss?«

»Nope. Nur Freistunde. Ich wollte mir was vom Bäcker holen.«

»Genau meine Richtung«, erklärte er und drehte sich zu seinen Freunden um. »Bin dann mal weg.« Er winkte in die Runde, und mit zahlreichen euphorischen »Viel Spaß« und »Tschüss«-Rufen wurden wir entlassen. Und ich hatte offensichtlich Tim an der Backe.

»Endlich weg von hier«, sagte er.

»Schön. Ich habe noch Englisch und Doppelstunde Politik.«

»Igitt. Und das am Nachmittag.«

»Alles gut. Ich werde es überleben.« Zwischen uns herrschte Stille, während wir nebeneinander in Richtung des Bäckers gingen. Keine Ahnung, ob er wirklich hier lang musste oder nur meine Nähe suchte.

»Alsooo«, unterbrach ich das unangenehme Schweigen. »Du hast bestimmt schon mitbekommen, dass ich das Video heute hochgeladen habe.«

»Ja«, gab er zu und klang ein wenig kleinlaut. »Und ich hatte nicht mehr damit gerechnet.«

»Ich auch nicht.«

»Alle aus der Klasse sind total aus dem Häuschen deswegen.«

»Warum?«

»Na ja«, druckste er rum. »Weil du mein erster Freund bist.«

»Was?« Unvermittelt blieb ich stehen. Tim ging noch ein paar Schritte, bevor er stoppte und sich fragend zu mir umdrehte.

»Ey, wir müssen dringend reden«, sagte ich zu ihm, griff nach seinem Unterarm und zog ihn hinter mir her. Zwischen zwei Häusern bog ich in einen schmalen Durchgang, der zur nächsten Querstraße führte. Ich ließ ihn los, damit er jederzeit abhauen konnte, und lehnte mich gegen die Hausmauer. Frustriert kämmte ich mir mit den Fingern durchs Haar. »Scheiße Tim … du weißt schon, dass wir nicht *wirklich* zusammen sind.«

Er senkte den Blick. »Das ist mir klar. Aber die anderen denken es.«

»Und du hast das nicht klargestellt?«

»Nein«, flüsterte er dem Boden entgegen.

Fuck. »Und was erwartest du jetzt von mir?«

»Nichts.«

»Sorry, Tim, ich finde das alles ein wenig creepy.« Und ich war noch selbst schuld daran.

Nun sah er auf, und die Tränen, die in seinen Augen schimmerten, ließen mich zusammenzucken. »Scheiße, heul doch nicht.«

Völlig verzweifelt schluchzte er auf. »Jetzt schau mich doch mal an.«

Hä? »Das tue ich die ganze Zeit.«

»Na, dann fällt dir bestimmt auf, wie ich aussehe.«

War das jetzt eine Fangfrage? »Ja, gut. Du bist extrem niedlich.«

»Aber darauf fährt niemand ab. Oder warum denkst du, habe ich noch keinen festen Freund gehabt?«

»Womöglich, weil du eine leichte Fixierung auf mich hast?«

»Warum auch nicht«, brauste er auf. »Du bist einfach so … so beeindruckend und hast immer ein Lächeln auf den Lippen. Du bist witzig und siehst großartig aus.« Tim war definitiv gut für mein Ego. »Dir liegen doch die Kerle reihenweise zu Füßen.«

»Kleiner Newsflash, Tim. Das tun sie nicht. Als Achtzehnjähriger mit zwei Typen gevögelt zu haben macht mich jetzt nicht zum Oberhengst.«

»Was?« Irritiert sah er mich an, hielt sich aber nicht lange mit der Info auf. »Du hast Beziehungspotential. Das macht dich noch attraktiver.«

Das, was einer Beziehung am nächsten kam, war das, was meine Hand regelmäßig mit einem gewissen Teil in meiner Hose veranstaltete.

»Glaub mir, da liegst du so was von falsch. Ich will keinen Freund.« Irgendwann vielleicht. Aber im Moment sicher nicht. Was ich wollte, war frei sein. Keine Verpflichtungen haben. Und nicht noch jemanden, dem ich Rechenschaft schuldete. Das hatte ich schon zu Hause, wo ich als der Jüngste von allen in meiner Familie bemuttert wurde.

»Vielleicht weißt du es nur noch nicht.«

»Nein«, widersprach ich. »Ich bin mir da ziemlich sicher.«

»Und was soll ich jetzt machen? Ich stehe doch wie der größte Vollpfosten da, wenn ich den anderen erzähle, dass wir nicht zusammen sind, sondern nur eine Show für Videopeek abziehen.« Mit beiden Händen rieb ich mir über das Gesicht. Ich bereute das Video jetzt schon.

»Okay«, seufzte ich. »Wir machen das folgendermaßen: Wir posten ein paar gemeinsame Videos, in denen wir zeigen, dass du absolutes Beziehungspotential hast. Ich werde die ganzen Fuckboys los, die mir Nachrichten schicken, während du fleißig mit Kerlen aus der Gegend ausgehst, bis der Richtige für dich dabei ist.« Mit meinem Zeigefinger deutete ich auf das Handy. »Und triff dich bitte mit keinem Typen aus dem Internet allein, verstanden? Nicht dass dich irgendein Wahnsinniger entführt oder so 'nen Scheiß.«

Schockiert sah er mich an. »Meinst du, das könnte passieren?«

Ich verdrehte die Augen. »Vermutlich eher nicht, aber sicher ist sicher.«

Tim wischte sich die Tränen aus dem Gesicht. »Und was machen wir in der Schule?«

»Erzähl denen aus deiner Klasse, ich stehe nicht auf Zuneigungsbekundungen in der Öffentlichkeit.« Das entsprach sogar der Wahrheit.

Eifrig nickte Tim.

»Hast du dein Smartphone dabei?«

»Ja.«

»Hol es raus.« Er tat, was ich ihm aufgetragen hatte. »Dann geben wir deinen Followern gleich ein bisschen Stoff.« Ich nahm ihm das Smartphone aus der Hand, mit der anderen zog ich Tim näher. »Umarm mich«, wies ich ihn an, und sofort schmiegte er sich dicht an meinen Körper. Nach ein paar Klicks hatte ich die App geöffnet, streckte den Arm aus und richtete die Kamera direkt auf uns. »Wir drehen uns ganz langsam zu dem schmalzigen Song im Kreis, und du darfst eine kitschige Beschreibung zum Video dazu posten. Und vergiss nicht, mich zu verlinken.«

Es dauerte nicht lange, und wir hatten einen dreißig sekundenlangen Clip aufgenommen. »Hier.« Ich drückte ihm das Smartphone gegen die Brust. »Ich schreibe dir über die App, wann wir uns das nächste Mal treffen. Dann drehen wir ein paar Videos auf Vorrat.«

»Ich bin den ganzen Samstag allein zu Hause«, lud er mich zu sich ein.

»Mal schauen.« Ich zog mein eigenes Telefon aus der Hosentasche. »Fuck«, fluchte ich laut. »Muss wieder zurück zur Schule.« Offensichtlich hatte das Gespräch länger gedauert. Ich hob die Hand zum Gruß. »Wir sehen uns.«

Schnell lief ich zurück und erreichte das Schulgebäude genau in dem Augenblick, als es zur nächsten Stunde läutete. Hunger hatte ich immer noch.

Ich joggte die Treppe hoch in den ersten Stock, weiter in unsere Klasse und ließ mich erschöpft auf den Platz neben Alexej fallen.

»Hey«, schnaubte ich.

»Wo warst du?«, fragte er.

»Ich wollte zum Bäcker.«

Neugierig sah er sich um. »Und? Irgendwelche süßen Teilchen gefunden?« *Nur Tim …*

»Nein, hab unterwegs einen Bekannten getroffen und ganz die Zeit übersehen.«

Alexej nickte. »Okay. Hast du den Aufsatz für Englisch geschrieben?«

Meine Augen wurden groß. »Wir hatten etwas auf?«

Halb belustigt, halb frustriert schüttelte Alexej den Kopf. Er bückte sich zu seinem Rucksack und warf einen Schülerkalender auf den Tisch. »Hier, hab ich dir besorgt.«

Geschockt starrte ich ihn an. »Du hast mir das gekauft?«

»Ja, weil es mir auf den Sack geht, dass du immer alles vergisst.«

Ich gaffte fassungslos auf den schwarzen Einband und musste schlussendlich grinsen. Auf dem Buch stand »schwuler Kalender«, darunter die Wochentage. Unter Montag bis Mittwoch war der Vermerk »schwul«, am Donnerstag stand »Pizza«, Freitag und Samstag waren die »superschwulen« Tage und Sonntag »Brunch schwul«. Laut lachte ich auf. Der Kalender war wie für mich gemacht. Zumindest wenn ich es in Zukunft zum Brunch zu Oma und Opa schaffen würde. Und ich war definitiv dafür, den Pizza-Donnerstag bei uns zu Hause zu etablieren.

Genau in dem Moment, in dem ich mich bei Alexej bedanken wollte, kam unser Englisch-Lehrer Herr Beck in den Raum.

Nach einer kurzen Begrüßung forderte er alle dazu auf, die Hausaufgaben abzugeben. »Ich nehme deinen Aufsatz mit«, bot ich Alexej an.

»Danke.« Er reichte mir das Blatt, ich ging nach vorne und legte es auf den Hausaufgabenstoß. Nachdem ich Herrn Beck erklärt hatte, dass ich den Aufsatz geschrieben und nur zu Hause vergessen hatte, ich ihn aber gleich morgen früh zum Lehrerzimmer bringen würde, durfte ich wieder zurück auf meinen Platz.

Ich griff nach einem Stift, öffnete den Planer und trug mir gleich für heute ein, den Aufsatz zu schreiben, außerdem das Referat. Ich stieß Alexej mit dem Ellbogen an. »Danke schön.« Ansehen konnte ich ihn nicht, denn mein ganzer Körper prickelte und kribbelte. Er hatte es geschafft, mich zu überraschen. Nicht weil er mich beschenkt hatte, sondern weil er absolut meinen Geschmack getroffen hatte.

Vielleicht kannte er mich bereits besser, als ich vermutet hatte.

Herr Beck forderte uns auf, das Englischbuch auf Seite siebzig zu öffnen, was Alexej tat. Ich folgte seinem Beispiel.

»Flipp deswegen aber nicht aus«, wisperte er leise. »Ich habe den Planer gesehen und mir gedacht, so ein Chaot wie du braucht so etwas.« Alexej lehnte sich zurück und verschränkte die Arme vor der Brust.

»Keine Sorge. Ich male keine Herzen mit deinen und meinen Initialen da rein.«

»Kluge Entscheidung. Dann muss ich unsere Referatsverabredung nicht absagen.« Stand das überhaupt zur Debatte? Oder wollte er mir nur subtil zu verstehen geben, dass ich mich in nichts hineinsteigern sollte? Da musste er sich keine Sorgen machen. Ich war der König der Unverbindlichkeit.

»Nur wenn du es unnötig kompliziert machen möchtest«, wisperte ich.

»Ganz bestimmt nicht. Ich steh auf einfach und unkompliziert.«

Alexej ließ seine Beine auseinanderfallen und drückte sein Knie gegen meines. Kribbelnde Vorfreude wanderte von meinem Bein weiter hinauf, durch meinen ganzen Körper und elektrisierte mich.

»Da bist du bei mir richtig.«

Kapitel 9

Die Tage bis Freitag waren dank der zahlreichen Einträge in den Schülerkalender rasch vergangen. Wenn man sich aufs Lernen konzentrierte, raste die Zeit richtig an einem vorbei.

Meine Familie, vor allem Mama, traute dem Frieden nicht wirklich. Levi und Mats verarschten mich, weil ich außer zu den Mahlzeiten und zur Pflanzenpflege kaum noch aus dem Zimmer kam.

Alexej ging es da nicht anders. Wir waren wieder bei ihm in der Wohnung. Genauer gesagt, saßen wir auf der bequemen Couch, und er glaubte mir erst, dass ich meinen Teil des Referats erledigt hatte, als ich den Laptop aufklappte und ihm das entsprechende Word-Dokument präsentierte.

»Hier, bitte, Herr Lehrer. Lies es dir durch und sag mir, ob du Anmerkungen hast.« Ich legte ihm den Laptop auf den Schoß, und er fing sofort zu lesen an.

»Nimm dir mein Notebook. Liegt unter dem Couchtisch. Meine Rechtschreibung ist manchmal eine Katastrophe.«

»Okay.« Ich schnappte mir das Teil, klappte es auf und war nicht überrascht, dass mich nach dem Hochfahren eine verdammt cleane Desktop-Oberfläche begrüßte. Bei mir stritten sich die Symbole und Dateien auf dem Bildschirm um den letzten freien Platz. Selbst mein Computer zeigte mehr von meiner Persönlichkeit als Alexejs ganze Wohnung. Was wusste ich überhaupt von ihm, außer dass er allein lebte, es gerne aufgeräumt hatte und ein Streber war?

Er zockte Computerspiele. Und er besaß keine Erfrischungsgetränke wie Cola, Fanta oder Eistee, denn auch heute hatte er mir wieder nur Apfel- oder Orangensaft angeboten. Möglicherweise hatte er deshalb Bauchmuskeln – im Gegensatz zu mir. Außerdem trank er vormittags literweise Kaffee, nachmittags jedoch nie. Ich hätte allerdings eine Dosis Koffein vertragen können.

»Hast du zufällig einen Energydrink zu Hause?« Fragend sah ich ihn an.

»Nope«, sagte er, ohne den Blick vom Bildschirm abzuwenden.

Seufzend las ich weiter. Alexej hatte recht: Mit der Rechtschreibung lag er manchmal daneben, aber von einer Katastrophe zu sprechen war eine Übertreibung. Je weiter ich las, desto müder wurde ich. Ich machte es mir etwas bequemer und rutschte näher zu Alexej. So nah, dass mein Knie seines berührte. Zuerst reagierte er kaum, doch dann drückte er seines wieder gegen meines. Diese zarte Art der Annäherung war seit Mittwoch nicht mehr vorgekommen, doch sofort wanderte wieder dieses kribbelige Gefühl durch meinen Körper. Es fiel mir zunehmend schwerer, mich auf Alexejs Text zu konzentrieren, doch ich biss die Zähne zusammen und las weiter. Zehn Minuten später war ich fertig.

»Hast du gut gemacht.«

»Alter.« Er legte den Kopf auf der Lehne der Couch ab und sah zu mir. »Wie schnell liest du bitte?«

»Offensichtlich flotter als du«, zog ich ihn auf. »Wir haben gute Arbeit geleistet.«

»Finde ich auch«, stimmte er mir zu. »Vor allem die Zusammenfassung in Jugendsprache mag ich gern.« Ich hatte mich dagegen entschieden, nur einen Teil des Textes zu übersetzen, sondern deshalb zuerst eine kurze Inhaltsangabe erstellt und sie danach in Jugendslang übersetzt.

»Du bist schon durch?«

»Beinahe. Gib mir noch fünf Minuten. Du kannst uns in der Zwischenzeit Chips holen, wenn du möchtest.«

Auf jeden Fall. Sollte Alexej mich nochmals zu einem Freitagsdate in seine Wohnung einladen, würde ich ihn zwingen, bei einem Imbiss Halt zu machen. Ich war am Verhungern.

»Zweiter Hochschrank von links«, wies er mich an, bevor er sich auf seine Lektüre konzentrierte.

Schnell ging ich in die Küche und war unglaublich aufgeregt. Endlich durfte ich in einen der Schränke schauen, die so viel von Alexej verbargen. Ein bisschen fühlte ich mich wie ein kleines Kind an Weihnachten.

Ich öffnete den Schrank und war von der Fülle an Knabberzeug überfordert. Anscheinend hatte ich Alexejs Laster gefunden: Chips in abgefahrenen Geschmacksrichtungen.

Es startete ganz harmlos mit der Sorte Rosmarin, steigerte sich aber schnell zu BBQ über Essig bis zu Brasilian Salza und Pringles Prawn Cocktail. Todesmutig entschied ich mich für die letzte Sorte. Shrimpcocktail war zu pervers, um es nicht zu probieren. Grinsend ging ich zurück zu Alexej und warf mich auf die Couch.

»Fertig«, sagte er und stellte den Laptop neben sich. Zuerst sah er mich an, dann auf die pinke Pringles-Packung. »Wieso wusste ich nur, dass du die abgefahrenste Sorte wählst?«

»Du hättest sie nicht gekauft, wenn du nicht ebenfalls darauf stehen würdest.«

»Da muss ich dir recht geben. Ich mag es, neue Sorten zu probieren.« Alexej nahm mir die Pringles ab und öffnete sie. Wie ein Fachmann schnupperte er zuerst und kostete dann erst. »Also, ich habe schon schlimmere Sorten probiert.«

Ich holte mir ebenfalls einen Chip und biss hinein. »Ich glaube, wer Hummerchips mag, wird auch mit den Shrimps-Chips glücklich.«

Nickend stimmte mir Alexej zu und nahm sich nach.

»Was war die ekelhafteste Sorte Chips, die du je gekostet hast?«, fragte ich.

»Haggis-flavor-Chips in Schottland. Wobei da nicht die originalen Zutaten drinnen waren, denn laut Verpackung waren sie sogar vegan. Trotzdem fand ich sie ekelhaft.«

»Du bist ja ein richtiger Connaisseur.«

»Und ich verwundert, dass du Fremdwörter kennst.«

»Hey«, beschwerte ich mich und boxte ihm leicht gegen die Schulter. Als ich meine Hand wegziehen wollte, griff er nach meinem Unterarm und hielt mich fest. Er hätte mich zu sich ziehen können, und ich hätte mich nicht gewehrt. Doch er tat es nicht. Stattdessen lockerte er seinen Griff, ließ aber nicht ganz los, sondern suchte meinen Blick. Wir sahen uns mehrere Herzschläge lang in die Augen, doch keiner von uns beiden unternahm etwas. Zumindest nicht, bis Alexej sich – unbewusst oder nicht – über die Lippen leckte. Ich nahm das als eine Art Zeichen und rutschte bedächtig näher zu ihm. Vorsichtig legte ich eine Hand auf seinen Oberschenkel und zog sanfte Kreise auf dem rauen Stoff seiner Jeans. Alexej brach den Blickkontakt ab und starrte stattdessen auf die Stelle, an der ich ihn so zaghaft berührte. Der Griff um meinen Unterarm verschwand.

»Willst du immer noch herausfinden, ob du mehr als nur einen Kuss auf die Wange von mir möchtest?«

»Ja«, raunte er leise und entlockte mir damit ein kleines Lächeln.

»Gut.« Ich rutschte noch näher an ihn heran und legte meine Hand an seine Wange. »Denn ich will es auch.« Sobald ich die Worte ausgesprochen hatte, gab ich ihm einen Kuss auf die Wange und strich danach liebevoll mit der Nasenspitze über die Stelle, die ich soeben geküsst hatte. Zärtlich zog ich eine Spur nach unten und platzierte einen weiteren Kuss, ein wenig oberhalb seines Mundwinkels. Dieses Mal zog ich mich nicht so weit zurück, sondern küsste nun seinen Mundwinkel und verharrte dort, gespannt, was er gleich tun würde. Abwarten? Oder die Initiative ergreifen?

Ein paar Sekunden passierte nichts, und ich nahm kaum etwas wahr außer dem Klopfen meines Herzens und Alexejs leicht beschleunigten Atemzügen, die sich in der Stille der Wohnung merkwürdig laut anhörten.

»Mehr?«, flüsterte ich.

Statt einer Antwort legte Alexej eine Hand in meinen Nacken und drehte seinen Kopf so, dass seine Lippen meine streiften. Scharf zog ich die Luft ein, und als hätte ich damit irgendwas in ihm ausgelöst, presste Alexej seine Lippen auf meine. Mein ganzer Körper stand unter Strom, deshalb intensivierte ich den Kuss. Ich wollte mehr von diesem unglaublichen Gefühl, das mich durchflutete.

Alexej schien es nicht anders zu gehen, denn er schob seine Zunge in meinen Mund. Ich schmeckte das Salz der Chips auf seinen Lippen und konnte nicht aufhören, ihn zu küssen. Seine Hand wanderte von meinem Nacken weiter nach unten bis zu meinem Rücken, wo er sich am T-Shirt festklammerte.

Von weit her nahm ich ein klingelndes Geräusch wahr, kurz darauf ein Poltern, und dann dauerte es nicht mehr lange, bis ich begriff, dass jemand vor der Tür stand und anläutete.

Alexej löste sich von mir und sah mich mit großen Augen an.

»Willst du nicht öffnen?«, fragte ich.

»Ähm … ja. Doch«, antwortete er verwirrt und stand auf. Er zog sein T-Shirt, das ihm nach oben gerutscht war, zurecht und ging hinaus in der Flur.

»Hallo«, erklang eine junge, weibliche Stimme. »Ich habe heute ein Paket für dich angenommen.«

»Danke«, murmelte Alexej, der wohl in Gedanken immer noch bei unserem Kuss war.

»Okay, sorry wegen der Störung.«

Offensichtlich schien Alexej sich wieder zu fangen. »Keine Sorge, du hast nicht gestört.« Hatte sie nicht? Ich war da anderer Meinung. »Danke nochmals. Vielleicht kann ich mich ja mal revanchieren.«

»Klar«, antwortete das Mädchen fröhlich. »Mein Name ist übrigens Bea.« Ehrlich gesagt, wäre ich jetzt gerne nach draußen gegangen und hätte mir Bea angeschaut.

»Alexej. Und bis bald.« Kurz darauf fiel die Tür wieder ins Schloss und Alexej kam mit seinem Paket zurück.

»Neue verrückte Chips-Sorten?«, fragte ich und sah mich nach der pinken Pringles-Dose um. Die lag verwaist auf der Couch, ein paar Chips daneben.

Alexej stellte das Paket ab und fuhr sich mit der Hand durchs Haar. Sich wieder zu mir zu setzen war keine Option mehr für ihn, so wie es aussah. Er zog sein Smartphone aus der Hosentasche und checkte die Uhrzeit.

»Wir sollten uns jetzt wieder dem Referat widmen«, meinte er völlig ungerührt. »Wie gesagt habe ich schon eine Power-Point-Präsentation vorbereitet und meinen Teil eingetragen. Vielleicht kannst du auch dort noch mal die Rechtschreibung checken, wenn du deine Abschnitte einfügst.«

Mit deutlichem Abstand setzte er sich zu mir und fischte sein Notebook vom Couchtisch. Völlig fassungslos starrte ich ihn an. Wie schaffte er es innerhalb von Minuten so umzuschalten und eine unüberwindlich scheinende Kluft zwischen uns zu platzieren?

Wieder völlig im Strebermodus zeigte er mir die Präsentation, die ich gar nicht richtig wahrnahm. Außer dass sie präsentationsmäßig war. Und modern, also sehr passend zum Thema Jugendslang.

»Perfekt«, murmelte ich, hing aber in Gedanken unserem Kuss nach. »Wie immer.«

Alexejs Rucksack lag ebenfalls neben der Couch. Er bückte sich und zog einen USB-Stick aus einer Seitentasche. Mit wenigen Handgriffen hatte er die Präsentation auf den Datenstick gezogen. »Gib mal kurz deinen Laptop.«

Wir taten also wirklich, als wäre nichts zwischen uns gelaufen. Die Frage war nur: Wie lange?

Stumm reichte ich ihm das Teil, und er zog meine Hälfte des Referats zuerst auf den Stick und danach auf seinen eigenen Laptop.

»Während du die Präsentation fertigstellst, kümmere ich mich um die Hand-outs für Frau Frank. Okay?«

Ich nickte und nahm den USB-Stick wieder entgegen. »Klingt nach einem guten Plan.« Ich schaltete den Laptop aus und packte ihn in meinen Rucksack, den Stick steckte ich in meine Hosentasche. Unsicher sah ich Alexej an. »Ich denke, jetzt kommt der Moment, an dem du mich wieder rauswirfst?« Meine Stimme klang weder wütend noch traurig. Nur resigniert.

Entschuldigend verzog Alexej das Gesicht. »Ja, sorry. Ich muss dann …«

»Hey«, unterbrach ich ihn. »Du schuldest mir keine Erklärungen. Alles easy.«

Log ich ihn an oder nur mich selbst?

Da ich nicht darüber nachdenken wollte, stand ich auf und schloss meinen Hoodie. Ich schulterte meinen Rucksack und ging in den Flur. Dort zog ich mir die Schuhe an und sah, dass Alexej mir gefolgt war. Mit dem Kopf gegen den Türrahmen gelehnt stand er da und musterte mich.

»Und? Wie fühlst du dich nach dem kleinen Experiment?«

»Experiment?«, echote Alexej.

»Du wolltest doch herausfinden, ob du mehr als einen Kuss von mir möchtest.«

»Ja«, krächzte er und senkte den Blick. »Hunderte. Fürs Erste.«

Nun musste ich doch wieder lächeln, obwohl ich eben noch … traurig gewesen war. »Dann ist der Versuch geglückt.« Mit diesen Worten drehte ich mich um und machte mich mit einem leichten Lächeln im Gesicht auf den Heimweg.

Kapitel 10

Samstagmorgens wurde ich früh wach und kuschelte mich mit dem Smartphone in der Hand wieder zurück in Malm. Ein dämliches Grinsen schlich sich auf mein Gesicht, nachdem ich eine neue Nachricht von Alexej entdeckt hatte.

> **Alexej:**
> Das gestern war schön. Sorry, dass ich es zum Ende hin so ein bisschen verkackt habe.

Über die passende Antwort musste ich erst ein wenig nachdenken, denn dieses Tun-als-wäre-nichts-gewesen hatte mir eindeutig nicht gefallen. Das Ding war: Ich erwartete nicht viel von ihm. Nur dass er vor sich selbst zu dem stand, was wir taten. Ich zwang ihn nicht dazu, in der Aula der Schule bekanntzugeben, dass es ihm gefiel, mit einem Kerl rumzumachen. Wenn die Sache nur freitags für ein oder zwei Stunden in seiner Wohnung laufen sollte, dann war das in Ordnung. Sogar mehr als das, denn es war genau das unverbindliche Arrangement, nach dem ich gesucht hatte.

> **Niklas:**
> Alles gut. Du hast von Anfang an klargemacht, dass ich in dieser Angelegenheit nur dein Testobjekt bin. Und das ist okay für mich.

Die Antwort kam relativ schnell.

Alexej:
Wenn man das so liest, klinge ich wie ein riesengroßes Arschloch. Ich will dich nicht ausnutzen.

Niklas:
Komm schon ... wenn dann benutzen wir uns gegenseitig. Ich will nichts Festes. Und du auch nicht, oder?

Alexej:
O Gott. Nein!

Niklas:
Dann testen wir, wo deine Grenzen liegen ...

Darauf bekam ich keine Antwort mehr, also wechselte ich zur Videopeek-App. Dort erwarteten mich zahlreiche Nachrichten, doch ich öffnete nur die von Tim.

Tim:
Bleibt es bei unserem Date heute?

Niklas:
Es ist kein Date. Und ja, ich komme so gegen zwei Uhr zu dir. Schick mir die Adresse.

Kurz checkte ich die Reaktionen auf das Mittwochsvideo. Bisher hatte ich keine Lust darauf gehabt. Seitdem ich diese Lüge hochgeladen hatte, fühlte sich das ganze Social-Media-Ding falsch an. Dabei ging es erst richtig los. Auf meinem Schreibtisch stand eine Palette mit Energy-Drinks, die ich mit einem Video bewerben sollte. Was mich nicht verwunderte, denn meine Followerzahlen dank der Fakebeziehung zu Tim waren weiter gestiegen.

Tim … die ganze Sache bereitete mir irrsinnige Bauchschmerzen. Ich wusste, dass es nicht echt war und Tim keinen Anspruch auf mich oder irgendeine Art von Exklusivität hatte, aber ich kam mir wie ein Betrüger vor, weil Alexej und ich uns gestern geküsst hatten. Dabei gab es dafür absolut keinen Grund, denn in Wirklichkeit war ich Single. Warum fühlte ich mich, als würde ich zweigleisig fahren?

Ich schloss die Augen und legte mir den Unterarm über das Gesicht. Wie hatte ich mich nur in diese Lage manövrieren können? Ehrlich gesagt, verstand ich das selbst nicht so genau. Oder vielleicht schon. Ich handelte viel zu impulsiv und dachte nicht über die Dinge nach, die ich tat.

Was für eine Scheiße. Ich rollte mich zu einer Kugel zusammen und schaute auf die Poster an meiner Wand. Leider konnten mir die Jungs, die dort hingen, auch nicht weiterhelfen. Egal, wie lange ich sie anstarrte.

Irgendwann klopfte es an der Tür, und Levi steckte den Kopf rein. »Boah, du Iltis«, begrüßte er mich. »Hier drin stinkt es.« Ungefragt betrat er mein Zimmer, zog die Vorhänge zur Seite und riss das Fenster auf. »Deine Pflanzen sterben bei dem höllischen Geruch.«

Allerdings hielt der offensichtliche Gestank in meinem Zimmer Levi nicht davon ab, sich zu mir ins Bett zu schmeißen. »Also, was tut sich im Leben meines kleinen Bruders?«

»Interessiert dich das wirklich?«, fragte ich erstaunt. Wir verstanden uns zwar gut, aber die Beziehung zwischen Levi und Mats war eine ganz andere als die zu mir. Was klar war, die beiden hatten sich immerhin einen Uterus geteilt. Ich war nicht neidisch auf die Einheit, die sie bildeten. Vielleicht hätten Felix und ich ebenfalls eine ähnliche Verbundenheit wie die Zwillinge aufbauen können, aber ganz ehrlich: Er war Mathelehrer. Und viel älter. Wir würden nie die gleichen Interessen haben.

»Natürlich«, meinte Levi.

»Lass mich raten, Mats ist nicht da.«

Ohne den Hauch eines schlechten Gewissens zwinkerte er mir zu. »Erwischt.«

»Na, toll. Ich bin nur zweite Wahl.« Wie immer.

»Besser als die dritte«, meinte er schulterzuckend.

Ich verdrehte die Augen. »Toll. Ich stehe offensichtlich eine Stufe über Felix.«

»Ach, halt die Klappe, Zwerg.«

»Du wolltest doch reden«, beschwerte ich mich.

»Will ich immer noch, aber du veranstaltest gerade einen Beliebtheitswettbewerb.«

Ich setzte mich auf und schaute Levi unschlüssig an. »Willst du echt wissen, was los ist?«

»Ja, ich bin neugierig. Laut deinen Videopeek-Posts hast du seit Kurzem einen Freund. Unsere Eltern werden mit dir *das Gespräch*«, er zeigte Gänsefüßchen in der Luft, »führen wollen.«

»O Gott«, seufzte ich und ließ mich wieder nach hinten fallen. Ich zog mir sogar ein Kissen über den Kopf. Nicht weil meine Eltern ein Aufklärungsgespräch führen wollten, sondern weil ich Vollpfosten nicht bedacht hatte, dass meine Brüder ebenfalls in den sozialen Medien unterwegs waren.

Levi schnappte sich das Kissen und warf es quer durchs Zimmer. Echt jetzt? »Da mussten wir alle durch.«

Ich setzte mich auf und kämmte mir mit den Fingern durchs Haar. Vermutlich sah meine Frisur aus, als hätte ein Vogel darin genistet. »Da sind sie aber leider etwas spät dran. Meine Jungfräulichkeit habe ich vor zwei Jahren verloren.«

»Was eine Info ist, auf die ich gerne verzichten hätte«, meinte Levi. »Aber jetzt mal ernsthaft. Der Kleine sieht«, er brauchte eine ganze Weile, bis er das richtige Adjektiv für Tim fand, »niedlich aus.«

»Niedlich?« Dieses Wort hatte ich noch nie aus Levis Mund gehört.

»Ich hätte auch *nett* sagen können.«

»*Nett* ist nicht das erste Wort, was mir in Bezug auf Tim einfällt.« Levi grinste. »Tim also. Der Name passt zu ihm.«

»Du kennst ihn nicht mal persönlich«, grummelte ich.

»Woher denn auch«, beschwerte er sich. »Aber nachdem du ihn

in deinem Video verlinkt hast, habe ich mir alle Videos von ihm angeschaut. Übrigens, weil wir gerade von Videopeek sprechen. Nimmt dir irgendjemand diese Der-tätowierte-Junge-sehnt-sich-nach-Liebe-Nummer ab?«

Mir klappte der Mund auf. »Alter …«

»Jetzt tu nicht so. Du bist mein Bruder. Ich weiß, wie du tickst.«

»Schon gut«, murrte ich. »Und ja, es kommen immer wieder neue Follower dazu, also funktioniert die Masche sehr gut. Danke der Nachfrage.«

»Schön für dich. Und Tim spannst du jetzt für deine Videos ein und spielst ihm und allen anderen die große Liebe vor?«

»Sag mal, bist du nur gekommen, um mir auf den Sack zu gehen?«

»Wenn nicht ich, wer dann?«, konterte er.

Frustriert stöhnte ich auf. »Nur damit du es weißt, ich spiele ihm nicht die große Liebe vor. Ehrlich gesagt, war es seine Idee.«

»Echt?« Nun wirkte Levi schockiert. »Der sieht gar nicht so berechnend aus.«

»Nicht so berechnend wie ich, oder was?«

»So habe ich das nicht gemeint, Zwerg«, meinte er versöhnlich. »Also, erzähl mal«, forderte er mich auf.

Und das tat ich, angefangen beim ersten Schultag. Allerdings beschränkte ich mich nicht nur auf Tim, sondern erwähnte auch Alexej. Denn für mich hingen sämtliche Geschehnisse zusammen, so als hätte mich ein Erlebnis zum anderen geführt. Levi, der sich während meiner Zusammenfassung gegen die Wand gelehnt hatte, schüttelte zuerst den Kopf. »Okay.« Danach nickte er. »In Ordnung.« Woraufhin er doch wieder den Kopf schüttelte. »Hättest du mir dienstags ein kurzes Update gegeben, dann würdest du jetzt nicht in diesem Schlamassel stecken.« Nun lachte er laut auf. »Du kleiner Scheißer hast einen Fake-Boyfriend und einen Fuckboy.«

»Einen was?«

»Soll ich es dir buchstabieren?«, fragte er.

Wer war der Kerl da vor mir?

»Akustisch habe ich dich schon verstanden. Mein Kopf kommt nur nicht ganz mit, und ich bräuchte dringend eine Erklärung.«

»Ein Fuckboy ist ein Kerl, der dich immer nur anruft, weil er Sex mit dir will, aber ganz bestimmt keine Beziehung.«

»Also, so jemand wie du oder ich?« Zumindest in der Theorie. Denn ich hatte leider niemanden, den ich anrufen konnte.

Nun runzelte er die Stirn. »Ja, ich denke schon.« Levi war nicht schwul, soweit ich wusste. Die Vielzahl an Mädchen, die hier in den letzten Jahren ein und ausgegangen waren, sprachen eindeutig dagegen. Ich rechnete es ihm hoch an, dass er ohne No-Homo-Zwischenrufe mit mir über mein Leben redete. Die meisten Leute taten immer superaufgeschlossen, für meine Schulkollegen war es zum Beispiel normal, sich über Sex zu unterhalten. Außer es ging um *schwulen* Sex. Dann starrten alle peinlich berührt zu Boden. Und ich verstand es nicht. Sex war Sex. Egal ob zwischen zwei Männern, zwei Frauen oder eben Mann und Frau. Deshalb war Levis entspannte Art, mit denen er die Dinge sah, eine große Erleichterung für mich.

Levi und ich sahen uns an und brachen in lautes Gelächter aus. »Was für 'ne Scheiße.« Er wischte sich ein paar Tränen aus dem Augenwinkel. »Aber jetzt mal von Fuckboy zu Fuckboy. Wenn Tim nur dein Fake-Boyfriend ist, dann brauchst du wegen Alexej kein schlechtes Gewissen haben. Der will sich nur ein wenig ausprobieren. Und in dir hat er das ideale Testobjekt gefunden. Du hast keine Gefühle für ihn und erwartest nicht die große Liebe. Besser du hast mit Alexej ein wenig Spaß als mit Tim«, philosophierte er. »Mit dem hältst du es rein platonisch.«

»Hatte ich vor.«

»Du hast es drauf, kleiner Bruder.« Mit beiden Händen stützte Levi sich auf Malm ab und stand auf. Er streckte sich genüsslich. »Gutes Gespräch.« Er zog sein Smartphone aus der Jogginghose. »Und ich habe jetzt erfolgreich die Zeit bis zum Mittagessen überbrückt. Wir sehen uns unten.«

Kopfschüttelnd schaute ich ihm nach. Levi war schon eine Nummer für sich, doch dank ihm fühlte ich mich nicht mehr ganz so beschissen. Vielleicht war die ganze Situation nur halb so schlimm.

Ein paar Stunden später stand ich vor dem kleinen Reihenhaus, in dem Tim wohnte. Der Vorgarten wirkte sehr gepflegt und die Blumenbeete waren alle symmetrisch. Vermutlich war kein Grashalm höher als zweikommafünf Zentimeter. Mit meinem Finger drückte ich auf die Klingel und ließ ihn etwas länger darauf als angebracht. Es dauerte nicht lange, da riss Tim schon die Tür auf.

Er strahlte mich an. »Hey, du bist da.«

»Hab ich doch gesagt.« Ich schob meine Hände in die Hosentaschen und sah ihn etwas unbehaglich an.

»Komm rein.« Immer noch lächelnd machte er einen Schritt auf die Seite, damit ich eintreten konnte.

Bereits im Flur wurde mir klar, dass es hier definitiv anders als bei uns war. Während mich bei mir zu Hause zahlreiche Jacken und Schuhe in der Garderobe begrüßten, war hier alles aufgeräumt. Ähnlich wie bei Alexej in der Wohnung.

Nachdem ich meine Schuhe ausgezogen hatte, stellte ich sie auf ein Schuhregal, obwohl ich am liebsten wieder verschwunden wäre.

»Komm mit«, bat mich Tim, und ich folgte ihm ins angrenzende Wohnzimmer. Auf dem Tisch stand eine Vase mit Orchideen, aber sonst war alles total aufgeräumt. Wenn man wie ich aus einer Großfamilie kam, wirkten beinahe sterile Räume auf mich leblos. Bei uns zu Hause lagen immer irgendwelche Socken auf dem Boden, Fußbälle rollten durch die Gegend und meine Pflanzen trugen auch zu der heimeligen Atmosphäre bei. Außerdem stapelten sich Laptops, Tablets und allerhand anderes Zeug auf dem Couchtisch, und wir waren immer auf der Suche nach irgendwas. Aber ich mochte es so. Mir gefiel diese Unordnung, weil ich selbst das wandelnde Chaos war.

Direkt vom Wohnzimmer aus führte eine Treppe in den ersten Stock. »Mein Zimmer ist oben«, erklärte Tim, und ich folgte ihm hinauf. Von einem weiteren Flur aus gingen vier Türen ab.

Tim öffnete die rechte und ließ mir den Vortritt.

Nach den aufgeräumten Zimmern hatte ich damit gerechnet, dass es in Tims Reich genauso aussehen würde. Da hatte ich mich getäuscht. Hier drinnen war ein Tornado durchgefegt. Vielleicht auch zwei. Es war schwierig, sich durch den Raum zu bewegen, ohne auf irgendetwas zu treten. Todesmutig bahnte ich mir einen Weg durch das Chaos an Kleidungsstücken, benutzten Taschentüchern und Tellern. »Wie ich sehe, hast du extra für mich aufgeräumt.« Sarkasmus war in einer Situation wie dieser durchaus angebracht.

Tim drehte sich zu mir. »Sorry, aber das hier ist meine stumme Revolution.«

»Wenigstens bleibst du dir treu«, murmelte ich. »Darf ich das auf Video aufnehmen? Zum Schluss schwenke ich dann mit der Kamera auf dich, also stell dich irgendwo hin … und schau gut aus.« Immerhin war ich genau aus diesem Grund hier. Um Content für Videopeek zu schaffen. Wenn ich noch irgendeinen Text in Richtung *Was für ein Chaos, aber ich liebe ihn trotzdem* dazuschrieb, hätte ich bereits einen Post. Wenn es in dem Tempo weiterging, könnte ich in zwei Stunden wieder abhauen.

»Klar. Mach nur.« Und das tat ich. Im Anschluss setzten wir uns auf die Couch, wo wir gleich den Geschmackstest des neuen Energydrinks machten, den ich mitgebracht hatte. Tim war ein netter Kerl. Vielleicht könnten wir Freunde werden, wenn wir die Sache mit der Fake-Beziehung abgeschlossen hatten.

»Sind deine Eltern jeden Samstag unterwegs?«, fragte ich sieben Videos später.

»Ja, da spielen sie mit Freunden Tennis.«

»Wow. Tennis.« Wie langweilig. »Dann können wir unsere Videos immer aufs Wochenende legen. Falls du da keine anderen Pläne hast?«

»Nee, außer abends ausgehen steht samstags bei mir nicht viel an.«

»Das könnten wir gleich verbinden und uns mal was für den Abend ausdenken. Date-Night oder so was in der Art.«

Tim wandte den Blick ab.

»Nur, dass es keine echte Verabredung wäre«, sagte er traurig.

Fuck. Genau das war der Grund, warum es keine gute Idee gewesen war, sich auf diese Sache einzulassen. »Komm schon, Tim«, bat ich ihn und schlug einen leicht mitleidigen Tonfall an. »Du wolltest das. Von mir aus können wir es jederzeit beenden.«

»Was? Nein! Ich komme schon damit klar.«

Da war ich mir nicht sicher, aber ich würde mein Bestes geben, um ihm keine falschen Hoffnungen zu machen. Tim sehnte sich nach etwas Verbindlichem, und das konnte ich ihm nicht geben.

»Wie läuft es mit deiner Männersuche? Hast du es mal mit Tinder oder Grindr versucht?«

Nun versteckte er sein Gesicht hinter seinen Händen. »Mann, ich werde bald achtzehn. Es kann doch nicht sein, dass ich darauf angewiesen bin, Kerle übers Internet aufzureißen.«

Ich legte ihm eine Hand auf den Rücken und tätschelte ihn leicht. »Vielleicht musst du mit offeneren Augen durch die Welt gehen. Statistisch gesehen waren bereits dreizehn Prozent der Männer mit einem anderen Mann im Bett«, zitierte ich meine Mutter. »Das heißt, von hundert Schülern wären das dreizehn. Abzüglich dir und mir müssten es immer noch elf Kerle geben, die infrage kommen.«

»Und ich bin der Vollpfosten«, jammerte Tim, »der nicht mal herausbekommt, wer die möglichen Kandidaten sind.« Na ja, das war auch nicht leicht. Niemand hatte ein Tattoo auf der Stirn, wo die sexuelle Orientierung draufstand.

Jetzt tat er mir richtig leid. »Weißt du was? Wir gehen wirklich mal aus, dann bekommen wir das schon hin«, versprach ich ihm. Danach stand ich auf und schnappte mir meinen Rucksack. »Aber nicht heute. Ich muss ein Referat fertigbekommen, und mein Partner reißt mir den Arsch auf, wenn ich das vermassle.«

Zum Abschied umarmte ich ihn kurz. »Mach's gut.« Ich mochte Tim wirklich, und ein wenig fühlte ich mich wie sein großer Bruder. Wir würden schon den richtigen Kerl für ihn finden. Ich hoffte nur, er verabschiedete sich bald von dem Gedanken, ich könnte dieser Jemand sein.

Kapitel 11

Sonntagabend. Meine Eltern saßen neben mir auf der Couch und sahen fern. Mama hatte ihre Füße auf Papas Schoß gelegt, und die beiden genossen die Ruhe im Haus. Mats und Levi waren unterwegs, und ich hatte mich seit heute Morgen erfolgreich um schulische Angelegenheiten gekümmert. Da war es sogar in Ordnung gewesen, den wöchentlichen Brunch bei Oma und Opa zu schwänzen.

Mit einem lauten Seufzen klappte ich endlich den Laptop zu. Fertig. Nicht nur, dass ich alle Hausaufgaben erledigt hatte. Nein, auch das Thema Referat konnte ich abhaken. Zumindest wenn Alexej nicht daran herummäkelte. Den USB-Stick steckte ich in meine Jogginghose, ich durfte nur nicht vergessen, ihn morgen mit zur Schule zu nehmen. Vielleicht sollte ich gleich …?

»Alles erledigt?«, fragte Mama. Erst jetzt merkte ich, dass sowohl sie als auch Papa mich ansahen.

»Ja«, jammerte ich. »Hat ja nur Stunden gedauert.«

Papa schnaubte belustigt. »Weißt du, andere Leute machen jeden Tag ein bisschen was, dann müssen sie nicht ihren Sonntag dafür opfern.«

Ich winkte ab. »Und wiederum andere Leute nehmen Drogen, weil sie den Leistungsdruck nicht ertragen«, antwortete ich beiläufig. »Ich finde, ich bin da auf einem ganz guten Weg.«

Mama verdrehte die Augen. »Egal wie, wir freuen uns, dass du in deinem letzten Jahr so etwas wie Motivation für die Schule zeigst.«

»Liegt nur daran, dass Papa mich auf eine Idee gebracht hat.«

Seine Stirn war gerunzelt, und ganz offensichtlich versuchte er, sich zu erinnern, wann wir ein Gespräch über meine Zukunft geführt hatten. »Echt?«

Eltern … »Ja. Du meintest doch, ich soll meine Leidenschaft zum Beruf machen. Und da dachte ich mir, vielleicht wäre Landschaftsplanung und Landschaftsarchitektur das Richtige für mich.«

Meine Mama hob ihre Beine von Papas Schoß und setzte sich auf. »Hast du dich darüber informiert?«

»Ein wenig. Das Studium dauert sechs Semester, und man lernt nicht nur etwas über Botanik und Tierökologie, sondern auch konstruktives Zeichnen« – ein Punkt, der meiner Mutter bestimmt gefiel – »und digitale Bild- und Textverarbeitung.« Was wiederum meinen Vater überzeugen sollte.

Papa richtete sich ebenfalls auf. »Das klingt doch großartig.« Natürlich warf er meiner Mama einen fragenden Blick zu, denn er würde es nur gut finden, wenn sie es absegnete. Ungeschriebener Elternkodex.

Die nickte nur. »Ich glaube, dass das ein Studiengang ist, der dich aufgrund seiner Vielfältigkeit langfristig fesseln könnte.«

Ich schnappte mir den Laptop und stand auf. »Cool. Sieht so aus, als hätten wir einen Plan für meine Zukunft.« Mir war gar nicht klar gewesen, dass mir bisher so etwas wie ein Ziel, auf das ich hinarbeiten konnte, gefehlt hatte. Ich ging zu meinen Eltern und streckte ihnen die Faust entgegen. Zuerst stieß Mama mit ihrer dagegen, dann Papa. »Gutes Gespräch. Ist es okay, wenn ich kurz zu Alexej fahre und ihm den USB-Stick bringe?« Zur Verdeutlichung holte ich ihn aus meiner Hosentasche und zeigte ihn her.

Papa warf einen Blick auf die Armbanduhr. »Es ist schon kurz nach acht. Du könntest ihm die Unterlagen mailen.«

Da hatte er recht, dann würde ich aber Alexej nicht sehen. »Ich bin nicht mehr zehn, sondern volljährig«, erinnerte ich ihn.

»Sorry, das vergesse ich manchmal. Du bist doch unser Baby.« Großartig, jetzt verarschte er mich auch noch.

»Du kannst gerne mein Auto nehmen. Dann muss ich mir keine Sorgen machen, dass dich irgendjemand entführt oder du den letzten Bus verpasst.« Mütter …

Allerdings würde ich mich nicht über das Angebot beschweren. »Danke, Mama. Tschüss. Genießt den kinderlosen Abend.« Mit diesen Worten verließ ich das Wohnzimmer und schnappte mir Mamas Schlüssel. Mein Rucksack lag schon – oder eher immer noch – im Flur, ich nahm aber nur die Geldbörse aus dem äußersten Fach und machte mich auf den Weg.

Zwanzig Minuten später hatte ich den Wagen vor Alexejs Haus abgestellt und joggte auf den Eingang zu. Da gerade jemand das Gebäude verlassen hatte, schlüpfte ich durch die sich langsam schließende Tür und lief die Treppe nach oben.

Vor Alexejs Wohnung blieb ich stehen und sah an mir herunter. Ausgeleierte Jogginghose und Schlabberpullover. Hätte ich mir etwas Schickeres anziehen sollen? Oder mich duschen?

Na ja, jetzt war es zu spät. Ich zog den USB-Stick aus der Hosentasche und lehnte mich mit der anderen Hand gegen den Türstock. Danach klopfte ich.

Und wartete. Lange.

Das nächste Mal hämmerte ich lauter und länger gegen die Tür. Kurz darauf riss Alexej die Tür auf. Er trug nur eine blauweiß gestreifte Pyjamahose. Kein T-Shirt, was mir eine gute Aussicht auf seinen trainierten Oberkörper gab.

»Was willst du hier?«, fragte er mit gedämpfter Stimme.

Gleichzeitig stellte auch ich ihm eine Frage. »Sag mal, welchen Sport machst du?«

Unsere Blicke trafen sich. »Was?«, sagten wir wie aus einem Mund, was mich zum Schmunzeln brachte. Alexej weniger. Der schaute mich böse an. »Du kannst nicht einfach unangemeldet bei mir vorbeikommen«, zischte er.

»Wieso nicht?«

»Weil es unhöflich ist. Und ich das nicht will«, wisperte er.

Das Flurlicht ging aus. »Tut mir leid«, entschuldigte ich mich, obwohl ich nicht verstand, warum er sich so anstellte. Total verunsichert streckte ich ihm den USB-Stick entgegen. »Ich wollte dir nur den hier zurückbringen. Natürlich mit der vollständigen Präsentation.«

Nun verschränkte er die Arme vor der Brust, und mein Blick wurde wie magisch von seinem Bizeps angezogen. War an dem Kerl alles perfekt? »Das hättest du auch morgen machen können.«

»Hier, nimm.« Beleidigt griff ich nach seinem Unterarm und drehte ihn vorsichtig so, dass ich ihm den Speicher-Stick in die Handfläche legen konnte. »Ich habe mich gefreut, fertig zu sein. Sorry, dass ich dich an meiner Euphorie teilhaben lassen wollte.«

Ich wollte einfach nur weg. Schnell drehte ich mich um, kam aber nicht weit. Alexej legte mir die Hand auf die Schulter. »Jetzt hau nicht beleidigt ab.«

Fest biss ich die Zähne zusammen, wandte mich ihm aber wieder zu. »Und was soll ich deiner Meinung nach sonst tun? Immerhin hast du klargestellt, dass ich nicht hier sein soll.«

»Gott«, schnaubte Alexej genervt. »Komm rein.«

Mir war danach *Jetzt will ich nicht mehr* zu sagen, aber das kam mir zu kindisch vor. »Na gut«, murmelte ich. »Wenn du drauf bestehst.«

Alexej lachte leise. »Spinner.« Er machte ein paar Schritte zurück, damit ich eintreten konnte. »Aber schrei nicht rum, die Wohnung hat dünne Wände, und ich will nicht irgendwelche Nachbarn hier stehen haben.«

»Schon gut«, sagte ich mit gedämpfter Stimme, während ich mir meine Schuhe von den Füßen trat. »Ich werde mich bemühen.«

Kopfschüttelnd ging Alexej ins Wohnzimmer. Ich folgte ihm zur Couch. Er warf den USB-Stick auf den Tisch und griff nach seinem Head-Set. Offensichtlich spielte er Call of Duty: Warzone, was mir die blaue Playstation-Hülle auf dem Tisch verriet. Nicht der Fernsehbildschirm.

»Ey, Finn«, sagte er. »Ich bin für heute raus.«

Finn? Es dauerte kurz, bis ich begriff, dass er mit jemandem über das Head-Set sprach.

»Von mir aus kannst du gerne weiterspielen«, murmelte ich. Sofort schüttelte er den Kopf.

»Ja, alles klar. Wir hören uns.« Er legte das Head-Set wieder beiseite und schaltete die Konsole aus. Wir starrten beide kurze Zeit auf den schwarzen Bildschirm, bis Alexej sich so setzte, dass er mich ansehen konnte.

»Okay, du bist hier.«

»Jap.«

»Eigentlich wäre es mir lieber, du würdest immer nur freitags kommen«, platzte es aus ihm heraus.

»Ähm … okay?« Irgendetwas entzog sich meiner Aufmerksamkeit. »Und gilt das dann für den ganzen Freitag oder nur das Zeitfenster von nach dem Unterricht bis sechzehn Uhr?« Natürlich versuchte ich, ihn zu provozieren, denn ich verstand es einfach nicht. Was zur Hölle sollte das?

Das Krasseste war: Alexej schien tatsächlich über diese Frage nachzudenken.

»Vergiss es«, sagte ich schnell. »Ich komme gar nicht mehr. Problem gelöst. Mit dem Referat sind wir sowieso fertig, es gibt also keinen Grund mehr, bei dir abzuhängen.«

»Fuck, Niklas. Chill mal.«

»Chill du mal«, pampte ich ihn an. »Du tust, als würde ich dir auflauern und zu deinem persönlichen Stalker mutieren.«

Alexej warf mir ein Kissen an den Kopf. »Jetzt wirst du aber unfair. Ich habe nur gesagt, du kannst nicht einfach unangemeldet vorbeikommen, weil es dir gerade so in den Kram passt. Ruf doch wenigstens an oder schreib eine Nachricht.« Er deutete auf seinen nackten Oberkörper. »Dann hätte ich mir was angezogen und 'ne Tüte Chips aufgemacht.«

Kopfschüttelnd nahm ich das Kissen in die Hand. »Klingt so, als könnte ich das schaffen.« Ich schoss das Zierkissen zurück zu Alexej, der es in der Luft abfing.

»Was wird das?«

»Kissenschlacht?«, fragte ich ihn und grinste.

»Ich habe eine bessere Idee.« Auf seinem Gesicht zeichnete sich für den Bruchteil einer Sekunde ein diabolisches Lächeln ab. Es verschwand, als er sich auf mich warf und ich mit dem Rücken zurück auf die Couch fiel.

»Von Ich-wünschte-du-wärst-nicht-hier zu Ich-werfe-dich-aufs-Sofa in weniger als fünf Minuten.«

Alexej schnappte sich meine Hände und fixierte sie über meinem Kopf. »Du weißt, dass ich nichts Festes will. Und Überraschungsbesuche gehen für mich verdammt in diese Richtung.«

»Nein, sie zeugen von Spontaneität«, widersprach ich ihm und hob meinen Kopf ein wenig an. Ich wollte ihn unbedingt küssen, doch der Abstand zwischen unseren Lippen war zu groß. Das machte Alexej absichtlich …

»Behalt spontane Aktionen für andere Aktivitäten im Hinterkopf«, raunte er, bevor er langsam näherkam. Sein Mund schwebte über meinem. »Darf ich dich küssen?«

»Als müsstest du mich das fragen«, flüsterte ich. Alexejs Lippen berührten meine, und würde ich nicht bereits liegen, hätte mich sein Kuss aus den Latschen geworfen.

Es war eigenartig. Alexej war die meiste Zeit über nicht wirklich nett zu mir, und trotzdem geisterte er unaufhörlich durch meinen Kopf. Was bestimmt daran lag, dass ich mir bei ihm keine Sorgen machen musste, dass er mehr von mir wollte und damit eigenartig perfekt für mich war.

Der Kuss wurde schnell heißer und schmeckte süß und fruchtig. Beinahe, als hätte Alexej zuvor Gummibärchen genascht. Es hätte mir aber auch gefallen, wenn er nach der verrücktesten Chips-Sorte der Welt geschmeckt hätte.

Mit meinem Körper presste ich mich gegen seinen, und endlich ließ Alexej meine Hände los. Da er mit seinem ganzen Gewicht auf mir lag, stützte er sich mit dem Ellbogen auf der Couch ab. Von mir aus hätte er das nicht gemusst, denn ich hatte den intensiven Kontakt genossen. Ich schlang die Arme um seinen Hals, weil ich befürchtete, dass er den Kuss jede Sekunde beenden würde. Doch das tat er nicht. Er umkreiste meine Zunge mit seiner, und es fühlte sich an, als würde er mehr wollen.

Mein Herz schlug unglaublich schnell, und ich hatte das Gefühl, Alexej ging es da nicht anders. Mutig wanderten meine Finger von seinem Hals weiter nach unten und strichen über seinen erhitzten Oberkörper. »Mehr«, forderte Alexej mich auf, also nahm ich die zweite Hand dazu, mit der ich seinen trainierten Körper erkundete.

Wir pressten uns aneinander, und ich hörte keine Geräusche außer unseren keuchenden Atemzügen. Mein ganzer Körper prickelte und kribbelte, während unsere Becken sich rhythmisch gegeneinander drängten. Ich wollte ebenfalls mehr, und das versuchte ich Alexej zu signalisieren, indem ich mit meinen Fingerspitzen am Bund seiner Hose herumspielte.

Er unterbrach den Kuss. »Stopp«, keuchte er heiser. Statt mich wieder zu küssen, vergrub er sein Gesicht an meiner Halsbeuge, während seine schnellen Atemzüge über meine Haut strichen.

»Alles in Ordnung?«, fragte ich leise.

»Mehr als das«, sagte er, richtete sich dann aber auf. Alexej sah sich um und legte sich ein Kissen auf den Schoß, um die Beule in seiner Pyjamahose zu verstecken. Was ein bisschen spät war, denn ich hatte sie schon sehr intensiv gespürt.

Auch ich rappelte mich hoch und legte den Kopf schräg, gespannt auf eine Erklärung. Die Sache mit dem Kissen sparte ich mir, denn er konnte ruhig sehen, was er in mir auslöste. »Okay. Und warum hören wir auf?«

Alexej senkte peinlich berührt den Blick und fuhr sich verlegen durch sein Haar. »Das alles ist neu für mich.«

»Neu im Sinne von Ich-habe-generell-noch-nie oder Ich-hab-noch-nie-mit-einem-Kerl?«

»Zweiteres.«

»Magst du drüber reden?« Keine Ahnung, was ich sonst sagen sollte.

»Eher nicht. Wobei …? Warum eigentlich nicht?« Er wirkte nicht vollkommen überzeugt, sprach jedoch weiter. »Also, ich habe Erfahrungen. Mit Mädchen. Aber das mit dir … ist neu.«

»Vielleicht«, wagte ich einen Schuss ins Blaue, »hattest du bisher keine Gelegenheit, diese Seite an dir zu erforschen?«

Er schüttelte den Kopf. »Mein bester Freund Finn ist … na ja, das ist schwer zu sagen, was Finn ist. Aber zumindest Anton, ein anderer Freund, ist definitiv schwul. Hätte ich, wenn diese Gelegenheitstheorie stimmt, dann nicht mal einen Versuch bei einem der beiden gestartet?«

»Hmmm. Vermutlich.«

»Außerdem dachte ich bis zu diesem Schmatzer auf die Wange, dass ich heterosexuell bin.«

»Und was hat sich geändert?« Das interessierte mich wirklich.

»Danach habe ich oft an dich gedacht. Und nicht nur wegen des Referats, sondern auch … anders.«

»Scheiße«, sagte ich kopfschüttelnd. »Ich habe wirklich keine Ahnung. Vielleicht fühlst du dich einfach zu einer gewissen Art Mensch hingezogen, und ich erfülle da alle Kriterien oder so.«

Einige Sekunden starrte er mich nur an. »Vielleicht liegt es an den Tattoos. Ich habe mir immer selbst welche gewünscht und fand Frauen mit Tätowierungen besonders attraktiv.«

Wollte ich das hören? Nein, eher nicht. »Und? Willst du dir jetzt lieber eine Frau suchen?«

»Was? Nein, ich würde das mit dir gerne ein wenig weiterführen.«

»Ich mag experimentierfreudige Menschen. Falls dir was zu schnell geht oder du feststellst, dass du dich nicht wohlfühlst, hören wir auf.«

Zustimmend nickte Alexej, schüttelte dann aber den Kopf. »Aber macht das nicht alles unnötig kompliziert in der Schule? Was ist, wenn ich zuerst sage, küssen ist gut, aber doch nicht mehr drin ist? Weil es mich nicht anmacht?«

Das wagte ich zu bezweifeln, aber ich verstand seine Bedenken. »Dann ist das okay. Wir sind nur Schulkollegen. Und es wird nicht komisch zwischen uns, wenn du es nicht eigenartig werden lässt.«

»Klingt einleuchtend.«

»Finde ich auch.« Danach lehnte ich mich zu ihm und drückte ihm einen Kuss auf die Wange. »Aber jetzt fahre ich nach Hause. Und wenn du Lust hast, komme ich nächsten *Freitag*« – das Wort betonte ich extra für ihn – »nach der Schule wieder mit zu dir.«

Ich stand auf und ging in den Flur. Als der perfekte Gastgeber folgte Alexej mir. »Und das ist okay für dich?«

»Jap, ich finde das cool«, sagte ich, während ich in die Schuhe schlüpfte. »Ich küsse dich gerne, und ich mag, dass du mehr als einmal betont hast, dass du keine Beziehung willst. Dann muss ich das nicht tun.«

Man sah Alexej die Ungläubigkeit im Gesicht an. »Warum wünschst du dir nichts Festes?«

»Ganz ehrlich, ich finde es bereits anstrengend, regelmäßig in die Schule zu gehen und für Tests zu lernen. Wenn ich noch einen Freund hätte, müsste ich irgendwelche Erwartungen erfüllen. Und die würde ich ganz sicher enttäuschen, weil ich … ich glaube, ich bin zu egoistisch für eine Beziehung.«

Zustimmend nickte Alexej. »Bei mir käme eine Freundin«, er stolperte beim Sprechen über dieses Wort, »oder ein Freund«, fühlte er sich bemüßigt, hinzuzufügen, »auch erst an letzter Stelle.« Offensichtlich waren wir beide Egomanen.

»Genau. Ich sehe, wir verstehen uns.« Das spöttische Grinsen konnte ich mir nicht verkneifen.

Alexej kam auf mich zu, griff nach meiner Hand und zog mich an sich. Seine weichen Lippen legte er beinahe zärtlich auf meine. »Bestimmt in jeglicher Hinsicht«, raunte er.

Wenn er mich so küsste, wollte ich gar nicht mehr nach Hause. Bevor er den Kuss intensivieren konnte, zog ich mich zurück. »Wir sehen uns morgen in der Schule«, murmelte ich gegen seine Lippen. »Schlaf gut, Alexej.«

Mit diesen Worten verließ ich seine Wohnung, begleitet von einem »Komm gut nach Hause«.

Kapitel 12

In den letzten vier Wochen hatte sich eine Art Routine in mein Leben eingeschlichen. Die Samstage verbrachte ich mit Tim, der sich immer mehr zu einem guten Freund entwickelte und mit dem ich gerne Zeit verbrachte. Außerdem war er ein passender Partner in Sachen Social Media.

Gemeinsam hatten wir viele neue Follower bekommen, und immer wieder flatterten Kooperationsanfragen ins Haus. Die Community liebte Tim und mich als Pärchen, aber ich hatte Angst, dass sie sich bald nicht mehr mit Kuschelposts zufriedengeben würden. Allerdings konnten wir sie mit Party-Videos ablenken, denn die Samstagabende gehörten meinen Freunden und mir. Dave war ein unerschöpflicher Quell dummer Ideen. Seit sich auch Tim und seine Leute unter unsere Gruppe gemischt hatten, waren wir zu einem lächerlichen Haufen Z-Promis mutiert, deren Leben von den Followern wie die neueste Folge einer Daily Soap konsumiert wurde. An manchen Tagen vergaß sogar ich, dass ich nicht wirklich mit Tim zusammen war. Doch immer, wenn Alexej heimlich sein Knie im Unterricht gegen meines drückte oder unsere Finger sich kurz streiften, fiel mir wieder ein, wer mich vollkommen um den Verstand brachte.

Oft versuchte ich, Alexej zu überreden, mit uns auszugehen, doch er lehnte jedes Mal ab. Er hielt eisern an seinem Einsiedlerdasein fest. Immer, außer freitags. Denn an diesen Tagen ließ er mich in sein Leben. Zumindest für die paar Stunden, die wir küssend auf seiner Couch verbrachten.

Auch jetzt saß ich auf einem Sofa, allerdings nicht bei Alexej, sondern bei Nina. Ihre Eltern waren übers Wochenende verreist und sie nutzte die Gelegenheit, um ihren Geburtstag nachzufeiern.

»Hey.« Dave, der gerade dabei war, sich einen Joint zu drehen, stieß mich mit dem Ellbogen an. »Warum sitzt du nur rum und starrst auf deine Bierflasche?«

»Tu ich das?«

»Ja, du wirkst nachdenklich. Das passt nicht zu dir.«

Mit gerunzelter Stirn betrachtete ich Dave von der Seite. »Nicht?«

»Nope.« Begeistert zeigte er mir die selbstgedrehte Zigarette. »Sieht gut aus, oder?«

Ich nickte nur. Keine Ahnung, ob er Beifall erwartete.

»Kommst du mit raus, einen durchziehen?«

»Warum nicht.« Mein Bier stellte ich auf den Couchtisch. Da ein paar Mädels Twister miteinander spielten, mussten wir uns an ihnen und dem Spielfeld vorbeidrücken. Auf dem Weg zur Haustür kamen wir an der Küche vorbei, in der sich Nina, Sarah, Sarahs Schwester, deren Namen ich schon wieder vergessen hatte, und Tim unterhielten. Alle hatten Sektgläser in den Händen, die Tim eifrig nachfüllte.

»Ich sag mal kurz Nina Bescheid«, murmelte Dave. Der stand ja wirklich unter dem Pantoffel.

»Mach«, antwortete ich und konzentrierte mich in der Zwischenzeit auf das Schuhchaos im Flur. Meine schwarz-weiß karierten *Vans* stachen zum Glück aus der Menge raus, und ich zog sie mir gleich an.

»Ich warte draußen«, rief ich Dave zu, der sich den Joint hinters Ohr gesteckt hatte und Nina küsste. Ich würde Alexej auch gerne küssen …

Kopfschüttelnd ging ich raus, die drei Stufen nach unten in den Garten und zog die kalte Nachtluft in meine Lunge. Dank der großzügigen Außenbeleuchtung war es vor dem Haus beinahe taghell. Es war November und eigentlich viel zu frisch, um nur mit einem kurzen Shirt draußen herumzustehen, aber die Temperatur im Haus hatte die Stufe Fegefeuer erreicht, deshalb war ich dankbar für die Abkühlung.

Seufzend strich ich über meine Unterarme, auf denen sich eine Gänsehaut gebildet hatte. Reingehen war jedoch im Moment keine Option, deshalb musste ich mich ablenken. Sehr viele Möglichkeiten bot der umzäunte Vorgarten nicht. Ich zog mein Smartphone aus der Hosentasche und tippte eine Nachricht an Alexej.

> **Niklas:**
> Die Party ist noch in vollem Gange. Und unter uns … es ist vor Mitternacht, also nicht zu spät, um hier aufzuschlagen.

»Hey«, ertönte eine Stimme hinter mir.

Eine Sekunde lang hatte ich die Hoffnung, dass Alexej dort stand. Aber auch ohne über meine Schulter zu sehen, wusste ich, wer mir gefolgt war.

»Tim!« Ich verstaute das Smartphone wieder in der Hosentasche und drehte mich zu ihm um. »Was machst du hier?«

»Ich wollte ein Selfie mit dir für meinen Insta-Account machen.« Er streckte mir ein Stück Stoff entgegen. Meinen Hoodie, um genau zu sein. »Außerdem wollte ich dir den bringen, damit dir nicht kalt wird.« Wie nett war das denn?

»Danke.« Ich nahm das Oberteil und schlüpfte hinein. »Obwohl Fotos, auf denen meine Tattoos zu sehen sind, meines Wissens nach mehr Likes bringen. Zumindest auf meinem Account.« Klang ich eigentlich immer wie ein berechnendes Aas? Oder fiel es mir im Moment nur vermehrt auf?

Mit dem Zeigefinger winkte ich Tim näher. »Komm her.« Er stellte sich neben mich, ich legte den Arm um seine Hüfte und zog ihn zu mir. Danach schmiegte ich mein Gesicht an seines. »Ich denke, das wird gut aussehen.«

»Manchmal macht es mir Angst, wie real du die Sache zwischen uns wirken lassen kannst«, murmelte er und streckte sein Smartphone in die Höhe. Genau in dem Moment, in dem ich grinste, drückte er auf den Auslöser.

»Mir auch«, gab ich ehrlich zu. »Wo bleibt eigentlich Dave?«

»Als ich raus bin, hat er eine intensive Mandeluntersuchung bei Nina vorgenommen.«

Nun prustete ich los. »Jap. Die gibt es sehr häufig. Vor der Schule, in der Schule, nach der Schule. Ohne Rücksicht auf Verluste und etwaige Zuschauer.«

»Eigentlich schön«, meinte Tim mit verträumtem Gesichtsausdruck.

»Das wirst du bestimmt mal haben. Leider haben wir uns in den letzten Wochen zu sehr mit Projekt Social Media beschäftigt und ein wenig den Fokus verloren«, gab ich zu. Vielleicht war ich von den vielen neuen Followern geblendet gewesen, die die Fake-Beziehung uns brachte. »Aber wir finden den richtigen Kerl für dich. Was wünscht du dir eigentlich?«

Er stopfte seine Hände in die Hosentaschen. »Ich wünsche mir nur jemanden, der gerne Zeit mit mir verbringt. Der mich in den Arm nimmt und küsst. Und … na ja, mit mir das ganze Körperliche erforscht.«

Verdammt!

Warum dachte ich bei dieser Beschreibung jetzt an Alexej?

Wäre ich ein anständiger Mensch, hätte ich die beiden einander vorgestellt, denn ich war mir sicher, dass in Tim ein Romantiker steckte, der gerne mit seinem Partner zu Hause kuschelte. Und Alexej war jemand, der dieses ganze My-home-is-my-castle-Ding zelebrierte. Vielleicht könnte es sogar zwischen den beiden funken, aber … ich wollte nicht, dass Alexej und Tim sich kennenlernten.

Ich war Alexejs kleines dreckiges Geheimnis – oder was auch immer er sonst in dem experimentellen Rumgeknutsche sah – und er war meines. Wenn man mal davon absah, dass ich Levi vor Wochen weitestgehend davon erzählt hatte. Da war kein Platz für Tim …

»Ähm …«, brachte ich verspätet hervor. »Ich denke, so jemanden finden wir ganz bestimmt für dich. Vielleicht sollten wir nächste Woche mal allein losziehen. Ohne die anderen und …«

»Klingt gut.« Er lächelte mich wirklich süß an, und ich wünschte, ich könnte derjenige sein, den er suchte.

100

Den Gedanken verwarf ich jedoch gleich wieder, denn ich hatte ja Alexej.

Zumindest jeden Freitagnachmittag.

War es nicht gestört, dass ich ihn auch gerne an anderen Tagen getroffen hätte? Obwohl ich nichts Festes wollte?

Krachend fiel die Eingangstür ins Schloss, und Tim zuckte zusammen. »Bin da«, rief Dave in diesem Moment laut und kam zu uns gejoggt. Er stand noch nicht einmal richtig neben uns, da zog er bereits den Joint hinter seinem Ohr hervor und zündete ihn an. »Es gibt nichts Besseres«, meinte er und inhalierte tief.

Er reichte die Tüte an mich weiter. Weitaus weniger souverän als Dave zog ich daran. Meine Lungen rebellierten, denn ich war nicht einmal Raucher und stieß deshalb den Qualm hustend wieder aus. Dave, der meine Unfähigkeit in Sachen Cannabis-Konsum schon kannte, lachte leise über mich.

»Du auch?«, fragte ich Tim und klopfte mir gegen die brennende Brust.

Wie zu erwarten schüttelte er den Kopf. »Nein, danke.« Er schlang die Arme um seinen Körper und sah ein wenig verloren aus. Das leichte Aufeinanderschlagen seiner Zähne sagte mir allerdings, dass ihm langsam kalt wurde.

Schulterzuckend reichte ich die Tüte an Dave zurück.

Schweigend standen wir eine Weile herum, bis Tim meinte: »Ich gehe wieder rein.«

»Bis gleich«, verabschiedete ich mich. Dave hob nur kurz die Hand. Nachdem Tim wieder im Haus war, schüttelte Dave den Kopf.

»Was?«, fragte ich.

»Ehrlich gesagt, hatte ich damit gerechnet, dass ihr hier draußen ein wenig rumknutscht.«

»Und da wolltest du zuschauen?«

»Ganz klar«, antwortete er mit ironischem Tonfall und verdrehte noch dazu die Augen. »Nichts geht darüber, seinem besten Freund beim Knutschen zuzusehen. Aber mal ernsthaft ... besonders verliebt wirkst du auf mich nicht.«

»Bist du denn in Nina verliebt?«, stellte ich eine Gegenfrage.

»Ganz fieses Manöver, Bro.« Um die Antwort ein wenig hinauszuzögern, nahm er einen weiteren Zug von seinem Joint. Und dann noch einen. »Okay«, sagte er, als er den Rauch ausblies. »Ja, ich bin in Nina verliebt.«

»Und woher weißt du das?« Die Antwort interessierte mich wirklich.

»Na ja, ich verbringe gerne Zeit mit ihr.«

Das half mir jetzt nicht weiter. »Und ich hänge gern mit dir ab. Deswegen bin ich aber nicht gleich in dich verliebt.«

»Haha, Witzbold. Mir reicht es nicht, wenn ich Nina nur einmal pro Woche außerhalb der Schule sehe.«

»Nicht?«

»Nein, wir hängen schon jeden Tag miteinander ab. Und sie schläft bei mir oder ich bei ihr.«

Jetzt brauchte ich doch einen weiteren Zug. »Gib mal her.« Dave reichte mir die Tüte, und ich inhalierte wieder. Dieses Mal hustete ich mir meine Lunge nicht beinahe aus dem Körper.

»Das heißt, alle Alarmsignale sollten bei mir zu schrillen beginnen, wenn ich häufiger als einmal pro Woche bei einem Kerl übernachte?«

»Rein platonisch kannst du jede Nacht bei einem Kerl verbringen, wenn du allerdings mit ihm rummachst, ihr in eurer Freizeit miteinander abhängt und Kosenamen wie *Baby* ins Spiel kommen, solltest du laufen. Oder dem Ding einen Namen geben.« In diesem Augenblick kam mir Dave unglaublich weise vor, was vermutlich nur an dem Gras lag, das wir geraucht hatten.

»Und? Wie sieht es bei Tim und dir aus?«

»Wenn ich dir jetzt erzähle, dass das zwischen uns rein platonisch ist, weißt du es morgen noch?«

Er runzelte die Stirn und bewegte seinen Kopf nachdenklich hin und her. »Nicht, wenn wir gleich ein wenig mit Hochprozentigem nachhelfen.«

»Tja, dann kann ich dir ja verraten, dass Tim nur mein Fake-Boyfriend ist und ich mich heimlich mit einem anderen Kerl treffe.«

Dave riss mir den Joint quasi aus der Hand und zog hektisch daran. »Ohne Scheiß?«

Ich nickte nur, während mein bester Freund einen letzten Zug nahm und die Glut ausdämpfte. Danach legte ich meine Hand in seinen Rücken und schob ihn wieder zurück zum Haus. »Und jetzt werden wir dieses Wissen mit massenhaft roten Kurzen aus deinem Gehirn spülen.«

»Das klingt nach einem guten Plan«, stimmte mir Dave zu.

Kapitel 13

> **Niklas:**
> Alejex?

> **Niklas:**
> Was wurdest du sagen, wennich anlauteb würde

Auf die Autokorrektur von heute war kein Verlass. Die Nachricht sah aus, als wäre sie von einem Betrunkenen geschrieben worden.

Ich kicherte.

Dabei war ich höchstens ... beschwipst.

Mit dem Kopf lehnte ich mich gegen die Eingangstür von Alexejs Wohnhaus. Fuck, mir taten die Füße weh, aber es war auch ein verdammt langer Fußmarsch bis hierher gewesen. Außerdem hatte ich Durst.

Ohhhh! Alexej war online. Und schrieb mir zurück. Meine Nachricht von der Party hatte er unbeantwortet gelassen, aber jetzt konnte er mir schreiben?

> **Alexej:**
> Dass du verschwinden sollst!

Nicht unbedingt die Ermunterung, die ich gebraucht hatte.

> **Niklas:**
> Sag mir das persönlic

Keine Sekunde später legte ich meinen Zeigefinger auf die Klingel mit dem Nikolajew-Namensschild und zählte von zehn abwärts.

Bei neun würde er sich fragen, ob ich wirklich die Frechheit besaß, an einem Samstag mitten in der Nacht bei ihm aufzutauchen. Bei acht stand *wütend werden* auf dem Plan. Bei sieben überlegen, ob er mir eine Hau-wieder-ab-Nachricht schicken sollte. Bei sechs, ob es ausreichte, mich zu ignorieren. Bei fünf den Gedanken verwerfen. Bei vier aufspringen, da ihm klar wurde, dass ich erneut anläuten würde. Bei drei das Schlafzimmer verlassen. Bei zwei wäre er im Flur.

Oder so ähnlich, denn bei eins ertönte der Türsummer. Vielleicht kannte ich Alexej nach der kurzen Zeit besser, als ihm lieb war.

Grinsend betrat ich das Haus und nahm beschwingt die Treppe nach oben. Alexej stand nicht freudestrahlend im Türrahmen und begrüßte mich. Nein, er packte mich bei meinem Hoodie und zog mich grob näher zu sich. »Du kannst hier nicht einfach auftauchen, wie es dir passt. Checkst du das nicht?«, blaffte er mich wütend an. Bestimmt war er in diesem Moment kurz davor, mir eine reinzuhauen.

Mir war klar, dass egal, was ich gesagt hätte, es Alexej noch wütender gemacht hätte. Darum tat ich das, was mein leicht benebelter Verstand mir als grandiose Idee verkaufte. Ich drückte meine Lippen auf seine.

Zuerst erwiderte er den Kuss nicht, sondern stand nur stocksteif da. Doch es dauerte nicht lange, bis er seine Arme um mich schlang und mich ins Innere der Wohnung zog.

»Du bist kalt«, murmelte er gegen meine Lippen.

»Das kommt davon, dass ich nur mit einem Pullover bekleidet durch die halbe Stadt gelaufen bin.«

»Und warum machst du so 'nen Scheiß?«

»Ich wollte dich sehen.« Nach meinem Geständnis zog Alexej mich an sich und küsste mich erneut. Und das so, als hätte er mich auch vermisst. »Ich denke die ganze Zeit an dich.«

»Lass uns ins Wohnzimmer gehen«, drängte er.

Sofort trat ich mir die Schuhe von den Füßen.

»Mit einer Einladung habe ich gar nicht gerechnet. Ich wollte eigentlich nur einen Gute-Nacht-Kuss.«

Alexej ging nicht auf meine Worte ein, sondern griff nach meinem Unterarm und zog mich mit sich ins Wohnzimmer. Ich wäre auch für sein Bett zu haben gewesen, allerdings wollte ich mein Glück nicht überstrapazieren. Er setzte sich auf die Couch und winkte mich zu ihm. »Komm her.«

Nur weil ich betrunken war – und wirklich nur deshalb – nahm ich nicht neben ihm Platz, sondern setzte mich auf seinen Schoß. Im ersten Moment wirkte Alexej überrumpelt, doch dann grinste er und griff nach meinem Pullover. Leicht zupfte er daran. »Zieh den aus.«

»Wieso?«, fragte ich.

»Weil er nach Rauch stinkt«, beschwerte er sich. »Und vielleicht ein bisschen, weil ich deine Tattoos heiß finde.«

In diesem Moment wusste ich nicht, ob ich beleidigt wegen der ersten oder geschmeichelt aufgrund der zweiten Aussage sein sollte. Ich zuckte mit den Schultern und zog mir den Pullover gleich samt T-Shirt über den Kopf.

»Toll«, grummelte er und legte die Hände an meine Hüften. »Jetzt weiß ich nicht, ob ich dich zuerst küssen oder näher anschauen soll.«

»Die Tattoos siehst du doch immer, wenn ich mich vor oder nach dem Sportunterricht umziehe.«

Nun schnaubte er. »Da bekommt man nichts zu sehen, denn du verschmilzt mit der Wand. Wieso tust du das eigentlich?«

Ich senkte den Blick, weil seine Finger über die schwarzen Linien an meinem Oberkörper wanderten. Wie sollte man sich da auf ein Gespräch konzentrieren? »Ich will nicht, dass sich irgendjemand wegen mir unwohl fühlt«, gab ich zu.

»Und warum?«

»Na ja … weil der Schwule sie anstarrt. Deshalb drehe ich mich immer mit den Rücken zu allen.«

»Das ist doch bescheuert«, meinte Alexej aufgebracht. »Als würdest du jeden Kerl in der Klasse automatisch anziehend finden.«

»Reden wir nicht darüber«, winkte ich ab. »Für mich ist das in Ordnung.«

»Es sollte aber nicht nur *in Ordnung* sein.«

»Komm schon, Alexej. Willst du hier eine Diskussion führen oder dich den wichtigen Aufgaben zuwenden.«

Nun zog er die Augenbrauen hoch. »Und die wären?«

»Fürs Erste solltest du eine Entscheidung treffen. Willst du mich lieber küssen oder meine Tattoos aus der Nähe betrachten?«

»Warum nicht beides?«, fragte er.

Bevor ich seine Worte nur ansatzweise verdaut hatte, machte er irgendeinen Superhelden-Move. Anders konnte ich mir nicht erklären, dass ich plötzlich mit dem Rücken auf der Couch lag und Alexej zwischen meinen gespreizten Beinen kniete.

»Wow«, keuchte ich.

»Das ist mein Text«, kam es von Alexej, der mir einen Kuss auf die Lippen drückte, dort aber nicht lange verweilte, sondern sich weiter nach unten küsste. Seine Augen waren auf meine Haut gerichtet. Meine Tattoos waren ein wirres Durcheinander von Farben und Formen. In der Nähe eines Totenkopfes hatte ich mir einen Kompass stechen lassen, ein Kobold stand am Ende eines Regenbogens und ineinander verschlungene Blumen und Pflanzen schlängelten sich über meinen Oberkörper und die Arme. Es war das absolute Chaos, aber ich mochte es. Weil es zu mir passte.

»Fuck, ich steh da total drauf«, keuchte er, als er sich weiter abwärts küsste.

Mit geschlossenen Augen genoss ich seine Liebkosungen. »Dann hör nicht auf«, bat ich ihn.

»Hab ich nicht vor.« Sein Atem streifte meine erhitzte Haut, und ein Schauder wanderte über meinen Körper. »So empfindlich?«, fragte er und erreichte durch den erneut ausgestoßenen Atem, dass ich leise aufstöhnte.

»Komm her«, forderte ich und zog Alexej zu mir hoch.

Er stützte sich mit einer Hand neben meinem Kopf ab, und ich schnappte nach seinen Lippen, was ihn zum Schnauben brachte. »Wirst du bissig, wenn du betrunken bist?«

»Wie kommst du darauf, dass ich was getrunken habe?«

»Du schmeckst wie ein alkoholisches Gummibärchen.«

»Stört es dich?«

»Wenn es mich stören würde, würdest du jetzt nicht auf dieser Couch liegen.«

»An einem Samstag«, rief ich ihm in Erinnerung.

»Genau.«

»Meinst du, wir schaffen es mal in dein Bett?« Eine Wohnungsbesichtigung hatte ich in den letzten Wochen immer noch nicht bekommen, aber zumindest durfte ich sein Klo benutzen. Das kam mir wie ein großer Erfolg vor.

Er nickte. »Aber nur an einem Freitag«, sagte er mit einem Grinsen im Gesicht, und ich verstand nicht, ob er mich nur verarschte oder es ernst meinte. Ich kam nicht dazu, eingehend darüber nachzudenken, denn das aktuelle Motto lautete: Rummachen.

Und das taten wir.

Und wie.

Es dauerte gar nicht lange, da begann er mit dem Becken gegen meines zu stoßen, während ich die Hände über seinen Körper wandern ließ und mich ihm entgegenbog. In meinen Jeans wurde es verdammt eng, aber ich wollte mich nicht von ihm lösen, wenn er gerade so in Fahrt war. Die letzten Wochen hatten mir gezeigt, dass ich Alexej an einen Punkt bringen musste, an dem er seinen Verstand ausschaltete und nur noch fühlte.

»Mach die Hose auf«, raunte er, und für einen Augenblick war ich der Meinung, ich hatte mich verhört. »Komm schon.« Ein Hauch von Verzweiflung klang in seiner Stimme deutlich mit.

Er half mir, indem er gerade so viel Platz schaffte, damit ich zwischen uns greifen und den Gürtel öffnen konnte. Warum zur Hölle zitterten meine Hände auf einmal so?

Ich brauchte mehrere Anläufe, um den Gürtel aufzubekommen, die Hose aufzumachen und ein Stück weit über die Hüften zu schieben. Alexej machte es mir nicht leichter, indem er seinen Körper mit nur minimalem Abstand über meinem schweben ließ. Er senkte sein Becken, und ich spürte seine Härte deutlicher als zuvor, allerdings wünschte ich mir, ich hätte gleich meine Boxershorts nach unten gezogen. Und seine Pyjamahose.

Wieder fanden wir zu einem Kuss zusammen, und ich schob die Zunge in seinen Mund, weil ich süchtig nach dem frischen Minzgeschmack war, den Alexej bei jedem Atemzug verströmte.

Kurz darauf wurde es heller im Raum. Irgendjemand hatte das Licht im Flur angemacht.

Alexej lebte nicht allein in dieser Wohnung!

Er erstarrte regelrecht über mir, und in seinem Gesicht spiegelten sich eine Vielzahl von Gefühlen wider. Ich erkannte Schock. Entsetzen. Aber auch so etwas wie Reue. Mit einem Satz sprang er über die Couch, während ich versuchte, mit den Sofakissen zu verschmelzen. Unsichtbar werden wäre ebenfalls eine gute Alternative.

»Papa?«, fragte eine helle Mädchenstimme, und wäre ich in diesem Moment nicht gelegen, wäre ich vermutlich zusammengebrochen. Ganz offensichtlich hatte dieses verlogene Arschloch eine Freundin und ein Kind. Und machte nebenbei mit mir rum. Immer nur freitags, wohlgemerkt.

Plötzlich ergab die ganze Scheiße Sinn. Dass ich nicht unangemeldet hier auftauchen durfte, wir uns immer nur an einem einzigen Tag in der Woche treffen konnten, weil seine Freundin – oder Frau – mit dem Mädchen … keine Ahnung … Kinderturnen war.

»Ja, Schätzchen?«, fragte er die Kleine und besaß dabei die Frechheit, völlig entspannt zu klingen.

»Betti?«, fragte sie. »Zu mir?«

Mir war schlecht. Kotzübel, um genau zu sein.

»Was hältst du davon, wenn du schon mal vorgehst?« Er klang so liebevoll. Mich beleidigte er die meiste Zeit, in der wir zusammen waren. »Ich trinke nur einen Schluck Wasser und komme gleich nach.«

Wasser? Ich brauchte Tequila. Und zwar literweise.

»Papa kommt?«

»Versprochen. Bevor du einmal *Schlaf, Kindlein, schlaf* gesummt hast, liege ich schon neben dir.« Daraufhin erwiderte sie nichts mehr, doch ich hörte tapsende Schritte, die sich entfernten.

»Scheiße«, flüsterte Alexej leise.

Ich zog meine Hose hoch und stand auf. »Das kannst du laut sagen«, zischte ich und versuchte mit zittrigen Händen, den Gürtel zu schließen. Ich schaffte es nur nicht. Frustriert ließ ich es bleiben.

Alexej raufte sich die Haare. »Egal, was du denkst, es ist anders«, wisperte er.

Am liebsten hätte ich ihn angeschrien. Tief atmete ich durch. »Du hast ein Kind«, zischte ich. »Ich glaube, es ist genauso, wie ich denke.«

Mit dem Zeigefinger deutete er in meine Richtung. »Ich muss jetzt zu Mila, aber bitte bleib hier, damit wir darüber reden können.« Er sah aus, als wollte er noch etwas sagen, schüttelte aber nur den Kopf und verschwand mit hängenden Schultern aus dem Wohnzimmer, um zu seiner Tochter zu gehen.

Ich kannte Alexej jetzt drei Monate. Man sollte meinen, dass man in dieser Zeit zumindest einmal erwähnte, dass man ein Kind hatte. Und eine Freundin, denn immerhin kamen Babys nicht mit dem Storch angeflogen. Aber ich konnte doch jetzt auch schlecht ins Schlafzimmer laufen und nachsehen.

Und ich würde nicht hierbleiben und auf eine Erklärung warten. Nicht in dieser Nacht. Vielleicht nicht einmal in diesem Leben.

Doch bevor ich ging, wollte ich ein paar Dinge herausfinden. Ich ging zu dem Fernsehschrank und öffnete ihn. Neben DVDs – darunter zahlreiche Disneyfilme – und ganz normalem Elektrozeug, das sich auf Augenhöhe befand, gab es noch mehrere bunte Schachteln. Natürlich öffnete ich eine. Knetzeug. In der nächsten lag Bastelzeug. In einer dritten stapelten sich Bausteine.

Verdammter Ordnungsfreak.

Ich schloss die Schranktür und ging dann um die Couch herum. Dort standen drei große Boxen, von einer nahm ich den Deckel ab. Duplosteine. In der nächsten gefühlt tausend kleine Autos und dazugehörige Bahnen, auf denen die Dinger flitzen konnten. In der dritten befanden sich Lernspielzeuge. Gab es hier auch ein Kinderzimmer? Nachzusehen traute ich mich nicht, aus Angst, plötzlich im Schlafzimmer seiner Freundin zu stehen.

Ich machte einen kleinen Abstecher in die Küche, wo ich Schubladen und Schränke öffnete. Ich fand Kinderbesteck, bunte Teller, bunte Plastikbecher und was man anscheinend sonst noch alles brauchte, um Kinder zufriedenzustellen.

Einige Sekunden nahm ich mir Zeit, in der ich mich gegen die Küchenzeile lehnte und die Situation auf mich wirken ließ.

Fakt war: Alexej hatte ein Kind.

Die Kleine – Mila – hatte ihn Papa genannt. Ich brauchte keine Erklärung von ihm, denn ich hatte alles gesehen.

Ich stieß mich von der Küchenzeile ab, schlich in den Flur, zog mir die Schuhe an, und dann verließ ich Alexejs Wohnung. Erst als ich die Tür leise hinter mir zugezogen hatte, fiel mir auf, dass ich weder ein Shirt noch einen Pullover trug.

Scheiße.

Kapitel 14

Anderes Wohnhaus. Andere Klingel. Derselbe Vollpfosten.

Ich stand vor dem modernen Gebäudekomplex, in dem Felix wohnte, und der zum Glück nur zehn Minuten Fußmarsch von Alexej entfernt war. Trotzdem zitterte ich am ganzen Körper.

»Mach auf, mach auf, mach auf«, murmelte ich und atmete erleichtert aus. Der Türsummer erklang, und ich musste gar nicht auf das Flurlicht drücken, da es jemand für mich eingeschaltet hatte. Während ich die Treppen nach oben ging, hörte ich meinen Bruder zischen: »Geh jetzt wieder rein. Ich regle das.«

»Nein, ich werde deiner dummen Ex jetzt endlich mal die Meinung geigen und mich nicht im Schlafzimmer verstecken. Du hast es bisher nicht geregelt, also werde ich das jetzt tun. Mir reichts.«

Oh, oh. Ich beschleunigte meine Schritte. »Kein Grund, um auszuflippen. Ich bin's nur.« Auf der letzten Treppenstufe geriet ich ins Schwanken, denn erst jetzt sah ich, mit wem mein Bruder diskutierte.

»Ich wollte dich um ein T-Shirt bitten, aber wie ich sehe, ist mir jemand zuvorgekommen.« Danach wandte ich mich meiner Deutsch-Lehrerin zu, die mit nackten Beinen in einem der Shirts meines Bruders vor mir stand. »Hallo, Frau Frank. Sorry wegen der nächtlichen Störung, aber wie Sie sehen«, ich deutete auf meinen nackten Oberkörper, »komme ich nicht grundlos.«

Krass, wie nüchtern ich durch den doppelten Schockzustand, in dem ich mich befand, geworden war.

»Scheiße«, fluchte Felix. Ob es deswegen war, weil ich seine heimliche Affäre mit Frau Frank aufgedeckt hatte oder weil er sich nicht erklären konnte, warum ich im November oberkörperfrei herumlief, wusste ich nicht.

Frau Frank sah mich aus geweiteten Augen an. »Niklas.« Sie klang schockiert. »Was ist passiert? Wo sind deine Klamotten? Und wieso ist dein Gürtel offen? Hat man dir etwas angetan?«

Ich sah an mir hinunter und verstand die Frage erst jetzt, denn meinen Zustand als ramponiert zu bezeichnen, wäre eine glatte Untertreibung.

Sofort wedelte ich abwehrend mit den Händen. »Nein!«

Die beiden glaubten mir nicht, denn Felix kam auf mich zu und führte mich in die Wohnung, während Frau Frank mir fragende Blicke zuwarf. Ich wurde auf die Couch im Wohnzimmer gesetzt, Felix brachte mir einen Pullover, und Frau Frank kochte mir einen Tee. Außerdem legte sie mir eine Decke über die Schultern. »Also, es ist schön, dass ihr euch so nett um mich kümmert, aber es ist unnötig. Es geht mir gut, und mir ist nichts Schlimmes passiert.«

Felix setzte sich vor mich auf den Couchtisch, stützte die Arme auf seine Oberschenkel ab und lehnte sich vertraulich zu mir. »Und warum bist du dann hier?«

In diesem Moment kam mir ein Gedanke. »Sagt mal, wisst ihr eigentlich, dass Alexej ein Kind hat?«

Die beiden warfen sich einen kurzen Blick zu. Gerade lang genug, um nonverbal miteinander zu kommunizieren.

»Du meinst Alexej Nikolajew«, stellte sich Felix absichtlich blöd.

»Ich nehme an, so viele Alexejs haben wir nicht in der Schule. Und falls doch, kenne ich nur den aus meiner Klasse.«

»Simona?«, wandte sich Felix an meine Klassenlehrerin. Er war sichtlich mit der Situation überfordert. Schön. Dann waren wir ja schon zu zweit.

»Tut mir leid, Niklas. Aber dazu können wir nichts sagen«, blockte Frau Frank ab. Erklärungen würde ich von ihr also nicht bekommen.

Ich raufte mir die Haare. »Wieso verheimlicht er das? Ich verstehe das nicht.«

»Na ja«, meinte Felix zögerlich. »Offensichtlich fühlt sich dieses

Wissen für dich nicht besonders gut an. Du bist durcheinander. Möglicherweise wollte er genau das vermeiden.«

Nun drehte ich mich zu Frau Frank. »Wir haben das Referat gemeinsam gemacht. Immer freitags, weil da sein Kind bei seiner Frau oder Freundin oder was auch immer ist. Oder was Kinder so an Freitagnachmittagen vorhaben.« Wer hatte denn schon eine Ahnung, wie der Tagesplan eines Kindes aussah. Und wie alt war Mila eigentlich? »Er hat mich mit in seine Wohnung genommen. Wir haben uns angefreundet. Sollte man da dem anderen nicht sagen, dass man ein Kind hat?«

»Gegenfrage: Sollte dir so etwas nicht auffallen, weil Kinderschuhe im Flur herumstehen? Oder Bauklötze herumliegen?«

»Alter«, blaffte ich Felix an. »Der Typ hat einen Ordnungswahn. Das ist nicht so wie bei uns zu Hause, wo immer noch deine erste Zeichnung gerahmt im Flur herumhängt.«

»Sorry«, meinte mein Bruder.

Frau Frank stand auf. »Also, ich finde, du solltest dich hinlegen. Du bist aufgebracht, aber schlaf eine Nacht, dann sieht alles nur noch halb so schlimm aus.« Das konnte ich mir nicht vorstellen. Wir sprachen hier von einem Kind. Nicht von einem Hamster.

»Vielleicht hast du recht. Ähm … Sie.« Ein wenig verlegen zupfte Frau Frank an dem Shirt herum.

»Außerhalb der Schule ist Simona in Ordnung. Oder, Felix?«

Er nickte nur und stand ebenfalls auf. »Geh schon mal ins Bett«, flüsterte er und drückte ihr einen Kuss auf die Schläfe. »Ich komme gleich.«

Déjà-vu.

Ganz schlimmes. Andere Wohnung. Andere Couch. Andere Personen. Und trotzdem blieb der Inhalt derselbe.

Frau Frank nickte und verschwand in Richtung Schlafzimmer.

»Erstens: Kein Wort zu Mama oder Opa wegen Simona, ist das klar?«

Ich runzelte die Stirn. »Solltest du mir nicht Trost spenden?«

»Zweitens: Bekomm dich wieder ein. Dein Sitznachbar hat ein Kind, buhu.« Aber Alexej war so viel mehr als der Kerl, der in der

Schule zufällig neben mir saß. Oder? »Ist ja nicht so, als würde sich jetzt *dein* Leben komplett ändern.« Da hatte er allerdings recht.

»Und drittens: Wir können gerne ohne Simona über die Sache reden, aber du weißt ja, sie ist immer superkorrekt. Ich will mir nicht von ihr anhören müssen, dass ich dich anderen Schülern gegenüber bevorzuge, weil ich versehentlich irgendwelche Schulinterna ausplaudere. Okay? Es ist schon scheiße genug, seinen Bruder unterrichten zu müssen.« Na, danke.

»In Ordnung.«

»Ach ja. Und schreib Mama oder Papa eine Nachricht, dass du hierbleibst. Gute Nacht, Zwerg.« Mit diesen Worten rauschte Felix davon und ließ mich mit meinen Gedanken allein.

Ich zog das Smartphone aus der Hosentasche. Alexej hatte mich zwölf Mal angerufen. Zum Glück war mein Handy auf lautlos gestellt gewesen. Außerdem hatte er mir mehrere Nachrichten geschickt. Ich löschte sie alle ungelesen, bevor ich meiner Mama schrieb.

> **Niklas:**
> War in der Stadt unterwegs. Schlafe bei Felix. Sehen uns morgen.

Völlig erledigt ließ ich mich nach hinten fallen und wickelte mich in die Decke. Sogar die Kapuze des Pullovers zog ich mir über den Kopf. Laut seufzte ich auf. Wieso war der Gedanke, dass Alexej ein Kind hatte, nur so unbegreiflich für mich? Vielleicht, weil ich selbst noch ein halbes Kind war?

»Guten Morgen, nerviger kleiner Bruder.«

Ich roch Kaffee, also öffnete ich die Augen.

Felix saß mit zwei Tassen Kaffee in der Hand auf dem Couchtisch. Sein neuer Lieblingsplatz …

»Wieso bist du schon wach? Es ist bestimmt noch mitten in der Nacht.« Mit meiner Hand wedelte ich abfällig in Richtung des Fensters.

»Nein, nur Scheißwetter«, antwortete Felix.

»Oh, oh! Wenn das Frau Frank hört, dann musst du bestimmt einen Euro ins Fluchglas geben. Oder hat sie bei dir andere Methoden?«

Felix seufzte laut. »Du legst es echt drauf an, dass man dir heißen Kaffee in die Fresse schüttet, oder?« Eigentlich nicht.

Ich setzte mich auf und nahm Felix eine Tasse ab. »Danke.«

»Kleiner Pisser«, murmelte der Herr Mathelehrer.

»Ist deine Freundin noch da?«

»Nope, die hat sich heute Morgen heimlich rausgeschlichen. Sie wollte ein weiteres Aufeinandertreffen mit dir vermeiden.«

Das konnte ich verstehen, denn ich würde diese Nacht auch gerne vergessen.

Vorsichtig trank ich einen Schluck Kaffee. »Sag mal, Bruderherz. Ist es schwierig, so kurz vor dem Abi die Klasse zu wechseln?«

Felix verließ seinen neuen Lieblingssitzplatz und ging Richtung Küche. »Vergiss es. Du gehst Alexej nicht aus dem Weg. Regle das.« Auch wenn es kindisch war, aber das wollte ich nicht. Ich hatte keinen Bock, mir irgendetwas über seine kleine glückliche Familie anzuhören. »Und jetzt geh duschen. Wir fahren gleich zu Oma und Opa.«

Völlig übermüdet, in Klamotten, die nicht mir gehörten und absolut unterdurchschnittlicher Laune saß ich am Esstisch und schaufelte Obstsalat in mich hinein.

Mats rempelte mich mit dem Ellbogen an. »Anstrengende Nacht?«

»Anstrengendes Leben«, seufzte ich.

Nun hatte ich die Aufmerksamkeit aller auf mich gezogen. Oma, die von ihrem Lachsbrötchen abbeißen wollte, sah mich interessiert an. »Ach.«

Auch Mama, Papa, Levi und Felix schauten zu mir.

»Probleme in der Liebe?«, fragte Oma.

Mein Opa lachte. »Na, in der Schule kann er keine haben. Er ist ja nie dort.« Danke, Opa.

Mama ergriff sofort für mich Partei. »In letzter Zeit bemüht Niki sich wirklich. Er hatte seit einem Monat keine einzige Fehlstunde.« Gerade liebte ich sie noch ein bisschen mehr als sonst.

»Aus jetzt«, beschwerte sich Oma. »Redet nicht von der Schule. Oder Arbeit.« Zuerst sah sie Opa an, dann Mama und zuletzt Felix. »Sprechen wir lieber darüber, warum der arme Niki aussieht, als hätte man ihm das Herz gebrochen.« Oma war passionierte Liebesroman-Leserin und wünschte sich für alle ihre Enkel die wahre Liebe. Leider waren wir nach einer Tochter mit Teenie-Schwangerschaft eine herbe Enttäuschung, denn ihr Herz schlug für das Drama, und meine Brüder und ich taugten gerade so für mittelmäßige Unterhaltungsliteratur. Wobei … vielleicht sollte ich ihr mal von Felix und meiner Klassenlehrerin erzählen. Das könnte ihr womöglich gefallen.

Felix lenkte die Aufmerksamkeit von Oma auf sich. »Dem wurde nicht das Herz gebrochen. Er ist nur sauer, weil sein Sitznachbar in der Schule nicht erwähnt hat, dass er ein Kind hat.«

»Ach, du Scheiße«, johlte Levi, der sich bisher ausschließlich seinem Nutellabrötchen gewidmet hatte und als Einziger die ganze Alexej-Geschichte kannte. »Alexej? Ist nicht wahr.«

Mama drehte sich zu ihm. »Woher kennst du Alexej denn? Der ist doch neu an der Schule.«

»Tu ich nicht«, sagte er schnell. »Niki und ich haben uns nur mal kurz über ihn unterhalten.«

»Ach so?«, fragte sie nach. Offensichtlich witterte sie irgendetwas. Oder sie hatte dieses Liebesgeschichten-Gen von Oma geerbt.

»Chill mal, Mama. Der hat doch schon längst einen anderen Freund«, schaltete sich Mats ein, dem Mamas Blick ebenfalls aufgefallen war. Vielleicht, weil man bereits die Herzen in ihren Augen erkennen konnte.

Nun wanderten die Blicke von Mama, Papa, Oma und Opa zu mir. »Wirklich?«, fragte Papa. »Aber das kannst du uns doch sagen.«

Was sollte ich jetzt tun?

Gar nichts, denn Mats streckte ihnen sein Handy entgegen. Hilfesuchend sah ich zu Levi, doch der warf mir nur einen mitleidigen Blick zu. »Der da ist sein Freund«, erklärte Mats, und Papa nahm ihm das Smartphone aus der Hand. Ich brauchte kein Hellseher zu sein, um zu wissen, dass er ein Video von Tim und mir herzeigte.

»Ist das Tim aus der Zwölften?«, fragte Mama, und Opa reckte den Hals. »Gib mal her.«

Felix schüttelte ungläubig den Kopf. »Mit dem bist du zusammen? Warum bist du ohne T-Shirt mitten in der Nacht bei mir aufgekreuzt und nicht bei ihm?«

»Warum läufst du im Winter ohne Oberteil herum?«, wollte Oma wissen, und alle redeten wild durcheinander. Immer mehr Fragen prasselten auf mich ein, und ich hatte das Gefühl, dass mein Kopf jede Sekunde explodieren könnte.

»Jetzt reichts mir aber.« Ich pfefferte den Löffel auf den Tisch. »Wenn ich so weit bin, euch jemanden vorzustellen, dann werde ich das tun. Und nur zur Info: Es wird ganz sicher nicht Tim sein, denn wir haben festgestellt, dass wir nur gute Freunde sind.«

Levi legte den Kopf schief. »Wirklich?«

»Ja«, knurrte ich.

Felix, der in der Zwischenzeit Mats Smartphone an sich gerissen hatte, sah mich zweifelnd an. »Das sieht aber hier leider anders aus.«

»Was ist das eigentlich?«, fragte Opa.

»Eine App, in der man Videos hochlädt«, erklärte Papa. Mit Stolz in der Stimme sagte Mama: »Niklas hat da eine ganze Menge Follower.«

»Apps. Follower«, schnaubte Opa. »So ein Blödsinn.«

»Danke für deinen Beitrag zu dem Thema«, beschwerte sich Oma. »Hattest du wegen Tim keine gute Nacht und tauchst deshalb hier in Kleidung auf, die dir mindestens zwei Nummern zu groß ist? Außerdem siehst du aus, als würdest du gleich losheulen.« Damit hatte sie recht.

Meine Mutter kam mir zu Hilfe. »Nein, Mama, Felix hat doch bereits gesagt, dass er wegen Alexej so schlecht gelaunt ist.«

Ging es nur mir so oder drehte sich dieses Gespräch im Kreis? Und: Waren alle Familien so anstrengend wie meine? »Ja, und genau darüber will ich jetzt mit euch reden.«

Ich zeigte zuerst auf Opa, dann auf Mama und zuletzt auf Felix. »Wusstet ihr, dass Alexej ein Kind hat?«

Keiner wirkte nur annähernd schockiert. »Darüber dürfen wir mit dir nicht reden«, kam es sofort von Opa. »Datenschutz.«

»Datenschutz«, äffte ich ihn nach und nahm wieder meine Schale mit dem Obstsalat in die Hand. Ich stopfte mir einen Löffel Früchte in den Mund und schüttelte grimmig den Kopf. »Ganz ehrlich. Wieso sollte jemand verheimlichen, dass er ein Kind hat? So rein hypothetisch.« Offensichtlich durfte ich mit meiner Familie nicht über Alexej sprechen, dann sprachen wir eben nur über einen hypothetischen Alexej.

»Na ja«, schaltete sich Mama, Miss Teenagerschwangerschaft höchstpersönlich, ein. »Ich muss gestehen, ich habe das auch nicht immer sofort erzählt.«

»Danke, Mama«, grummelte Felix. »Erzähl ruhig weiter, wie du deinen Erstgeborenen verleugnet hast.«

»Ich hab dich nicht verleugnet«, sagte sie beleidigt. »Jeden Tag war ich mit dir auf dem Spielplatz, und du hast jede Nacht bei uns im Bett geschlafen.«

»Genau«, stimmte Papa zu. »Im Gegensatz zu Mama konnte ich außerdem die Schule normal weitermachen. Aber als sie zwei Jahre später wieder eingestiegen ist, hat sie in der neuen Klasse nicht herumposaunt, dass sie ein Kind bekommen hat.«

»So was redet sich ja auch so herum«, meinte Oma. »Ich glaube, Anja war froh, für ein paar Stunden am Tag die Mutterrolle ablegen und ein normaler Teenager sein zu können. Vielleicht geht es deinem Alexej genauso.«

Kurz sah ich von Mama zu Oma. »Er ist nicht *mein* Alexej. Und für mich ist das Thema jetzt beendet.«

Danach aß ich den Obstsalat still und mit nach unten gerichtetem Blick weiter. Als die Schale leer war, ging ich damit in die Küche und stellte sie in die Spüle.

Dort stützte ich die Hände ab und sah aus dem Fenster.

»Hey, mein Zwerg.« Oma kam zu mir und legte ihre Hand auf meine. »Ich weiß, wir alle zusammen sind tierisch nervig, aber wir wollen immer nur dein Bestes, Niki.«

»Ist mir klar, Oma.« Ich legte ihr meinen Arm um die Hüfte und zog sie näher zu mir. Wir hatten immer schon ein gutes Verhältnis, da ich früher nach der Schule jeden Tag bei ihr zu Mittag gegessen habe.

»Und nur mal unter uns. Wenn du bereit bist, uns Alexej vorzustellen, sag Bescheid. Wir legen gerne ein Gedeck – oder in seinem Fall zwei – mehr auf den Sonntagstisch.«

»Alexej?«, fragte ich.

»Ich bin alt, aber nicht dumm. Du würdest dich nicht so über die Sache aufregen, wäre er *nur* ein guter Freund.«

Ich zuckte mit den Schultern. »Was ist, wenn er auch eine Freundin oder eine Frau zu dem Kind hat?«

»Dann kommst du her, und wir essen gemeinsam Schokokuchen mit Vanilleeis.«

»Und Sahne?«

»Mit Sahne und bunten Streuseln«, versprach sie. »Und du wirst nur herausfinden, was los ist, wenn du mit ihm sprichst«, sagte Oma.

»Ich weiß. Aber zumindest heute kann ich ihm ja aus dem Weg gehen, oder?«

»Vermutlich. Aber das willst du gar nicht, wenn du ganz ehrlich zu dir bist.« Sie drückte mir einen Kuss auf die Wange und ging wieder zurück zu den anderen.

Und ich? Ich starrte hinaus in den Garten und fragte mich, wie lange ich ein Gespräch mit Alexej verhindern konnte.

Kapitel 15

Montage nervten. Und Montage, nach denen man erfahren hatte, dass der Kerl, mit dem man rummachte, ein Kind hatte, nervten erst recht.

Außerdem hatte ich ein Déjà-vu. Denn ich stand mal wieder im Bus, umringt von lauter lärmenden Kindern. Da halfen nicht einmal Bring Me The Horizons Happy Song, der aus den Kopfhörern dröhnte. Der Bus erreichte die Haltestelle, und ich atmete erleichtert aus, da ich endlich aussteigen konnte.

Warum war ich nicht mit Mama gefahren? Ach ja, um einem verdammten Gespräch über Alexej und Tim aus dem Weg zu gehen. Ich zog mir die Kapuze auf den Kopf, senkte den Blick und stapfte mies gelaunt auf die Schule zu. Heute war das Wetter so beschissen, dass ich das erste Mal die Winterjacke aus dem Schrank hatte holen müssen.

Behandschuhte Finger legten sich kurz auf meinen Unterarm, und ich sah auf. »Alexej.« Ich schob die Kapuze nach hinten und die Kopfhörer von den Ohren. »Hast du mir hier aufgelauert?« Sehnsüchtig sah ich zum Eingang des Schulgebäudes.

»Ehrlich gesagt, ja. Du hast meine Anrufe und Nachrichten ignoriert.«

»Warum wohl?«, fragte ich bissig.

»Das frage ich mich auch.«

Herausfordernd sah ich ihn an. »Hallo? Falls ich Samstagabend keine Halluzinationen hatte, stand ein kleines Mädchen in deinem Wohnzimmer.«

»Mila. Meine Tochter.«

Die Worte aus seinem Mund zu hören, machte die Sache noch realer. Alexej hatte eine Tochter namens Mila.

»Sie ist keine zwei Jahre alt«, erzählte er weiter.

Abwehrend streckte ich die Arme aus. »Ich will das nicht hören. Wobei … wie läuft das eigentlich? Du lebst mit deiner Frau, Freundin – oder was auch immer – und Mila zusammen in dieser Wohnung. Und jeden Freitag denkst du dir: Cool, heute sind die beiden in der Krabbelgruppe, ich habe also ein offenes Zeitfenster von zwei bis drei Stunden, in denen ich Niklas mit nach Hause und mit ihm rummachen kann. Keine Verantwortung. Keine Verpflichtung.«

Kopfschüttelnd sah Alexej mich an. »Bist du bescheuert?«

»Ich?«, fragte ich nach. »Wenn, dann bist du wohl der Vollpfosten von uns beiden. Oder ist es vielleicht ganz anders?«, versuchte ich ihn weiter zu provozieren. »Hast du auch eine Freundin für Mittwoch? Einen anderen Kerl für Donnerstag, bis ich jeden Freitag mein offenes Zeitfenster nutze?«

»Komm mit.« Mit wütendem Gesichtsausdruck packte Alexej mich am Unterarm und zog mich hinter sich her. Weg vom Schulgelände.

»Lass los«, fuhr ich ihn an und riss mich los. »Wo willst du mich überhaupt hin schleifen?«

»Zu mir nach Hause.«

Ich verschränkte die Arme vor der Brust. »Es ist aber nicht Freitag.«

»Weißt du, ich bin der mit dem Kind, aber du bist derjenige, der sich wie eines benimmt«, blaffte Alexej mich an. Da konnte ich ihm nicht widersprechen. Er hatte eindeutig recht.

»Und damit kennst du dich ja aus.«

»Willst du hören, was ich dir zu sagen habe? Oder reden wir den Rest des Schuljahres kein Wort mehr miteinander? Mir ist beides recht.«

Ich war wütend. Auf Alexej. Und auf die Situation, aber ich konnte mir nicht vorstellen, ihn den Rest des Jahres zu ignorieren, also nickte ich. »Okay. Gehen wir zu dir«, stimmte ich zu und zog mein Smartphone aus der Tasche. »Ich schreibe nur noch kurz meiner Mutter.« Die würde mein erneutes Fehlen hoffentlich für mich regeln.

Sobald wir uns bei Alexej die Schuhe von den Füßen getreten, die Jacken an die Garderobe gehängt und unsere Rucksäcke zur Seite gestellt hatten, deutete er zu den Räumen, die er mir bisher nicht gezeigt hatte. »Komm mit.«

Außer auf der Toilette und im Wohnzimmer war ich nirgendwo gewesen, und als Erstes riss er die Tür zum Badezimmer auf. »Schau.« Er ging zum Waschbecken und zeigte auf die Zahnbürsten. »Die blaue gehört mir. Die pinke Mila.«

»Aha.«

Beim Rausgehen deutete er auf einen Handtuchwärmer. »Grau gehört mir. Elsa gehört Mila.« Danach ging er auf die Tür gegenüber vom Badezimmer zu und öffnete sie. »Das hier ist Milas Zimmer.« Die Wände waren hellrosa, die Einrichtung weiß und hinter dem Einzelbett hatte jemand ein riesengroßes pinkfarbenes Schloss gemalt. Dieser Raum sah bei weitem nicht so aufgeräumt aus wie der Rest der Wohnung. Auf dem geblümten Teppich lag eine nackte Puppe, daneben allerhand Kleidung dazu. Außerdem gab es ein Puppenbett, eine Spielküche, Stofftiere lagen verstreut auf dem Boden. Ein kleiner Tisch samt dazugehörigen Stühlen stand in einer Ecke, auf dem gerade eine Teeparty stattfand. Nur die Gastgeberin war nicht da.

»Du sagtest, Mila ist … wie alt?«

»Fast zwei.«

»Und wo ist sie jetzt?« In dem Alter hat meine Oma auf mich aufgepasst, und ich bin die Vormittage nicht von ihrer Seite gewichen.

Alex, der hinter mir stehen geblieben war, machte einen Schritt nach vorne und stand neben mir. Seine Finger streiften leicht über meinen Handrücken, doch ich verschränkte die Arme vor der Brust und sah ihn abwartend an.

»Mila ist in der Kinderkrippe. Dorthin geht sie seit Anfang August.« Er klang nicht so, als wäre er darüber glücklich. »Während der Eingewöhnungsphase bin ich bei ihr geblieben, aber seitdem ich wieder in die Schule gehe, haben wir beide leider keine andere Möglichkeit.«

»Außer mit deinen Eltern nach Italien zu ziehen«, warf ich ein.

Ein trauriges Lächeln erschien auf Alexejs Gesicht. »Sie lieben Mila. Und mich«, fügte er etwas verspätet hinzu. »Finanziell könnten wir ohne die beiden nicht überleben, aber sie haben mir von Anfang an klargemacht, dass sie mir die Elternrolle nicht abnehmen werden. Und das ist gut so.«

Ich bekam die ganze Sache immer noch nicht richtig in den Kopf. »Wie ging das mit der Schule?«

»An meinem alten Gymnasium wurde ich freigestellt und hätte diesen September wieder zurückgekonnt. Aber die neue Schule liegt näher an meiner Wohnung und an der Krippe. Und meine Freunde haben sowieso schon alle ihren Abschluss gemacht, also war es mir egal, wo ich das Abi mache.«

»Warst du mit diesem Finn, mit dem du zockst, in einer Klasse?«

»Nein, der hat bereits studiert, als ich Lena geschwängert habe.«
Beim Wort *geschwängert* zuckte ich leicht zusammen.

»Und Lena … sie ist die Mutter deines Kindes?«

Er nickte. »Komm, ich zeige dir das Schlafzimmer.« Ohne auf mich zu warten, ging er voraus. Ich folgte ihm, weil ich neugierig auf die ganze Geschichte war. Nicht nur auf Bruchteile.

Mein erster Blick fiel auf das Bett. Die eine Hälfte war mit blauer Bettwäsche bezogen. Auf der anderen Seite lag Kinderbettwäsche mit rosa Schweinen, die an ein Schutzgitter grenzte. Vermutlich, damit das Kind nicht aus dem Bett fiel.

Alexej stand neben dem Schrank und schob die Schiebetür auf.
»Und darin befinden sich meine Klamotten. Nur meine. Weil Lena nicht hier wohnt.«

Ich starrte ihn ein paar Sekunden nur an. Danach setzte ich mich, ohne zu fragen, aufs Bett. »Ich bekomme das nicht in meinen Kopf, Alexej. Erzähl mir mal, wie das alles passiert ist«, bat ich ihn. »Warst du schon lange mit Lena zusammen? Wart ihr verliebt? War das geplant? Ein Versehen?« In meinem Kopf gab es tausend Fragen, ich hoffte, Alexej würde mir einige davon beantworten.

Unsicher setzte er sich neben mich. »Das ist eine lange Geschichte.«

Ich ließ mich nach hinten fallen. »Ich würde jetzt nicht sagen, dass wir ewig Zeit haben, denn du musst deine Tochter irgendwann aus der Krippe abholen.« Alexej ließ sich ebenfalls nach hinten sinken und drehte sich zu mir, damit er mich ansehen konnte. »Aber wir haben Zeit. Im Moment.«

Laut seufzte er. »Ich weiß gar nicht, wo ich anfangen soll«, meinte er. »Aber vielleicht irgendwo an dem traurigen Punkt, dass ich früher kaum Freunde hatte.« Ganz ehrlich, aber das konnte ich mir nur schwer vorstellen. Alexej war zwar manchmal unfreundlich, aber alles in allem ein wirklich toller Kerl. »In meiner alten Klasse war ich der Kerl mit dem ausländisch klingenden Namen in einer Welt voller Kevins. Sie nannten mich immer nur *den Russen*. Ich habe es gehasst.«

»Hast du jetzt Freunde?«

Er biss sich auf die Unterlippe. »Ich habe Finn und Anton.« Nach kurzem Zögern fügte er hinzu: »Und ich habe dich.«

»Ich bin ja auch ein umgänglicher Typ«, antwortete ich mit einem Grinsen. »Nicht mit mir befreundet zu sein ist ein Ding der Unmöglichkeit. Ich bin der absolute Socializer.«

Ein Schnauben. »Ja, du machst es einem nicht unbedingt leicht, dir aus dem Weg zu gehen.« Wieder schob er seine Hand in meine Richtung, sodass sich unsere Fingerspitzen berührten. Dieses Mal zog ich sie nicht weg. »Man muss dich einfach mögen.«

»Heute wäre deine Chance gewesen, mich endgültig zu vergraulen.«

»Ich habe darüber nachgedacht, dicht zu machen. Aber die Wahrheit ist, dass ich manchmal ziemlich einsam bin.«

Jetzt tat er mir richtig leid. Ich richtete den Blick gegen die Decke und sah, dass er Leuchtsterne über das Bett geklebt hatte. Mein Gefühl sagte mir, dass er ein guter Papa war. »Und warum hast du dich nicht für die Option entschieden, den Rest des Schuljahres schweigend neben mir zu verbringen? Das wäre genau das gewesen, was du dir am ersten Schultag gewünscht hast.«

»Komischerweise bekommt man nicht immer das, was man sich wünscht«, murmelte er. »Was mich zurück zum Thema bringt.«

»Lena und du«, präzisierte ich.

»Du musst wissen, Finn ist ein wenig so wie du. Bei jeder Party dabei, immer gut gelaunt inklusive dummen Sprüchen, die ihm einfach so über die Lippen kommen. Und er hatte sein ganzes Leben lang einen großen Freundeskreis. Lena war ein Teil davon. Wir haben in dem Sommer, in dem Mila gezeugt wurde, viel Zeit miteinander verbracht.«

Nun drehte ich mich doch wieder zu ihm. »Und ihr wart zusammen?«

»Nein. Wir hatten nur eine gute Zeit. Partys. Festivals.«

»Und keine Kondome«, warf ich ein.

»Haha, du Schlaumeier. Kondome können reißen, nur mal so zur Info.«

»Sorry, ich rede schon nicht mehr dazwischen.«

»Also, das Ding ist: In der Nacht von Milas Zeugung … da ist 'ne ziemliche Scheiße abgelaufen, denn ein Kerl musste mit dem Notarzt ins Krankenhaus gebracht werden, und wir wussten nicht, ob er es überlebt und … ja. Nicht nur er, sondern Lena und ich hatten eine beschissene Nacht hinter uns und wollten uns besser fühlen, nur dass der Abend mit einem gerissenen Kondom geendet hat.«

Ich nickte nur. »Weißt du, es ist krass, dass manche Paare jahrelang versuchen, Kinder zu bekommen und bei anderen … BÄM. Schwanger.« Dabei dachte ich jetzt nicht nur an Alexej und Lena, sondern auch an meine Eltern.

»Wir waren der Meinung, dass alles gut gehen würde. Lena war in dieser Hinsicht gechillt. Drei Monate später hatte sich das schlagartig geändert.« Ich sah Alexej in die Augen, und er sprach weiter.

»Lena wollte das Kind nicht. Ich schon.«

»Nicht mal, als Mila dann da war?«

»Ich habe jetzt das alleinige Sorgerecht für Mila.« Mehr sagte er nicht dazu.

Mit beiden Händen rieb ich mir übers Gesicht. »Ich finde es faszinierend, wie du das alles allein hinbekommst.«

»Das haben auch schon andere vor mir geschafft«, antwortete er schlicht. »Wollen wir uns ein wenig bequemer hinlegen?«, fragte er dann.

Unsere Füße hingen aus dem Bett, und wir lagen quer über der Matratze. »Ist dein Bett. Sag du es mir«, antwortete ich.

»Die Frage ist wohl eher, ob du mit mir in einem Bett liegen willst?«

»Na ja«, begann ich, »ich bin immer noch hier.«

Danach rutschte ich so lange im Bett herum, bis ich richtig herum lag. Ich hatte mich so hingelegt, dass Alexej in die Mitte krabbeln konnte. Sobald mein Kopf auf dem Kissen lag, inhalierte ich seinen Geruch, der darin hing. So gut.

»Was ist das jetzt mit uns?«, fragte ich Alexej. »Denn im Moment kann ich das nicht einschätzen. Sind wir nur gute Freunde? Oder friends with benefits?«

»Die Sache ist die«, begann er zu erklären, »ich mag das mit uns, denn es ist unkompliziert. Zumindest wenn du nicht herausfindest, dass ich eine Tochter habe.«

Ich rutschte näher an ihn heran. »Unkompliziert kann ich. Zumindest meistens.« Wobei ich mir da gar nicht so sicher war, denn die Sache mit dem Kind hatte mich mehr aus der Bahn geworfen, als sie sollte.

Eigentlich hätte es mir egal sein müssen. Das Ding war nur: Das war es nicht.

Alexej griff nach einer meiner Haarsträhnen und wickelte sie sich um den Finger. »Weißt du, wie erleichtert ich mich fühle, weil du von Mila weißt?«

Ich konnte mir das nicht einmal ansatzweise vorstellen. »So sehr, dass du mich jetzt unbedingt küssen willst?«, fragte ich nach.

»Küssen und mehr«, bestätigte er. »Immerhin haben wir heute nicht nur ein paar Stunden, sondern den halben Tag.«

»Du musst mir die Sache nicht noch schmackhafter machen«, antwortete ich lachend, doch ich verstummte, als Alexej seine Lippen auf meine drückte. Ganz einlassen konnte ich mich auf den Kuss nicht, denn … auch wenn ich es nicht gerne zugab: Ich war enttäuscht, weil er eine so wichtige und vor allem große Sache vor mir geheim gehalten hatte. Und das, obwohl ich kein Recht dazu hatte. Wir waren nicht zusammen und machten nur exklusiv miteinander rum.

Halt … Stopp! Waren wir überhaupt exklusiv?

»Alexej«, murmelte ich gegen seine Lippen.

»Ja?«, flüsterte er zurück.

»Ich bin immer noch sauer auf dich.«

Er zog seinen Kopf zurück. Gerade so viel, dass er mich ansehen konnte. »Ich weiß.«

»Warum hast du es mir nicht gesagt?«

»Keine Ahnung. Und es ist ja nicht so, als hätte ich nicht darüber nachgedacht. Ehrlich gesagt habe ich jedes Mal, wenn du hier warst, überlegt, wie ich es dir schonend beibringen kann.«

Das reichte mir nicht. »Wieso sollen die anderen in der Klasse nichts von Mila wissen?«

»Das ist schwer zu erklären«, meinte er. »Eigentlich wollte ich nur mein Abi machen. Die Stunden in der Schule absitzen und so schnell wie möglich Mila von der Krippe abholen. Bevor das mit uns losging, habe ich sie freitags immer gleich nach dem Unterricht geholt.«

Ich griff mir an die Brust. Jetzt hatte ich ein schlechtes Gewissen dem kleinen Mädchen gegenüber. »Du solltest sie nicht meinetwegen warten lassen.«

Mit einer frustrierten Geste kämmte er sich durchs Haar. »Weißt du, genau das ist einer der Gründe, warum ich nicht wollte, dass jemand zu viel über mein Leben weiß. Es ging mir dabei gar nicht generell um Mila. Aber wenn du ein Kind hast … du machst dir die ganze verdammte Zeit Sorgen. Das sagt einem nur vorher niemand, aber es ist so. Du fragst dich, ob sie warm genug angezogen ist, ob sie Freunde findet, ob es ihr in der Krippe ohne dich gutgeht, ob du sie nicht vernachlässigst, wenn du in der Schule bist oder ob es ihr woanders besser gehen würde.« Er sah verzweifelt aus. »Und ein paar Stunden am Tag wollte ich mir keine Sorgen machen und nur Alex sein. Nicht Papa.« Nun schüttelte er den Kopf. »Ich bin ein schrecklicher Mensch, oder?«

»Ehrlich gesagt, finde ich es sogar verständlich.« Zumindest jetzt, wo wir darüber sprachen. Zuvor war ich zwar enttäuscht und eingeschnappt gewesen, aber nachdem er mir einen Einblick in seinen Kopf gewährt hatte, war mir schnell klar geworden, dass sein ganzes Leben allein auf Mila ausgerichtet war. Er konnte abends nicht spontan das Haus verlassen, weil die Kleine bestimmt ins Bett musste. Warum sollte ich nachtragend sein, weil es ein paar Stunden am Tag mal nur um ihn ging?

»Ich weiß nicht«, murmelte er.

Weil ich nicht wusste, was ich sonst tun sollte, nahm ich sein Gesicht in beide Hände und küsste ihn erneut. »Es ist okay. Und ich werde den anderen nichts erzählen. Weder dass wir was miteinander haben noch von Mila.«

»Danke.« Er klang erleichtert, was mich wegen der Sache mit dem Rummachen störte. Allerdings sagte ich ihm das nicht.

Ich biss mir auf die Unterlippe. »Eine Sache wäre da noch«, laberte ich erneut darauf los.

Er sah aus, als würde er sich fragen: Was sollte da noch kommen? »Ja?«

»Machst du mit anderen rum? Oder nur mit mir?«

»Du hast das schon alles gehört, was ich erzählt habe?«

»Natürlich«, bestätigte ich. »Aber es könnte sein, dass du die Betreuerin aus der Krippe mittwochabends zu dir einlädst. Oder wem auch immer du sonst den ganzen Tag so über den Weg läufst.«

Alexej sah mich mit einer Mischung aus Fassungslosigkeit und Belustigung an. »Du brauchst klare Worte, damit du es raffst, oder? Seit Milas Geburt bist du der erste Mensch, mit dem ich rummache.«

Geschmeichelt grinste ich ihn an. »Und für dein Comeback hast du mich ausgesucht?«

»Na ja, *ausgesucht* würde ich jetzt nicht sagen. Du hast mich mit der Heftigkeit einer Atombombe getroffen, und ich hatte quasi keine andere Wahl mehr, als mich mit dir zu arrangieren.«

Ein Liebesgeständnis klang anders. »Also sind wir exklusiv? Solange die Geschichte mit uns dauert?« Mir war klar, dass Alexej auf kurze oder lange Sicht seinen Eltern nach Italien folgen würde. Zumindest hatte er das mal angedeutet. Aber es war mir egal, denn ich wollte ihn ja weder heiraten noch etwas Langfristiges, also war das für mich in Ordnung.

»Wenn du mit Mila klarkommst? Und du dich immer erst reinschleichen kannst, wenn sie schläft?«

Wenn ich nicht plötzlich zu ihrem Aufpasser mutieren musste, war mir alles recht. »Deal«, flüsterte ich und warf mich auf Alexej.

Kapitel 16

Eine ganze Weile hatten wir uns – wie immer – nur geküsst, doch dann spürte ich Alexejs Hand hinten an meinem Hosenbund. Beinahe zaghaft schob er sie hinein, kam aber nicht weit. Verflucht seien die engen schwarzen Jeans, die ich heute trug.

Frustriert knurrte er und wanderte mit den Fingern weiter bis zu meinem Hosenknopf. Ich hielt die Luft an, als er ihn öffnete. Und immer noch, als er den Reißverschluss nach unten zog und mir die Hose über die Hüften schob. *Bitte, bitte, bitte, lass mich heute nicht wieder mit blauen Eiern nach Hause gehen.*

Wenig elegant strampelte ich mir die Hose von den Beinen, und weil ich so in Fahrt war, zog ich mir gleich den Pullover, das T-Shirt und die Socken aus. Es war sowieso viel zu heiß hier drin.

Alexej schaute mich erstaunt an.

»Zu übermotiviert?«, fragte ich ihn.

»Nein, nein … nur sollten wir mich auch ausziehen. Gleichstand und so. Du weißt schon.« Weil ich mir das seit Wochen wünschte, half ich ihm dabei, seine Hose und die schwarzen Sneakersocken auszuziehen. Danach befreite ich ihn vom Pullover und dem weißen Shirt.

Nun trugen wir beide nur noch Boxershorts. Ich kniete über ihm, und Alexej ließ seinen Blick ausgiebig über meinen Körper schweifen. Der bewundernde Gesichtsausdruck gefiel mir nicht nur, sondern er bewirkte, dass ich mich nach unten beugte und Alexej genauso verlangend küsste, wie er mich ansah. Ich bedeckte seinen Körper mit meinem, allerdings stütze ich mich mit den Händen neben seinem Kopf ab.

»Das fühlt sich gut an«, wisperte Alexej gegen meine Lippen.

»Hast du etwas anderes erwartet?«

Eine Antwort blieb er mir schuldig, dafür schob er seine Zunge in meinen Mund, während er mit dem Becken gegen meines rieb. Auch seine Hände waren nicht untätig. Seine Finger spielten mit dem Bund meiner Boxershorts, bald darauf ließ er sie hineinwandern. Fest knetete er meine Backen, was mich dazu brachte, mich fester an ihn zu drücken.

Wir fanden einen gemeinsamen Rhythmus, doch das schien Alexej nicht zu reichen. Seine Hand tastete sich langsam nach vorne, und ich hob den Körper so weit an, bis er zwischen uns greifen konnte. Seine Finger schlossen sich um meine Härte, und ich stöhnte heiser auf, als er damit begann, seine Hand langsam auf und ab zu bewegen.

»Warte, warte, warte«, bat ich ihn und entzog mich seinem Griff. Das Ganze würde peinlich für mich enden, wenn er nicht langsamer machte.

Ich ließ von Alexejs Lippen ab und küsste mich über seinen Kiefer hinweg abwärts. Über die Brust, bis zum Bauchnabel, wo ich mit meiner Zunge eine nasse Spur hinterließ. Angekommen bei dem kleinen Pfad blonder Härchen hakte ich meine Hände unter den Bund seiner Boxershorts und schob sie langsam nach unten.

Alexej sah aus gesenkten Lidern zu mir. »Was hast du vor?«, flüsterte er.

»Genau das, wonach es aussieht.« Ich wartete nicht, sondern stülpte meinen Mund über seine Erektion.

»O mein Gott«, seufzte Alexej, und ich musste deswegen lächeln, während ich weiterhin versuchte, ihm Lust zu bereiten. Den leise gekeuchten Worten zufolge gefiel ihm, was ich da tat.

Sein ganzer Körper war angespannt, und ich wusste, dass es nicht lange dauern würde, deshalb griff ich nach meinem Schaft und rieb ihn beinahe grob. Als Alexej kurz davor war, entließ ich ihn aus meinem Mund. Ich schob meine Shorts nach unten, beugte mich über ihn und küsste ihn wieder. Danach griff ich nach seiner Hand, die ich an meine Härte legte, bevor ich dasselbe bei ihm tat. Unsere

Bewegungen wurden immer schneller, und die gekeuchten Atemzüge lauter.

»Fuck«, fluchte Alexej, und ich spürte, wie er in meiner Hand zuckte. Ihm dabei zuzusehen, wie er den Kopf in den Nacken warf und laut stöhnte, war so verdammt heiß, dass ich ebenfalls kam.

»O mein Gott ... ich ... Alex«, flüsterte ich leise und schloss die Augen. Erschöpft ließ ich mich auf ihn sinken, obwohl wir zwischen unseren Körpern eine ziemliche Sauerei veranstaltet hatten.

Er schlang die Arme um mich und drückte mir einen Kuss auf die Schläfe. Konnte ich das bitte immer haben? Jeden Tag?

»Hey Schlafmütze! Du bist ganz schön schwer«, beschwerte sich Alexej.

»Ich schlafe nicht«, murmelte ich gegen seine feste Brust. »Bin nur im After-Orgasmus-Koma. Geht gleich wieder.« Wobei ich bestimmt jede Sekunde einschlafen würde, wenn ich mich nicht sofort bewegte. Also stemmte ich mich auf und zog meine Boxershorts wieder nach oben. Mein Blick fiel währenddessen auf die Sauerei, die wir veranstaltet hatten, wobei Alexej den Großteil abbekommen hatte.

»Duschen?«, fragte ich ihn.

»Auf jeden Fall. Und dann bestellen wir uns Pizza. Einverstanden?«

Ehrlich gesagt hatte ich damit gerechnet, sofort wieder aus der Wohnung geworfen zu werden, deshalb freute mich sein Angebot umso mehr. »Klingt großartig. Aber willst du nicht Mila abholen?« Ich kletterte aus dem Bett und reichte Alexej die Hand. Als er vor mir stand, umarmte ich ihn. »Ich hab ein schlechtes Gewissen, ihr die Freitage gestohlen zu haben.«

»Wenn sich jemand deswegen mies fühlen muss, dann ich.«

Er schnappte sich meine Hand und zog mich hinter sich her ins

Badezimmer, das der absolute Wahnsinn war. Zuvor hatte ich das nicht zu würdigen gewusst, aber neben einer eher zweckmäßigen Badewanne gab es auch eine frei begehbare Dusche. Und die bot Platz genug für uns beide.

Wir streiften die zuvor nur notdürftig hochgezogenen Boxershorts wieder ab und gingen gemeinsam in die Duschkabine. Alexej drehte das Wasser auf, und mich traf ein Schwall kaltes Wasser. Ich sprang zur Seite und schrie laut auf.

»Alexej«, schimpfte ich und sah nach oben. Eine Regendusche.

»Wird schon warm«, sagte er und schlang von hinten seine Arme um mich. Weil er größer war, konnte er sein Kinn auf meinem Kopf ablegen. Das war irgendwie … schön.

Deshalb lehnte ich mich gegen ihn und genoss die Nähe, obwohl ich nicht ganz verstand, was sich zwischen uns geändert hatte. Möglicherweise hatte Alexej sich bisher nicht richtig fallen lassen können, da ihm sein Geheimnis im Magen gelegen hatte. Oder er stand einfach auf postkoitales Kuscheln. Egal was es war: Ich nahm es als gegeben, weil ich gerade auf einer Welle des Glücks durch den Gefühlsozean ritt.

Vorsichtig schob er uns unter den Duschstrahl. »Besser?«, fragte er.

»Hmhm«, stimmte ich ihm zu und drehte mich zu ihm um, weil ich ihn küssen wollte. Und anfassen.

Mein Bauch war da leider anderer Meinung, denn er knurrte laut. Lag vermutlich daran, dass ich vor dem Frühstück keinen Bissen runtergebracht hatte.

Er grinste. »Ich bin auch hungrig.« An mir vorbei griff Alexej nach dem Duschgel und seifte sich ein. »Lass dir ruhig Zeit, ich bestelle Pizza. Was magst du denn?«

»Hawaii«, sagte ich.

Mitten in der Bewegung hielt er inne und starrte mich schockiert an. »Ananas gehört nicht auf Pizza. Das ist Obst.«

»Hast du es schon probiert?«

»Nein.«

»Du wusstest auch nicht, dass mit mir rummachen phänomenal

gut ist«, führte ich ihm vor Augen. »So verhält es sich auch mit Pizza Hawaii. Und jetzt wasch dir den Schaum ab und bestell mir Essen, bevor ich mich an dir festbeiße.« Sein Hals sah überaus appetitlich aus, also lag das durchaus im Bereich des Möglichen.

»Wirst du immer so bossy, wenn du hungrig bist?«

Ich zuckte mit den Schultern. »Find's heraus.«

Kopfschüttelnd wusch Alexej sich den Schaum ab und verließ die Dusche. Schnell rubbelte er sich grob ab, bevor er das Handtuch um seine Hüften schlag. Danach holte er mir aus einem Badezimmerschrank ein eigenes Badetuch. »Für dich. Ich warte im Wohnzimmer.«

Kurz darauf war ich allein. Mit meinen Gedanken.

Heute Morgen war ich noch fest davon überzeugt gewesen, kein Wort mehr mit Alexej sprechen zu wollen, und jetzt stand ich nackt in seiner Dusche, nachdem wir uns gegenseitig zum Höhepunkt gebracht hatten. Von Alexejs anfänglichen Berührungsängsten hatte ich nichts mehr bemerkt, und ich fühlte mich absolut nicht wie ein Versuchsobjekt. Vermutlich, weil ich ohne irgendwelche Erwartungen an die Sache herangegangen war.

Schnell wusch ich mich, bevor ich mich ebenfalls abtrocknete und Alexej folgte. »Darf ich mir Boxershorts von dir ausleihen?«, schrie ich laut, als ich im Flur stand.

»Klar«, kam es aus dem Wohnzimmer. »Bring mir bitte auch eine mit.«

Im Schlafzimmer schob ich den Schrank auf, es dauerte kurz, bis ich die Unterwäsche in einer Schublade gefunden hatte. Alles schwarz. Alexej war farblich sehr festgefahren. Weil sowieso alles gleich aussah, schnappte ich mir zwei Stück. Eine davon zog ich an, die andere behielt ich in der Hand.

Auf dem Weg ins Wohnzimmer machte ich nur kurz einen Zwischenstopp im Badezimmer, um mein Handtuch aufzuhängen und um das Fenster zu öffnen. Außerdem schmiss ich die alten Boxershorts gleich in den Wäschekorb, denn es sollte niemand behaupten, dass ich mich ebenfalls wie ein Kind benahm. Er hatte ja schon eines …

Ich kam mit dieser Erkenntnis immer noch nicht so ganz klar.

Im Wohnzimmer lümmelte Alexej auf der Couch herum. Ich hatte ihn nie so entspannt erlebt wie in diesem Moment. Mit der Fernbedienung in der Hand lag er da und schaute sich die Empfehlungen auf Netflix an. »Kennst du Biohackers?«, fragte er mich.

»Nope.«

»Willst du das schauen? Die Pizza sollte in zehn bis fünfzehn Minuten da sein.«

»Ja, gern.« Ich warf ihm die Boxershorts an den Kopf. »Hab ich dir mitgebracht. Partnerlook.«

Grinsend griff er nach den Shorts und öffnete das Handtuch. Es war offensichtlich, dass er sich in seiner Haut wohlfühlte. Zurecht, denn er sah unbeschreiblich gut aus. Ich hätte ihn den ganzen Tag lang ansehen können. Und ich verstand diese Lena einfach nicht. Sie hätte ein Leben mit ihm führen können, oder?

Alexej rutschte nach hinten, bis sein Rücken anstieß, und klopfte vor sich. »Legst du dich zu mir?«

»Bist du in Kuschellaune?«, fragte ich ihn, kam seiner Bitte aber gleichzeitig nach.

»Etwas. Stört es dich?« Er schlang seinen Arm um mich, als ich vor ihm lag, und drückte mir einen Kuss in den Nacken.

»Gar nicht. Aber weißt du, was ich mich frage …?«

»Nein«, flüsterte er mir ins Ohr, und über meinen ganzen Körper wanderte eine Gänsehaut.

»Wieso will Lena das nicht? Sie könnte das alles hier haben. Ihre Tochter sehen. Mit dir hier liegen.«

Er stieß den Atem aus. »Müssen wir darüber reden?«

»Na ja, schon irgendwie.«

Alexejs Arme, mit denen er mich eben noch gehalten hatten, verschwanden, und er richtete sich auf. Ich tat es ihm gleich und sah ihn fragend an. Frustriert kämmte er sich mit den Fingern durchs Haar und sprang auf, um zur Küchenzeile zu gehen. Dort nahm er Teller aus einem der Unterschränke, danach kümmerte er sich um Gläser und holte eine Flasche Sprudel aus dem Kühlschrank. »Sie nimmt Drogen, okay? Damals … haben wir alle gekifft. Als sie schwanger wurde, habe ich damit aufgehört, und sie auch. Zumindest denke ich, es war so, denn sie hat quasi bei mir gewohnt, und da hätte ich es mitbekommen. Der ursprüngliche Plan sah vor, das Ganze gemeinsam durchzuziehen.«

»Also wart ihr doch zusammen?«

Wieder ein Seufzen. »Nicht wirklich. Wir hatten manchmal Sex, haben gemeinsam bei meinen Eltern im Kinderzimmer gelebt, aber es war eine komische Situation. Wir wussten, dass wir uns nicht lieben, aber wir wollten das Richtige tun. Oder ich wollte es. Und deshalb habe ich sie dazu überredet, mitzuziehen.« Er sah aus, als würde er nicht gerne daran zurückdenken. »Als Mila da war, wurde es zwischen uns immer schlimmer. Ein Baby braucht rund um die Uhr Betreuung, das mit dem Stillen hat nicht geklappt und Lena wurde von Tag zu Tag frustrierter. Meine Eltern haben die Streitereien mitbekommen und auch, dass Lena nicht die geborene Mutter war.« Beinahe sah ich das ganze Chaos bildlich vor mir. »Sie haben uns nahegelegt, es mit getrennten Wohnsitzen zu versuchen. Da Mila auf Flaschennahrung umgestellt worden war, hätten wir es hinbekommen können.«

»Habt ihr aber nicht?« Nun stand ich auf und ging zu Alexej. Ohne darüber nachzudenken, zog ich ihn in meine Arme. Manchmal brauchte man jemanden, an dem man sich anlehnen konnte.

»Lena hat es katastrophal in den Sand gesetzt«, murmelte er leise in mein Haar. Es kam mir vor, als wäre er gar nicht mehr in diesem Zimmer, so weit, wie er mit seinen Gedanken in die Vergangenheit eingetaucht war. »Sie hat Mila abends zwar ins Bett gelegt, ist dann aber ausgegangen, und es war ihr egal, ob die Kleine nach ihrem Fläschchen oder Zuneigung geschrien hat.« Das klang schrecklich. »Zum Glück hat Lena zu der Zeit bei ihrer Mutter gewohnt, die mich jedes Mal angerufen hat. Nach dem dritten Mal habe ich mich geweigert, die Kleine wieder zurück zu Lena zu geben. Und es hat sie nicht einmal gestört«, sagte er mit einer Bitterkeit in der Stimme, zu der kein junger Mensch fähig sein sollte. »Nachdem sie Mila nur noch sehen durfte, wenn ich dabei war, ging es mit ihr immer weiter bergab. Partys. Drogen, soweit ich weiß. Es war eine Scheißsituation für uns alle, und darum habe ich das alleinige Sorgerecht beantragt. Lenas Mutter war, glaube ich, auch froh darüber. Sie liebt Mila, versteh mich nicht falsch, aber sie hat zwei weitere Kinder und einen Vollzeitjob. Und sie ist nicht Milas Mutter. Der Job würde eigentlich Lena gehören.«

Ich zog Alexej noch näher an mich und drückte einen Kuss auf seinen Hals. »Sorry, dass ich gefragt habe.«

»Tut mir leid, dass ich mit der Story die gute Stimmung zerstört habe.«

»Zum Glück bekommen wir gleich Pizza. Mit Pizza wird alles besser.«

Nun drückte sich Alexej von mir weg, ein leichtes Schmunzeln auf den Lippen. »Nicht, wenn es Ananas-Pizza ist.«

»Komm schon.« Ich gab ihm einen Kuss auf die Lippen. »Ich verrate dir was. Vielleicht bist du heute der Meinung, du brauchst keine Pizza Hawaii in deinem Leben. Aber irgendwann wirst du verstehen, dass Ananas-Pizza alles ist, was du brauchst.«

Mit diesen Worten brachte ich Alexej zum Loslachen. »Du bist ein Spinner. Und dieser Tag wird nie kommen. Nur damit du es weißt.«

»Rede dir das nur ein«, widersprach ich ihm.

Genau in diesem Moment läutete es. »Essen«, rief ich erfreut. »Ich lade dich ein.« Ohne auf Widerrede zu warten, lief ich auch schon los und drückte auf den Türöffner. Danach holte ich Geld aus meinem Rucksack und stellte mich zur Tür. Dass ich nur Boxershorts anhatte, wurde mir erst bewusst, als das Mädchen, das die Pizza lieferte, die letzte Treppenstufe übersah und sich beinahe auf die Fresse gelegt hätte.

»Hey«, grüßte ich sie freundlich, während sie so aussah, als würde sie Screenshots von meinem Oberkörper in ihrem Kopf abspeichern.

Sie nahm die Pizzen aus der Liefertasche und streckte sie mir entgegen. »Macht siebzehn Euro sechzig.«

»Ich nehme schon«, sagte Alexej, der mir offensichtlich gefolgt war. Das arme Mädchen.

Seine Bauchmuskeln gaben ihr den Rest, und sie sah mit großen Augen zwischen uns hin und her.

Ich drückte ihr zwei Zehner in die Hand. »Danke. Stimmt so.«

Nachdem ich die Tür geschlossen hatte, folgte ich Alexej ins Wohnzimmer, wo er die Kartons auf den Couchtisch gestellt hatte und mit Gläsern in der Hand und der Wasserflasche unter dem Arm zurück in Richtung Fernseher ging. »Brauchst du einen Teller?«, fragte er mich und setzte sich auf den Boden vor dem Tisch.

»Nö, du?«

»Auch nicht.«

Ich nahm neben ihm Platz und rutschte dicht an ihn heran, denn ich mochte es, wenn wir uns immer wieder wie zufällig berührten. Vielleicht war ich in den letzten Wochen ein klein wenig süchtig nach ihm geworden.

Wir klappten die Kartons auf, und ich war neugierig, welche Pizza Alexej sich bestellt hatte, nachdem er meine die ganze Zeit schlechtgemacht hatte.

»Also, wenn eine Sache wohl nicht auf eine Pizza gehört, ist es Ei.« Und Champions. Und Artischocken.

»Halt doch die Klappe«, murrte Alexej. »Mila will immer nur Pizza mit Schinken. Ich kann es nicht mehr sehen.«

»Dann genieß sie. Aber erst«, ich nahm ein Stück in die Hand und führte sie zu seinem Mund, »wenn du meine Pizza probiert hast.«

»Komm schon, Niklas. Geh mir jetzt nicht auf den Sack.«

»Beiß ab, und ich nerve dich nicht mehr.«

»Na gut.« Mit angewidertem Gesichtsausdruck biss er ab, jedoch wich der ziemlich schnell. »Es schmeckt okay«, gab er zu.

»Mehr als okay.« Ich küsste ihn kurz. »Danke, dass wir heute schwänzen.«

Sofort lächelte er mich an. »Danke, dass du mit mir hier bist.«

Mein Magen knurrte ohrenbetäubend laut.

»Und jetzt iss endlich.« Das musste er mir nicht zweimal sagen.

Kapitel 17

Seit der Aussprache mit Alexej waren zwei Wochen vergangen. Es gab zwar keine gemeinsamen Freitagnachmittage mehr, dafür schlich ich mich immer, nachdem er Mila ins Bett gebracht hatte, in seine Wohnung. Meistens hatten wir Rummach-, Kuschel- und Fernsehzeitfenster von halb acht bis elf, und ich war froh, dass Mila jeden Abend zeitig ins Bett ging.

Niklas:
Was wäre, wenn ich heute Nacht noch zu dir kommen würde?

Ich saß auf Malm und starrte lustlos zum Fenster, weil ich keinen Bock hatte, auszugehen. Leider hatte ich schon zugestimmt. Levi war mir stundenlang auf den Sack gegangen und hatte mich schlussendlich dazu überredet. Er spielte sich neuerdings wie mein persönlicher Guru in Liebesdingen auf. Ich wusste nicht, ob ich ihm wirklich vertrauen sollte. Die Vielzahl an Mädchen, die bei uns ein und aus gegangen war, sprach gegen ihn.

Leider war er hartnäckig, was die Sache mit dem Fake-Boyfriend und Alexej anging. Er beharrte darauf, dass ich Tim von Alexej erzählen sollte, der daraufhin kapieren würde, dass er keine Chancen bei mir hatte und frei für eine richtige Beziehung war. Das klang sogar einleuchtend, aber auch unnötig kompliziert. Immerhin waren Tim und ich ja nur für Social Media zusammen – was leider eine Schnapsidee gewesen war. Keine Ahnung, was mich in diesem Moment geritten hatte. Ich plädierte auf geistige Verwirrung wegen Dummheit.

Was Tim zu dem dämlichen Vorschlag getrieben hatte, konnte ich nicht nachvollziehen. Denn er war, wenn man ihn wirklich kannte, richtig nett, und man konnte sich ausgesprochen gut mit ihm unterhalten. Im Um-die-Häuser-Ziehen war er ebenfalls Profi.

Mein Handy vibrierte und ich rollte mich zur Seite, um es vom Nachttisch zu fischen. Alexej hatte geschrieben, und sofort breitete sich ein Lächeln auf meinem Gesicht aus. Ich erlaubte mir weder über diese Tatsache noch über mein schneller klopfendes Herz nachzudenken.

> **Alexej:**
> Dann würde ich versuchen, Mila heute in ihrem Bett schlafen zu legen, damit du zu mir in meines kannst.

Na großartig ... jetzt hatte ich überhaupt keine Lust mehr zum Ausgehen. Die Vorstellung, dass Mila eine ganze Nacht in ihrem Zimmer schlafen könnte, ohne zu Alexej ins Bett zu krabbeln, war atemberaubend. Leider auch utopisch, denn die Kleine war bisher immer zwischen zehn und elf Uhr wach geworden und hatte nicht mehr in ihrem Bett weitergeschlafen, sondern in seinem. Für mich leider das offizielle Zeichen, um zu verschwinden, denn kennengelernt hatte ich Mila nicht. Ehrlich gesagt, war ich nicht scharf darauf. Kinder waren laut. Und nervig.

> **Niklas:**
> Das klingt sehr gut.

> **Alexej:**
> Und gar nicht so unrealistisch, wie du vielleicht denkst. Wir haben geübt.

Niklas:
Ich bin gespannt. Gehe noch kurz mit meinem Bruder was trinken und versuche, mich so früh wie möglich auf den Weg zu dir zu machen.

Alexej:
Trink was für mich mit.

Für mich war es unvorstellbar, dass Alexej nicht losziehen und sich mit Freunden auf ein Bier treffen konnte.

Niklas:
Würdest du gerne mitkommen? Also, ich weiß, dass das für dich nicht so leicht ist, nur generell … vermisst du es, jedes Wochenende um die Häuser zu ziehen?

Alexej:
Weniger, als man vermuten würde. Klar wäre es toll, wenn wir mal einen drauf machen könnten … dann hätte ich allerdings heute kein Call of Duty-Date mit Finn.

Niklas:
Muss ich eifersüchtig sein?

Alexej:
Nicht in diesem Leben. Ich freu mich auf später.

Niklas:
Ich freu mich auf dich.

Okay, vielleicht hatte ich mich mit der letzten Nachricht etwas weit aus dem Fenster gelehnt, aber ich wollte nichts lieber als zu Alexej. Und er schien meine Besuche ebenfalls zu genießen. Anfangs hatte ich das Gefühl gehabt, er wollte sich nur ungern auf mich einlassen. Was womöglich weniger damit zu tun hatte, dass ich ein Kerl war, sondern mehr damit, dass er sein Geheimnis wahren wollte. Doch seitdem ich davon wusste, war es anders. Intensiver. Inniger. Immer öfter musste ich mich daran erinnern, dass Alexej und ich *nicht* zusammen waren. Denn das wollten wir beide nicht. Nur war ich mir da manchmal nicht mehr ganz so sicher …

Seufzend stand ich auf, schob das Smartphone in die Hosentasche und ging nach unten.

Wenn ich noch länger in diesem Zimmer blieb, könnte ich womöglich in naher Zukunft den Verstand verlieren. Es war nicht gesund, so viel nachzudenken. Und es passte nicht zu mir. Denn ich grübelte nicht stundenlang, sondern tat, was mir spontan in den Sinn kam.

Ich lief die Treppen nach unten, direkt in die Küche. Papa saß mit seinem Laptop am Küchentresen, Mama neben ihm, einen Zeichenblock in der Hand. Ich ging zum Kühlschrank und holte mir ein Red Bull raus. Die Dose zischte beim Öffnen und Papa sah auf. »Gibt es da noch mehr?«

»War leider die letzte. Wir können gerne teilen.«

Aus dem Hängeschrank holte ich ein Glas, stellte es auf den Tresen und goss Papa geschätzt die Hälfte des Getränks ein.

»Danke.«

»Gern.«

Da ich gegenüber von meinen Eltern stand, konnte ich nicht sehen, was Papa auf seinem Laptop so faszinierte, aber dass Mama eine Aktzeichnung anfertigte. Man konnte den gesichtslosen Kerl noch nicht erkennen, ich hoffte mal stark, dass der Mann mit den sehr einprägsamen Genitalien nicht Papa war. Kein Teenager wollte seinen Vater nackt sehen.

Ich senkte den Blick auf die Red-Bull-Dose. Manchmal fragte ich mich, ob alle Eltern dieses Talent besaßen, bei ihren Kindern die

Art von Unbehagen hervorzurufen, wie meine Eltern es bei mir taten.

»Sag mal«, murmelte Mama. »Soll ich Levi und dich heute Nacht von irgendwo abholen?«

»Mich nicht.« Mama sah von ihrer Zeichnung auf. »Keine Ahnung, wie es bei Levi aussieht, aber ich übernachte heute Nacht wo anders.«

Nun hatte ich die ungeteilte Aufmerksamkeit meiner Eltern. Papa sah mich über den Bildschirm hinweg an. »Ach. Und bei wem? Bei diesem Tim?«

Ich verdrehte die Augen. »Zwischen Tim und mir läuft nichts. Wir sind nur Freunde.«

Nun grinste Papa und deutete grinsend mit dem Zeigefinger auf mich. »Nur so zur Info: Man kann auch bei guten Freunden übernachten«, meinte er. »Du lässt es allerdings so klingen, als würdest du bei mehr als einem guten Freund schlafen.«

Mama legte den Bleistift beiseite. »Gibt es etwas, was du uns erzählen willst?«

Wollen tat ich nicht, da ich jedoch nicht viele Geheimnisse vor ihnen hatte, sah ich keinen Zweck darin, sie anzulügen. »Alexej und ich sind nicht zusammen, aber wir sind auch nicht nicht zusammen. Ergibt das Sinn?«

Offensichtlich nicht, denn Mama und Papa starrten mich nur verwirrt an.

Genau diesen Moment suchte Levi sich aus, um in die Küche zu stürmen. Er stellte sich zwischen unsere Eltern und legte seine Arme auf deren Schultern ab. »Alexej ist Nikis Fuckboy.«

War der Kerl irre? Mama und Papa sahen das genauso, denn Mama beschwerte sich: »Kannst du nicht wie ein normaler Mensch sprechen? Fuckboy«, äffte sie ihn nach.

Papa nickte zustimmend, doch seine Aufmerksamkeit lag immer noch auf mir. »Alexej. Das ist der mit dem Kind, oder?«

»Ja.«

»Hast du dich mit ihm ausgesprochen? Du klangst damals beim Brunch aufgebracht wegen ihm.«

Ich nickte. »Wir konnten das klären.«

Mama griff wieder nach ihrem Stift. »Du weißt, wir sind nicht die Art von Eltern, die stundenlange Vorträge halten. Wir trauen euch zu, eigene Entscheidungen zu treffen. Aber …« – es gab immer ein Aber – »pass gut auf.«

Sofort reagierte Papa auf ihre letzten Worte. »Haben wir schon das Aufklärungsgespräch mit ihm geführt?«

»Ich meinte eigentlich, er soll auf sein Herz aufpassen«, warf Mama ein. »Und ich weiß es ehrlich gesagt gar nicht mehr.« Beim vierten Kind konnte man so etwas schon mal vergessen. Sie wandte sich an mich. »Haben wir?«

Schnell nickte ich. »Definitiv.«

Zum Glück kam mir Levi zu Hilfe. Was keine Selbstverständlichkeit war, denn wie er schon oft bewiesen hatte, konnte er mir genauso gut in den Rücken fallen. »Er war wochenlang traumatisiert. So wie wir alle, möchte ich nur anmerken.«

»Ich wasche eure Wäsche«, murmelte Mama und widmete sich schon wieder ihrer Zeichnung. »Was glaubt ihr, wie sehr ich traumatisiert bin.«

Dieser Kommentar brachte Papa zum Lachen. »Abflug, ihr zwei. Und schreibt uns, falls ihr ein Taxi braucht.«

»Danke.« Levi drückte Mama einen Kuss auf die Wange. »Komm, Zwerg, lass uns gehen«, sagte er zu mir. »Es wird höchste Zeit für ein wenig Spaß.« Ich fragte mich nur, warum er den in letzter Zeit immer mit mir wollte, anstatt wie eine Zecke an Mats zu kleben.

Levis Art von Spaß waren Drum-’n’-Bass-Partys. Deshalb waren wir in einer leerstehenden Lagerhalle im Industrieviertel gelandet. Es wunderte mich, dass die Polizei nicht aufgetaucht war, denn das laute Dröhnen der Bässe musste kilometerweit zu hören sein. Dave, Nina, Sarah, Martha und Tim schienen höchst beeindruckt von der

Illegalität dieser Veranstaltung, und vor allem, dass Levi hier jeden kannte. Auch meine Freunde umschwärmten ihn die ganze Zeit, als wäre er irgendein Promi. Was vermutlich weniger an der Party-Location als an seiner höchst charismatischen Art lag.

Im Gegensatz zu meinen Freunden fand ich es nervig. Levis überdrehte Art, gepaart mit zu lauter Musik half nicht dabei, meine Stimmung zu heben. Zu Beginn des Abends hatte ich mich noch mit den anderen ins Getümmel gestürzt, getrunken und getanzt, aber jetzt wollte ich zu Alexej. Sofort.

An den Seiten der Halle waren Paletten aufgestapelt. Ich schwang mich auf einen hohen Stapel und beobachtete meine Freunde, die immer noch tanzten. Tim fing meinen Blick auf und kam zu mir.

»Hilfst du mir rauf?«, schrie er gegen den Lärm an.

Ich streckte ihm meine Hand entgegen, und gemeinsam schafften wir es, dass er sich neben mich setzen konnte. Da die Musik so laut war, rutschte er dicht an mich heran. »Du bist heute nicht gut drauf.«

Das war *die* Vorlage. »Ich wäre heute lieber wo anders«, sagte ich in sein Ohr. Unsere Wangen berührten sich, weil wir uns so nah aneinanderdrängen mussten, um überhaupt etwas zu verstehen.

»Wo denn?«

»Bei dem Kerl, mit dem ich was am Laufen habe.«

Ich spürte, wie Tim neben mir erstarrte. Eine ganze Weile wartete ich auf eine Antwort, doch er sagte nichts.

Unsicher zog ich den Kopf ein Stück zurück, damit ich ihm ins Gesicht sehen konnte. Besonders glücklich sah er aufgrund meiner Info nicht aus.

Langsam lehnte er sich zu mir. »Du hast einen Freund?«

Wir waren uns wieder so nah wie zuvor. Das machte das Reden einfacher, ich hätte ihn jedoch auch gerne angesehen. »Nicht wirklich. Wir sind nicht richtig zusammen, es ist mehr ein Sex-Ding.« Es war die Wahrheit, doch die Worte fühlten sich wie eine verdammte Lüge an.

»Ich verstehe.«

Sanft legte ich meine Hand auf Tims Oberschenkel. »Ich erzähle dir die Sache nur, weil ich mich nicht mehr wohl damit fühle, die Videos mit dir zu drehen. Du bist der beste Fake-Boyfriend, den man sich vorstellen kann, aber es ist nicht richtig.«

»Und was machen wir jetzt?«

»Na ja, prinzipiell ändert sich für uns doch nichts. Wir bleiben weiterhin Freunde. Wir drehen weiterhin Videos, nur eben nicht als Pärchen.« Ich brachte Abstand zwischen uns.

Tim nickte nur, dann kam er wieder näher. »Du hast recht. Es fühlt sich nur trotzdem an, als würden wir Schluss machen.« Mir ging es komischerweise auch so. Und das war absolut verrückt und zeigte mir, dass ich zu viel Zeit mit der App verbracht hatte. Es wurde immer schwerer, zwischen Fiktion und Realität zu unterscheiden.

»Sollen wir ein Schlussmach-Video drehen?«, fragte ich ihn.

»Warum nicht? Was machen wir mit den ganzen Entwürfen?«

»Die veröffentlichen wir, und in ein bis zwei Wochen folgt die Trennung. Einverstanden?«

»Klingt nach einem Plan. Willst du irgendeine Erklärung posten?«

»Nein. Nicht wirklich«, sagte ich ihm und zog mein Smartphone aus der Tasche.

Ungefähr zehn Minuten später hatten wir ein paar Video-Sequenzen gedreht, die ich schneiden musste, die aber ein trauriges Trennungsvideo ergeben würden.

»Willst du wieder zu den anderen gehen?«, fragte ich Tim.

»Unbedingt. Ich brauche jetzt mindestens fünf Shots mit Martha.« Das klang nach einem Plan. »Und, Niklas?«

»Ja?«

»Der Kerl, der dich bekommt, ist ein Glückspilz.« Da war ich mir ehrlich gesagt gar nicht so sicher, denn die meiste Zeit tat ich dumme Dinge und dachte nicht über die Konsequenzen nach.

Bevor Tim von den Paletten kletterte, drückte er mir einen Kuss auf die Wange. »Und jetzt hau endlich ab.«

Ich winkte ihm kurz, bevor ich nach unten sprang. Tim würde den anderen bestimmt sagen, dass ich gegangen war, also machte ich mir nicht die Mühe, mich zu verabschieden.

Auf dem Weg nach draußen fing mich allerdings ein sehr betrunkener Levi ab. Grob hielt er mich an meinem Arm fest. »Hey, Niki«, rief er lallend. Schwappend lief der Drink, den er in seiner Hand hatte, über sein langärmeliges graues T-Shirt. »Genug mit deinem süßen Kleinen rumgemacht?« Er klang nicht interessiert, sondern eher angepisst.

»Was? Nein. Wir haben besprochen, dass wir keine weiteren Videos mehr drehen«, versuchte ich ihm zu erklären. »Und die Sache auf Social Media offiziell beenden.«

Levi holte sein Smartphone aus der Hosentasche und hielt es mir unter die Nase. Zu sehen war ein neues Video von Tim, auf dem wir miteinander tanzten. Ich glaube, wir hatten es vor ein paar Wochen aufgenommen.

»Das ist ein alter Post«, versuchte ich Levi zu erklären, aber ganz ehrlich: Er war einfach zu betrunken.

Völlig unerwartet schubste er mich. Das hatte er noch nie zuvor getan. Klar hatten wir früher miteinander gerangelt, doch das hier wirkte nicht wie Spaß. Sondern todernst.

»Was zur Hölle?«, brüllte ich ihn an.

»Das sollte ich dich fragen«, schrie er zurück. »Hörst du eigentlich mal auf irgendetwas, was man dir sagt, oder machst du immer, was du willst, du kleiner Pisser?«

Schockiert entfernte ich mich einen Schritt von ihm, doch Levi kam mir hinterher. »Was ist?« Bedrohlich beugte er sich zu mir. »Hast du Angst, Niki?«

Ich kam nicht wirklich mit. »Was stimmt nicht mit dir?«, fragte ich ihn aufgebracht. Meine Worte gingen in der lauten Musik unter wie die verfluchte Titanic.

Levi wurde unabsichtlich angerempelt und drehte sich um. Vermutlich wollte er gleich den nächsten Partygast anpöbeln. Ich nutzte seine Unachtsamkeit, um in der Menge abzutauchen, denn ich hatte absolut keine Lust, mich noch länger mit meinem betrunkenen Bruder abzugeben. Immer wieder sah ich über die Schulter, und zum Glück folgte er mir nicht.

Was für ein betrunkenes Arschloch.

Kapitel 18

Alexej stand müde bei der Tür und sah mir blinzelnd entgegen. »Ich hätte früher mit dir gerechnet.« In seiner Stimme klang ein leichter Vorwurf mit.

»Wir waren irgendwo im Nirgendwo«, verteidigte ich mich und musste gähnen. »Und es war ein verdammt langer Fußmarsch zu dir.« Erschöpft machte ich einen Schritt auf ihn zu und drückte mich an seine Brust. »Ich wollte viel früher bei dir sein, aber zuerst musste ich was regeln, und danach hat Levi sich wie der größte Arsch überhaupt aufgeführt.«

»Wer ist Levi?«, fragte Alexej und löste sich von mir. Er griff nach meiner Hand und zog mich in die Wohnung.

»Mein Bruder. Also, einer davon.«

Ich schälte mich aus der Jacke, und Alexej nahm sie mir ab und hängte sie auf. In der Zwischenzeit hatte ich mir die Schuhe ausgezogen.

»Hast du mehrere?«

Ich nickte. »Ja, Felix ist der Älteste. Danach kommen die Zwillinge, Levi und Mats. Und dann gibt es mich.« Laut gähnte ich. »Bist du Einzelkind?«

»Ja.«

Ich wollte jetzt nicht darüber nachdenken, dass wir kaum etwas voneinander wussten, weil wir beide nicht unbedingt große Plaudertaschen waren.

»Hast du eine Zahnbürste für mich?«, fragte ich.

»Extra gekauft«, meinte er mit einem Lächeln. Gemeinsam gingen wir ins Badezimmer und putzten unsere Zähne.

Als wir fertig waren, führte Alexej mich in sein Schlafzimmer und schaltete das Licht ein.

»Mila schläft in ihrem Bett?«

»Ja, ich bin zuvor bei ihr eingeschlafen. Darum bin ich etwas hinüber.« Alexej setzte sich auf die Matratze. Außer Boxershorts trug er nichts, und wäre ich nicht so müde gewesen, hätte ich ihm selbst die ausgezogen.

Ich schlüpfte aus meiner Kleidung, und Alexej sah mir dabei zu. Mir gefiel, dass sich seine Augen immer auf mich hefteten, sobald ich mir das T-Shirt über den Kopf zog. Das war ziemlich gut für mein Selbstbewusstsein. »Wenn ich ehrlich sein soll, habe ich damit gerechnet, dass du mir jetzt erklärst, dass ich gleich wieder gehen muss. Du weißt schon, weil es mitten in der Nacht ist und ich wegen Mila nicht über Nacht bleiben darf.«

Alexej ließ sich seufzend zurückfallen und schob sich dann auf die andere Seite des Betts, die eindeutig für Mila reserviert war. »Du siehst aus wie ein geprügelter Hund. Natürlich schicke ich dich nicht weg. Du musst nur verschwinden, bevor sie wach wird.«

Ich lachte leise, während ich auf den Lichtschalter drückte. »Klar, wann steht sie auf?«

Vorsichtig ging ich aufs Bett zu.

»Meistens um halb sieben.«

Ernsthaft? »Stellst du den Wecker?«, fragte ich ihn.

»Gleich. Zuerst musst du mir verraten, warum dein Bruder scheiße war.«

Ich legte mich ins Bett und schüttelte das Kissen auf. »Rutsch her, dann erzähle ich dir davon«, forderte ich ihn auf.

Sofort kam er näher, und ich breitete die Decke über uns aus.

»Ehrlich gesagt habe ich keine Ahnung, was mit Levi nicht stimmt. Er hat mich kleiner Pisser genannt«, beschwerte ich mich. »Sonst sagt er immer Zwerg zu mir.«

»Vielleicht warst du mal wieder nervig?«

»Ich bin nie nervig oder anstrengend, sondern immer total gechillt.«

»Klar.« Alexej klang nicht überzeugt.

Mit der Hand tastete ich nach ihm, und als ich seine nackte Haut berührte, entkam mir ein sehnsüchtiges Seufzen. »Weißt du, wie sehr ich mir das gewünscht habe? Ich wollte die ganze Zeit nur zu dir.«

Kaum hatte ich die Worte ausgesprochen, lagen Alexejs Lippen auf meinen. Sein Atem schmeckte nach Minze, und obwohl ich die Zunge in seinen Mund schob, blieb der Kuss zärtlich. Alexej war müde, und ich auch.

»Wollen wir schlafen?«, fragte ich ihn, nachdem er sich zurückgezogen hatte.

»Ich denke, ich bin sowieso nicht richtig wach.« Er drückte mir noch einen Kuss auf die Stirn. »Und du bist offensichtlich nicht nur wegen Sex hier? Ich hatte damit gerechnet, dass du sofort über mich herfallen würdest.« Das klang, als hätten wir bereits miteinander geschlafen, dabei war zwischen uns nicht mehr passiert als gegenseitiges Runterholen und ein paar Blowjobs, die ich ihm gegeben hatte.

Ich erwartete nicht, dass er das auch bei mir machte, allerdings gab er mir durch seine Passivität in Sachen Oralverkehr auch das Gefühl, immer noch ein Experiment für ihn zu sein. Denn wenn es scheiterte, konnte er danach in seine heile Heterowelt samt Kind zurückkehren. Und es sollte mir egal sein. Mein Problem war nur, dass es das nicht wirklich war.

»Ich bin wegen dir hier«, flüsterte ich leise. »Und jetzt gute Nacht, Alexej.« Er bekam schon an guten Tagen kaum die Augen auf. Seit ich die Abende mit ihm verbrachte, war er noch müder als sonst. Keine Ahnung, wann er überhaupt lernte zwischen Schule, Mila bespaßen und meinen Besuchen.

Einige Herzschläge lang passierte nichts. »Schlaf gut, Niklas«, sagte er verspätet.

Ich drehte mich von Alexej weg, doch er schlang den Arm um mich und zog mich wieder näher zu sich. »Komm zu mir«, murmelte er.

»Du bist wirklich ein krasser Kuschler.«

»Nur bei dir«, kam es verschlafen von ihm.

Ich schloss die Augen und genoss seine Nähe.

Ein Finger bohrte sich auf sehr unangenehme Weise in meine Wange. »Es gibt bessere Methoden, um mich zu wecken, Alexej«, murmelte ich verschlafen.

Mein Protest war ihm total egal, denn der Finger bohrte sich erneut hinein. Ich tat, als würde ich danach schnappen und erntete dafür ein Kichern.

O Gott!

Da eben hatte ganz bestimmt nicht Alexej gelacht, sondern das Kind!

Das Kind, verdammt!

Ganz langsam und vorsichtig öffnete ich meine Augen, blinzelte gegen die Helligkeit an und starrte direkt in das Gesicht eines blonden, kleinen Mädchens, das mich neugierig anschaute.

Oh. Mein. Gott.

Was zur Hölle sollte ich jetzt machen?

Meine Erfahrung in Sachen Kinder belief sich darauf, dass ich selbst mal eines gewesen war. Ich war kurz davor, mir die Decke über den Kopf zu ziehen und so zu tun, als wäre ich nicht da. Einfach das kleine Kind mit dem runden Kopf und den großen blauen Augen ausblenden.

»Papa?«, fragte sie und sah mich fragend an.

Ehrlich gesagt, war ich froh, dass sie nicht heulte, weil sie mich im Bett ihres Vaters erwischt hatte.

Ich verzog das Gesicht, denn das klang, als hätte ich einen Daddy-Kink.

»Der liegt neben mir«, flüsterte ich. »Willst du zu ihm ins Bett?«

Was machte ich denn da gerade? War ich irre? Warum sprach ich mit dem Kind? Ich sollte meine Sachen zusammenraffen und davonlaufen. Allerdings würde die Kleine dann womöglich einen Schaden fürs Leben davontragen, und ich wäre schuld. Das würde Alexej mir nie verzeihen.

Sie schüttelte den Kopf. »Trinken.« War das normal, dass sie nicht in ganzen Sätzen mit mir sprach? Dafür war ihre Aussprache erstaunlich klar für ein Kleinkind. Aber was wusste ich schon … ich hatte keine Ahnung von Kindern.

Über meine Schulter hinweg sah ich zu Alexej, dessen blaue Schatten unter den Augen im Morgenlicht noch dunkler wirkten als sonst. Ein wenig Schlaf konnte ihm nicht schaden, und sie hatte mich doch auch bereits gesehen, also konnte ich mich ja kurz mit ihr beschäftigen.

Ich setzte mich auf. »Ist es okay, wenn du und ich in die Küche gehen und dir etwas holen?« Ich war wach. Sie war wach. Da war es doch die logische Schlussfolgerung, dass wir gemeinsam aufstanden.

Oder?

Sie antwortete nicht, sondern starrte auf meine Tattoos. Wie der Vater, so die Tochter …

»Bilder«, sagte sie ehrfürchtig.

Mit der Hand fuhr ich mir verlegen durchs Haar. »Ähm. Ja. Sehr viele Bilder.« Ich beugte mich nach meinem T-Shirt. »Vielleicht ziehe ich mir erst etwas an, bevor wir dir was zu trinken holen«, schlug ich vor und zog mir das Oberteil über den Kopf. »Kommst du mit?«

Sie nickte.

Leider. Noch hätten wir die Sache abblasen können. Sie hätte nur Nein sagen müssen. Oder losheulen, doch sie schien genauso neugierig auf mich zu sein wie ich auf sie. Immerhin war sie Alexejs Tochter und würde es immer bleiben.

Ehrlich gesagt machte ich mir auch ein wenig Sorgen um die Kleine. Ich war ein Fremder, und dieses Kind hatte null Angst vor mir. Ich könnte ein Irrer sein.

Gemeinsam verließen wir das Schlafzimmer, und ich ließ die Tür einen Spaltbreit offen. »Falls du was brauchst, kannst du zu deinem Papa laufen«, erklärte ich ihr leise, und dann gingen wir in die Küche. Dabei griff sie nach meiner Hand. Wirklich ein sehr vertrauensseliges Kind. Waren die alle so?

Vor dem Kühlschrank blieb ich stehen und sah zu ihr hinunter. Ich selbst war ja kein Riese, aber Mila war echt klein. »Und? Was trinkst du morgens so?«

»Dau-dau.«

Wow. Jetzt stellte sie mich vor eine Herausforderung, denn ich hatte absolut keine Ahnung, was das heißen sollte. Ich kratzte mich am Kopf.

»Okay, was hältst du davon, wenn ich dich hochhebe, und du zeigst mir, was du möchtest.«

Zuerst schien sie unentschlossen. Oder sie dachte eingehend über meinen Vorschlag nach. Sie streckte ihre Arme hoch, was wohl so etwas wie das internationale Zeichen für *nimm mich auf den Arm* war.

Ich öffnete den Kühlschrank. »Also, auf was hast du Lust?«

Mit ihren Fingern fuchtelte sie in Richtung der Milch. Erst jetzt kapierte ich, was sie mir sagen wollte. »Ahh, du willst Kakao. Verstehe.«

Ich ließ die Kleine runter und holte die Packung aus dem Kühlschrank. »Dann machen wir das. Ich sag dir eins, du wirst nie wieder von jemand anderem einen Kakao wollen, denn ich kenne da ein Geheimrezept. Von meiner Oma.«

Fröhlich klatschte Mila in die Hände. »Oma.«

Ich musste eine Weile suchen, bis ich einen Topf fand. Genauso lange brauchte ich, bis ich den Schneebesen aufgetrieben hatte. Das Kakaopulver suchte ich eine weitere Ewigkeit.

Und es wäre nicht Omas Spezialkakao, wenn man nicht auch Zucker reinkippte. Alexej musste es ja nicht zwangsläufig erfahren.

»So, meine Kleine. Wir machen das jetzt zusammen«, erklärte ich ihr und setzte sie neben der Herdplatte ab. »Du darfst da aber nicht raufgreifen. Heiß.«

Sie nickte ehrfürchtig. »Heiß.«

»Genau.« Ich stellte den Topf ab und goss Milch hinein. Den Zucker ebenfalls, denn so konnte ich ihn schnell wieder verschwinden lassen. Allerdings nicht, solange Mila auf der Arbeitsplatte saß.

Mann, mit Kindern war echt alles dreimal so kompliziert. »Ich hebe dich jetzt wieder hoch, dann schaffen wir das ohne irgendwelche Unfälle.« Schnell räumte ich den Zucker weg. Danach rührte ich mit Mila auf dem Arm ein paar Löffel Kakaopulver in die Milch. »Und jetzt zeige ich dir, was einen normalen Kakao zum besten Kakao der Welt macht. Es liegt nämlich nicht am Zucker, sondern am Schneebesen. Wenn wir die Milch ganz doll damit aufschäumen, schmeckt es noch besser als sonst. Ehrenwort.«

Ich rührte alles durch, allerdings wurde Mila auf meinem Arm etwas nervös. Nur zusehen war langweilig. »Auch«, bettelte sie.

Und weil ich kein blöder Sack war, ließ ich Mila rühren. Obwohl sie eine ziemliche Sauerei veranstaltete.

»So, fertig.« Ich schaltete den Herd aus, setzte sie ab und holte zwei Tassen aus dem Hängeschrank. Auf einer war Elsa zu sehen, und das schien mir auf jeden Fall eine gute Wahl zu sein.

Ich befüllte die Tassen und goss nochmal kalte Milch auf den Kakao, damit wir ihn gleich trinken konnten. Ich sah mich um. »Dein Papa braucht einen Tisch.«

Sie nickte und lief zur Couch. Dort wippte sie aufgeregt auf ihren Zehen auf und ab, bis ich bei ihr war. Auf dem Couchtisch stellte ich die Tassen ab.

Ich setzte mich auf den Boden, und keine zehn Sekunden später saß sie auf meinem Schoß. Okay …

»Soll ich mal probieren, ob wir das schon trinken können?« Ich griff nach meiner Tasse und nahm einen Schluck. »Geht schon.«

Erwartungsvoll sah sie mich an. »Okay, Prinzessin, soll ich dir helfen?«

»Dau-dau.« Ich wertete das als ein Ja und nahm ihre Tasse in die Hand. »Bist du bereit für den Kakao, der dein Leben verändern wird?«

Antwort bekam ich keine, da sie nach der Tasse griff und sie zu ihrem Mund dirigierte. Gemeinsam und einträchtig schweigend schlürften wir unsere Getränke.

Doch sobald die Tassen leer waren, war Mila wieder auf den Beinen. Sie lief zu einem von Alexej Schränken und riss ihn auf. Ich folgte ihr vorsichtshalber.

Sie wuchtete eine riesige Schachtel auf den Boden und holte

Filzstifte raus. »Solange wir keine Wände bemalen, ist mir alles recht«, sagte ich zu ihr.

Sie griff nach meinem Arm und fuhr mit ihren Fingern über die Tattoos. »Bilder.«

»Genau.«

Mila ließ sich an Ort und Stelle auf den Boden fallen. »Auch Bilder.« Nun zeigte sie auf ihren Arm.

»Prinzessin, ich glaube, es ist keine gute Idee, wenn wir mit Filzstiften auf deine Haut malen. Dazu braucht man eigene Farben. Aber ich habe einen Vorschlag.«

Mila sah aus, als würde sie jede Sekunde zu heulen anfangen. »Wir entwerfen zuerst ein Bild, dass wir ein anderes Mal auf deinen Arm malen. Was hältst du davon?«

Damit sie gar nicht auf die Idee kam, loszuheulen, holte ich Papier aus der universellen Malwunderkiste und begann ein Einhorn zu zeichnen. Sie war ein Kind. Die liebten Einhörner.

»Erkennst du es schon?«, fragte ich sie, doch sie sah mir so gebannt zu, dass sie gar nicht reagierte.

Nachdem ich fertig war, holte sie ein weiteres Stück Papier.

»Pferd«, sagte sie ziemlich vehement für so eine kleine Person.

Allerdings hatte ich eine bessere Idee. Ich nahm ihre Hand, und wir umrundeten die Konturen mit einem braunen Stift. Daraus malten wir ein Pferd.

Ganz ehrlich, nach diesem Bild war sie mein größter Fan.

»Probier es mal selbst«, forderte ich sie auf.

»Mila leine.«

»Genau, du probierst das allein.«

Nun sah sie mich wieder an und zeigte auf ihre Brust. »Mila.« Danach deutete sie auf mich.

»Willst du wissen, wie ich heiße?«

Sie nickte.

»Niklas.«

»Nini«, quietschte sie erfreut und widmete sich wieder ihrem Pferd. Ich lehnte mich zurück und beobachtete sie eine ganze Weile beim Malen.

»Mila?«, rief plötzlich Alexej nach seiner Tochter und klang aufgeregt.

»Wir sind im Wohnzimmer«, antwortete ich ihm.

Es dauerte nicht lange, und er stand vor uns. »Hey, Zwerg.« Bei dem Kosenamen für seine Kleine zuckte ich zusammen. »Du bist schon wach?« Mich würdigte er keines Blickes. Außer er hatte mit *Zwerg* mich gemeint.

Er bückte sich zu Mila. »Was machst du denn? Wieso hast du mich nicht geweckt?«

»Nini.« Sie deutete auf mich.

Alexej warf mir einen Was-zur-Hölle-Blick zu.

Ich zuckte nur mit den Schultern. »Sie stand auf einmal vor dem Bett.«

»Wann war das?«

»Keine Ahnung. Vor einer halben Stunde. Oder einer Stunde?« Ich hatte nicht auf die Uhr gesehen.

Nun sah er noch angepisster aus. Mila setzte sich wieder auf den Boden und begann mit dem nächsten Kunstwerk. »Und da hast du dir gedacht, du stehst mit ihr auf?«, flüsterte er leise.

»Ich wollte dich ausschlafen lassen, weil du immer Unmengen an Kaffee in dich hineinschüttest, um überhaupt die Augen aufzubekommen«, wisperte ich beinahe lautlos. »Also, wo genau liegt dein Problem?«

»Du hättest heute Morgen nicht mehr hier sein sollen. Das ist mein Problem.«

Wow. Das saß. Schockiert sah ich ihn an und stand langsam auf. Ohne irgendetwas zu erwidern, ging ich ins Schlafzimmer und suchte dort meine Kleidung zusammen. Als ich mir die Hose über die Hüften zog, sah ich Alexej mit verschränkten Armen im Türrahmen stehen.

»Kommst du, um nachzutreten?«, fragte ich ihn.

»Sie hätte dich nicht in meinem Bett sehen sollen«, beschwerte er sich.

»Wieso?«, fragte ich angepisst. »Weil ich ein Kerl bin?«

Er schüttelte den Kopf. »Niklas, das ist nicht fair.«

Ich ging auf ihn zu. »Ach, erzähl du mir nichts von fair, sondern denk mal drüber nach, ob du anders reagiert hättest, wenn eine Frau mit dir im Bett gelegen und später mit Mila gemalt hätte.« Als ich an ihm vorbeiging, rempelte ich ihn fest mit der Schulter an. »Übrigens, deine Tochter ist bezaubernd. Ich habe mich innerhalb von fünf Sekunden in sie verliebt, was mir bei dir Arschloch«, das Wort flüsterte ich, damit Mila es nicht hören konnte, »in den letzten Monaten nicht gelungen ist.«

Wütend schlüpfte ich in meine Vans und schnappte mir meine Jacke. »Wir sehen uns in der Schule. Leider.«

Ich atmete tief durch und steckte den Kopf durch den Durchgang ins Wohnzimmer. »Tschüss, Prinzessin. Und *falls* ich mal wieder hier bin, zeige ich dir, wie man einen Flamingo malt.«

Mila lief auf mich zu und umarmte mein rechtes Bein, was gleichzeitig schön, aber auch beängstigend war. Ich wuschelte ihr durchs Haar, und dann ging ich zur Tür, während Alexej die Kleine hochhob. Hätte er sie nicht im Arm gehalten, hätte ich ihm zum Abschied gepflegt den Mittelfinger gezeigt. Es kostete mich große Mühe, die Tür hinter mir nicht laut ins Schloss krachen zu lassen.

Kapitel 19

»Hallo?«, rief ich und steckte den Kopf zuerst ins Wohnzimmer, danach in die Küche. Eigentlich erwartete ich keine Antwort. Alle waren beim wöchentlichen Brunch bei Oma und Opa, und ich hatte das Haus für mich. Zum Glück.

Mit hängenden Schultern schlurfte ich die Treppe nach oben, denn ich wollte nur eins: Mich auf Malm zusammenrollen. Klar, Alexej hatte gestern Abend betont, dass ich gehen sollte, bevor Mila wach wird. Aber er hatte keinen Wecker gestellt, verdammt. Und sie war schon wach gewesen. Was hätte ich seiner Meinung nach tun sollen? Das Kind umstoßen, meine Kleidung zusammensuchen und flüchten?

Bereits auf dem Heimweg war ich sämtliche Optionen durchgegangen, aber immer wieder zum gleichen Ergebnis gekommen. Ich hatte nichts falsch gemacht und mich Mila gegenüber tadellos verhalten.

Gerade als ich in mein Zimmer gehen wollte, ging Levis Zimmertür auf. Er kam gähnend und nur in einer Jogginghose heraus.

»Hey, Zwerg«, grüßte er mich.

Wie erstarrt blieb ich stehen und drehte mich zu ihm um. »Ernsthaft?«, fragte ich ihn.

Er runzelte nur die Stirn. »Was denn?«

»Gestern war ich der kleine Pisser und heute bin ich wieder der Zwerg?« Ich ballte meine Hände zu Fäusten und ging wütend auf ihn zu. Dicht vor ihm blieb ich stehen. »Willst du ernsthaft tun, als wäre nichts gewesen?« Wir hatten uns schon oft Beleidigungen an den Kopf geworfen, aber gestern hatte er geklungen, als würde er mich hassen. Und das wollte nicht in meinen Schädel, weil es keinen Grund dafür gab.

Abwehrend hob Levi seine Hände. »Sorry?«

»Das ist alles? Ein verficktes Sorry? Willst du mich verarschen?«

»Scheiße.« Levi fuhr sich mit der Hand durch sein chaotisches Haar. »Ich war gestern echt pissed.«

»Und dann hast du dir gedacht, du lässt es an deinem kleinen Bruder aus?« Weil ich nicht anders konnte, stieß ich ihm mit beiden Händen gegen die Brust. »Fick dich doch, du Arschloch, und komm mit deinem Leben klar. Und vor allem: Lass mich in Ruhe und nerv deinen Zwilling, vielleicht kann er besser mit deinen Launen umgehen als ich.«

Ich wirbelte herum und ging in mein Zimmer. Die Tür schmiss ich lautstark ins Schloss, und Levi war klug genug, um mir nicht hinterher zu kommen.

Völlig fertig ließ ich mich auf Malm fallen. Was für ein beschissener Sonntag …

Ich konnte eine große Portion Liebe gebrauchen, und ich wusste, wo ich mir die holen konnte, deshalb öffnete ich die Videopeek-App. In den Entwürfen warteten mehrere Videos mit Tim darauf, gepostet zu werden. Und je eher ich sie veröffentlichte, desto schneller konnten wir die Lügen hinter uns lassen. Ich wählte eines aus, und dann dauerte es nicht lange, bis die ersten Kommentare eintrudelten. Klar, es war nicht echt, aber es fühlte sich gut an, zu sehen, wie andere für uns schwärmten. Es war oberflächlich, und wir wurden rein auf unser Aussehen reduziert. Das wusste ich, denn ich bot sonst keinerlei interessanten Content. Doch wer auf dumme Ideen, schlechte Witze und seit neuestem auf Kuschelvideos von zwei Kerlen stand, der war bei mir richtig. Vielleicht spielte auch das Wissen, dass es andere schwule Männer gab, die sich meinetwegen weniger allein fühlten, eine große Rolle, warum mir die App so wichtig war.

Dieser blöde Levi hatte mir nach dem völlig aus dem Ruder gelaufenen Morgen noch gefehlt. Und dieser beschissene Alexej … ernsthaft, für ihn war ich nichts weiter als irgendein dahergelaufener

Volldepp, mit dem er rummachen konnte, weil er niemand anderen in seinem Leben hatte. Eine lockere Beziehung war für mich durchaus okay, aber nur, wenn mir Alexej nicht das Gefühl gab, nicht mehr wert zu sein als der Dreck unter seinen Fingernägeln. Ich war ihm eindeutig nicht gut genug für seine Tochter, was mich mehr ärgerte, als ich angenommen hatte. Mit Kindern hatte ich nichts am Hut, nur gehörte Mila eben zu Alexejs Leben. Was wäre ich für ein Mensch, wenn ich einfach tun würde, als existierte sie nicht?

Er hatte ein Kind.

Das war Fakt. Und ich war ein baldiger Abiturient, der durchaus in der Lage war, über die Konsequenzen seines Handelns nachzudenken. Oder zumindest meistens, denn manchmal setzte mein Gehirn kurz aus, und dann passierten so Kurzschlussreaktionen wie mit Tim, die nicht nur nervig waren, sondern unangenehme Folgen hinter sich herzogen. Aber das geschah doch allen hin und wieder, oder?

Laut klopfte es an der Tür. »Darf ich reinkommen?« Levi. Na großartig, der fehlte mir gerade noch, während ich mich sowieso schon im Selbstmitleid suhlte.

»Nein.« Wütend knallte ich das Smartphone auf die Matratze.

Natürlich öffnete er trotzdem die Tür, respektierte zumindest mein Nein und blieb im Flur stehen. Mit den Händen griff er oben an den Türrahmen und stützte sich lässig ab. »Es tut mir leid.«

Ich verschränkte die Arme vor der Brust. »Das hilft mir nicht.«

»Komm schon, Niki«, jammerte er. »Mats redet seit einer Weile nicht mehr mit mir.«

»Und darum hängst du jetzt dauernd mit mir ab? Wie schön. Und ich dachte, du hast tatsächlich so etwas wie brüderliche Gefühle für mich.«

»Jetzt wirst du unfair.« Wieso behaupteten das immer alle? »Mats ist nicht nur mein Bruder, sondern vor allem mein bester Freund.«

»Dann geh doch ihm auf den Sack.« *Jetzt* war der Punkt gekommen, an dem ich wirklich unfair war. »Was hast du überhaupt gemacht, dass ihr plötzlich nicht mehr wie siamesische Zwillinge durch die Gegend lauft.«

Er senkte den Blick und musterte seine Zehen. »Mich in die falsche Person verliebt.«

»Soll ich dir mal ein Geheimnis verraten? Die falsche Person gibt es nicht, wenn Liebe im Spiel ist.« Mit meiner Hand machte ich eine wegscheuchende Geste. »Und jetzt verschwinde. Du stehst mir in der Aura rum.«

Levi schnaubte. Ich war mir sicher, er hätte mir gerne ein High-Five für die fiese Abfuhr gegeben. »Bist du mir noch böse?«

»Jeder hat mal einen schlechten Tag. Falls du es nicht gemerkt hast, ich heute auch. Es war nicht cool, du hast dich entschuldigt, und es wird nicht wieder vorkommen. Richtig?«

Sofort nickte er. »Natürlich nicht.«

»Dann ist alles okay zwischen uns.« Levi drehte sich um und wollte in sein Zimmer gehen, doch ich hielt ihn auf. »Und, Levi?«

»Ja?«

»Spann deinem Bruder nicht die Freundin aus.«

Seine Augen weiteten sich. »Das würde ich nie machen.«

»Dann ist ja alles gut.«

»Sollte man meinen«, murmelte er und schloss danach die Tür. Vielleicht hätte ich ihn reinbitten und mit ihm reden sollen. Sich gegenseitig das Herz auszuschütten hätte bestimmt gutgetan. Aber nun war er weg und ich mit meinen Gedanken allein.

Ich hatte mir einen bescheuerten Film auf Netflix reingezogen und ärgerte mich tierisch darüber. Warum hatten schwule Liebesfilme eigentlich nie ein Happy End? Das war doch zum Kotzen. Hatten homosexuelle Männer denn keine Liebe verdient oder wie durfte ich das verstehen?

Es war neun Uhr, und ich schob mir eine Handvoll Chips in den Mund. Selbst dabei musste ich an Alexej denken, weil der auf Chips mit abgefahrenem Geschmack stand – und ich auf ihn.

Sollte ich mir einen weiteren deprimierenden Film anschauen oder den Tag abhaken und schlafen gehen?

Die Entscheidung wurde mir von meinem klingelnden Smartphone abgenommen. Alexejs Name stand auf dem Display, und das erste Mal in meinem Leben war ich froh, kein Anrufbild hinterlegt zu haben. Seine Fresse zu sehen wäre noch schlimmer als nur diese sechs Buchstaben.

Weil ich ein Masochist war, nahm ich das Gespräch an. »Wieso rufst du an? Habe ich nicht nur einen weiteren Hoodie, sondern auch meine Würde bei dir vergessen?«

Daraufhin fiel Alexej keine Erwiderung ein. Oder er hatte aufgelegt. Kurz nahm ich das Telefon vom Ohr. Nein, die Verbindung war intakt.

»Na, hat es dir die Sprache verschlagen?«

»Niklas.« In diesem einen Wort schwang so viel Traurigkeit mit, dass es mir schwerfiel, weiterhin wütend auf ihn zu sein. »Es tut mir leid. Ich habe überreagiert.«

»Es freut mich, dass du dir das eingestehen kannst«, erwiderte ich schnippisch.

»Du hast Mila einen Kakao gemacht.«

»Hat sie das erzählt?«, grummelte ich.

»Ich habe heute ungefähr hundert Mal den Satz Nini beste Daudau gehört.«

Es war schön, zu wissen, dass ich dank eines überzuckerten Heißgetränks Eindruck hinterlassen hatte. »Das freut mich.«

»Verrätst du mir dein Geheimrezept?«

Ich war doch nicht lebensmüde, denn wenn er bereits einen Aufriss veranstaltet hatte, weil ich mit seiner Tochter aufgestanden war und gemalt hatte, würde ich ihm bestimmt nichts vom Zucker erzählen. »Sorry, das behalte ich lieber für mich. Aber wenn du mich jemals wieder in die Nähe deines Kindes lässt, könnten wir gemeinsam Kakao kochen.« Daraufhin herrschte Stille, und sie war noch nie so deutlich gewesen.

»Okay«, seufzte ich, »ich habe verstanden. Für Mila und mich wird es kein Wiedersehen mehr geben.« Mein Herz fühlte sich an, als würde es jemand fest mit der Hand zerquetschen. »Alexej, du weißt, ich hab dir versprochen, dass zwischen uns alles locker bleibt. Und dieses Versprechen werde ich nicht brechen, die Sache ist die … ich habe deine Tochter jetzt zu Gesicht bekommen, und ich kann mir leider nicht mehr einreden, dass es sie nicht gibt. Das klappt nicht.« Auch wenn ich mir wünschte, es wäre anders.

»Was willst du mir jetzt sagen?«

Ich holte tief Luft. »Na ja«, begann ich und griff nach meinem Kissen, das ich fest umklammerte. »Das mit dir und mir … das funktioniert für mich so nicht mehr. Oder macht es dir Spaß, mich immer nur spätabends, wenn die Kleine schläft, zu treffen? Ehrlich gesagt hatte ich in den letzten Wochen das Gefühl, dass wir eine Art Freundschaft aufgebaut haben, und was für ein Freund bin ich, wenn ich zulasse, dass du morgens nicht zu hundert Prozent für Mila da sein kannst? Irgendwann würde ich mich schäbig fühlen.«

»Ich … ich«, stotterte Alexej, »ich will nicht, dass das mit uns aufhört.« Mir ging es da ähnlich. »Aber … darf ich ehrlich sein?«

»Immer.«

»Lena hat Mila einfach im Stich gelassen. Meine Eltern sind nach Italien gezogen und haben uns in gewisser Weise auch zurückgelassen, wenn du verstehst, was ich meine. Und ich möchte nicht, dass Mila sich wieder an jemanden gewöhnt, der dann aus ihrem Leben verschwindet.« Alexej seufzte laut auf. »Nach der Schule werden sich unsere Wege trennen.« So wie er es sagte, klang es wie eine unausweichliche Tatsache. »Was soll ich ihr sagen? Dass wir eine Weile was miteinander hatten, es dann aber nicht gepasst hat? Oder dass wir nicht mehr befreundet sind?«

Ich schüttelte den Kopf. »Hör mal, wir müssen den Kontakt nicht abbrechen, wenn du wegziehst. Du hast von Anfang an klar gemacht, dass das zwischen uns nichts Ernstes ist. Wieso sollten wir *danach* also nicht normal miteinander reden können? So wie wir es jetzt tun? Es sind doch keine Gefühle im Spiel.«

Ehrlich gesagt fragte ich mich, wem ich das mehr einreden wollte, mir oder Alexej.

»Ich könnte mit Mila skypen, wenn ihr nach Italien geht oder wo auch immer es euch zwei hin verschlägt. Natürlich nur, falls sie das wollen würde, sollten wir uns in Zukunft öfter sehen.«

»Scheiße!«, fluchte er. »Niklas, ich muss da erst drüber nachdenken, okay?«

»Klar. Lass dir Zeit. Ist ja bestimmt nicht leicht, weil jede Entscheidung automatisch Mila betrifft.«

Laut hörte ich Alexej schlucken. »Ich hätte nicht gedacht, dass du in dieser Hinsicht so cool reagierst.«

Was blieb mir anderes übrig? Viele Optionen hatte ich nicht. Entweder ließ Alexej sich auf mich ein und mich dadurch ein Teil von Milas und seinem Leben werden oder er strich mich aus ihrem Leben oder er wählte die Variante, in der wir *nur* befreundet waren. Ohne jegliche Benefits.

»Weißt du, ich verbringe gerne Zeit mit dir, und ich will nicht nur mit dir rummachen, sondern dir gleichzeitig ein guter Freund sein. Darin bin ich gut, weißt du. Freundschaften sind mein Ding. Nur das mit der Liebe kann ich nicht«, gab ich zu. »Und ich glaube, ich könnte vielleicht gerade deswegen nicht nur für dich, sondern auch für Mila ein guter Freund sein. Klar, ich bin ein paar Jahre älter als das durchschnittliche Kind in der Krabbelgruppe, aber dafür male ich besser als die kleinen Scheißer.«

Mit meiner letzten Aussage brachte ich ihn zum Lachen. »Verdammt, du machst es mir nicht leicht.«

Keine Ahnung, was ich darauf erwidern sollte. »Alexej?«, fragte ich ihn.

»Ja?«

»Bevor ich gleich auflege, will ich dich um etwas bitten.«

Irritiert fragte er nach. »Was denn?«

»Gib mir nie wieder so ein Gefühl wie heute Morgen.«

»Welches?«, wollte er wissen.

»Nicht gut genug zu sein«, flüsterte ich.

Kapitel 20

Es war Mittwoch vor der Doppelstunde Sport, als Alexej mich abfing. »Hey, warte mal.«

Da es vor Stundenbeginn in den Gängen nur so von Schülern wimmelte, die auf dem Weg in ihre Klassenräume waren, stellten Alexej und ich uns in eine kleine Fensternische, von der aus man hinaus auf den Schulhof sehen konnte. Zwar hatten wir die letzten Tage im Unterricht nebeneinandergesessen und uns freundschaftlich miteinander unterhalten, doch sobald Alexej eine Hand oder sein Bein in meine Richtung geschoben hatte, um mich zu berühren, hatte ich abgeblockt und Abstand zwischen uns gebracht. Meiner Meinung nach war ich bei unserem Gespräch, was das betraf, sehr deutlich gewesen.

»Wir müssen reden«, sagte er.

Ich verschränkte die Arme vor der Brust. »Die Stunde fängt gleich an.«

»Komm schon, Niklas. Es ist Sport, du verpasst keinen wichtigen Schulstoff, wenn du mitkommst.«

Nun musste ich tatsächlich lächeln. »Versuchst du mich gerade vom Schwänzen zu überzeugen? Denn das fühlt sich so an, als hätten wir unsere Rollen getauscht.« Eindringlich sah ich ihn an. »Und ich weiß nicht, ob es mir gefällt, dass ich schlechten Einfluss auf dich ausübe.« Wobei es in meiner Brust aufgeregt flatterte.

Alexej schob seine Hand in meine. »Wir schwänzen gar nicht richtig, wir suchen uns nur einen ruhigen Ort, wo wir miteinander reden können.«

Ich konnte nicht anders, als auf unsere ineinander verschlungenen

Finger zu schauen. Alexej schien sich nicht daran zu stören, in der Öffentlichkeit Händchen zu halten.

»Gehen wir in den Sani-Raum«, schlug ich vor. »Solange sich niemand im Sportunterricht verletzt, sollten wir dort ungestört sein.«

»Es gibt einen Sani-Raum?«, fragte Alexej überrascht.

Ich nickte. »In der Nähe des Rektorbüros. Und der lungert morgens immer im Lehrerzimmer herum, soweit ich weiß. Also, jetzt oder nie.«

Alexej ließ meine Hand nicht los, nachdem er sich in Bewegung gesetzt hatte. Den meisten Schülern fiel es gar nicht auf, dass wir Händchen hielten. Das galt allerdings nicht für Dave und Nina, die uns erstaunte Blicke zuwarfen, als sie uns entgegenkamen. Ich speiste meinen besten Freund mit einem Erkläre-ich-dir-später-Blick ab, den er hoffentlich zu deuten wusste.

Beim Sanitätsraum angekommen sah ich mich kurz um und drückte die Türklinke nach unten. »Offen«, stieß ich einen erleichterten Seufzer aus und zog Alexej ins Innere des Zimmers. Hinter uns schloss ich die Tür.

Der Sani-Raum war nicht mehr als eine Abstellkammer mit einer Liege und ein paar Regalen mit den notwendigsten Dingen zum Versorgen kleinerer Verletzungen von Schülern. Es gab also nicht viel zu sehen.

»Also«, versuchte ich Alexejs Aufmerksamkeit auf mich zu ziehen, der mit dem Rücken zu mir stand und eine verpackte Mullbinde aus einem Regal zog und musterte, als hätte er so was noch nie gesehen. »Worüber wolltest du mit mir reden?«

Sofort legte er die Verpackung weg und drehte sich zu mir um.

Ich ließ meinen Rucksack von den Schultern gleiten und lehnte mich gegen die Tür. Erwartungsvoll sah ich ihn an. Das machte Alexej ein wenig nervös, denn er fuhr sich mit zittrigen Händen durchs Haar.

»Am Sonntag hast du mir eine Menge Stoff zum Nachdenken gegeben.«

»Ja?«

»Hmhm. Ich will nicht, dass du das Gefühl hast, ich würde

irgendeinen Unterschied machen, nur weil du ein Mann bist.« Unsicher sah er mich an. »Klar, für mich ist das mit dir neu, aber ich will es. Ich will dich. Weil du so … du bist.«

»Ehrlich gesagt, bin ich verwundert, dass du eben in der Öffentlichkeit meine Hand gehalten hast«, gab ich zu.

»Ich schäme mich nicht für das, was zwischen uns ist. Und es ist mir scheißegal, was andere denken.« Ein leichtes Lächeln bildete sich auf seinem Gesicht. »Ich bin der Kerl, der als Teenager ein Mädchen geschwängert hat. Gerede bin ich gewohnt.«

»Okay, nur … Alexej, keine Ahnung, warum es mir wichtig ist, dass du mich nicht vor deiner Tochter versteckst, aber bei diesem Punkt kann ich nicht nachgeben.«

»Ganz oder gar nicht«, murmelte er leise.

Ich nickte.

Alexej überbrückte die Distanz zwischen uns. »Versprichst du mir, dass egal, was mit uns passiert, du dich nicht zurückziehst und Mila vergisst? Ich brauche die Sicherheit, dass du für sie da bist, falls du sauer auf mich bist oder wir streiten.« Jetzt wäre die ideale Gelegenheit, um zu flüchten, doch ich wollte nicht. Ich verstand Alexejs Panik sogar. Für ihn kam seine Tochter immer an erster Stelle und das war kein Wunder, nachdem sich Milas Mutter als Vollflop herausgestellt hatte. Er wollte nicht, dass Mila sich an jemanden gewöhnte, der sich irgendwann wieder aus ihrem Leben zurückzog. Jeder hatte seine Probleme, und wenn man Alexej so ansah, würde man im ersten Moment nicht denken, dass in ihm eine so tief verwurzelte Panik saß. Leider konnte ich ihm seine Ängste nicht nehmen, jedoch konnte ich versuchen, ihn langsam davon überzeugen, dass man mir vertrauen konnte.

»Ich verspreche es dir.« Obwohl ich die Worte flüsterte, hatte ich das Gefühl, sie würden im Raum nachhallen, sich aufblähen und größer werden, bis sie explodierten und sich mit einem aufgeregten Kribbeln in meiner Brust festsetzten.

Alexej überwand die Distanz zwischen uns, vergrub die Hand im Stoff meines Hoodies und zog mich näher zu sich. Die Anziehung zwischen uns war beinahe mit den Händen greifbar. Wir mussten uns küssen, das spürten wir beide. Es führte kein Weg daran vorbei. Deshalb gaben wir dem Drang nach. Unsere Münder krachten aufeinander, und ich schob meine Zunge in Alexejs Mund, weil ich es musste. Der letzte Kuss war schon viel zu lange her. Alexej schmeckte nach einer Mischung aus Minze und Kaffee, und ich würde nie genug davon bekommen. Es war, als wäre ich ein Süchtiger, und endlich hatte ich meine Droge zurück. Diese Dringlichkeit, die ich in seiner Nähe empfand, war völliges Neuland und überwältigte mich jedes Mal wieder.

Meine Hände machten sich selbstständig und suchten sich einen Weg unter Alexejs Langarmshirt. Am liebsten hätte ich es ihm vom Leib gerissen. Ich begnügte mich vorerst damit, Alexej dicht an meinen Körper zu ziehen und mich an ihn zu pressen. Auch er schien nicht genug von meiner Nähe zu bekommen, denn er drückte mich mit dem Rücken fest gegen die Tür. Seine Hände gingen ebenso wie meine auf Entdeckungstour, nur dass er sich im Gegensatz zu mir nicht mit jedem erreichbaren Stück Haut zufriedengab. »Du hast zu viel an.«

»Wir sind in der Schule und nicht im Freibad«, murmelte ich an seinen Lippen und zog scharf die Luft ein, als Alexej meinen Gürtel öffnete.

»Willst du nicht?«, raunte er leise.

»Natürlich will ich. Aber es geht nicht«, protestierte ich leise und nicht wirklich vehement. »Wir sind in der Schule.«

»Auf einer Skala von 1 bis 100, wobei hundert für ein absolutes No-Go steht, wo befindest du dich da?«

Ich ließ den Kopf in den Nacken fallen, da Alexej beschlossen hatte, sich von meinem Mundwinkel weiter bis zum Hals zu küssen. Leicht nahm er die Haut zwischen die Zähne und brachte mich damit um den Verstand.

»Eins«, keuchte ich und warf sämtliche Bedenken über Bord.

»Das ist gut«, flüsterte er, öffnete die Knöpfe meiner Jeans und schob mir die Hose samt Boxershorts nach unten.

Er griff nach meiner Härte und begann sie sanft zu massieren.

»O mein Gott«, jammerte ich und war froh, dass Alexej mich

gemeinsam mit der Tür in meinem Rücken aufrechthielt. Das Wissen, dass wir in der Schule waren und etwas Verbotenes miteinander taten, machte mich tierisch an. Dazu musste Alexej nicht einmal großartige Raffinesse an den Tag legen.

Mein Herz quittierte kurz den Dienst, als Alexej sich auf den Boden kniete. Mit leicht geöffneten Lippen sah ich dabei zu, wie er seine Hände seitlich an meine Oberschenkel legte und sich meiner empfindsamsten Stelle näherte. Ich hielt den Atem an, als er seinen Mund über meine Erektion stülpte und damit begann, mich zu verwöhnen.

»Alexej«, keuchte ich und schloss die Augen. Seine Zunge war nicht nur geschickt, sondern verdammt eifrig. Mit meiner Hand tastete ich zuerst nach seiner Wange, bevor ich sie weiter in seine Haare schob. Ich packte ein wenig fester zu, was er mit einem Brummen quittierte.

»Fuck, ist das gut«, fluchte ich und begann langsam in seinen Mund zu stoßen. Wir fanden den perfekten Rhythmus, mit dem er mich immer weiter auf den Orgasmus zutrieb. »Ich komme gleich«, warnte ich Alexej vor, der seinen Griff um meine Hüften verstärkte. Ich versuchte noch, mich zurückzuziehen, doch er schüttelte leicht den Kopf.

Ich stieß noch zweimal in seinen Mund und stöhnte laut auf, als mich die Erlösung überrollte. Völlig erschöpft lehnte ich mich zurück und sah zu Alexej, der sich aufrichtete und mir mit einem Fingerzeig zu verstehen gab, dass ich warten sollte.

Er ging zu dem kleinen Waschbecken und spuckte hinein, was mich zum Lachen brachte. Ich zog mir die Hose hoch und ging zu ihm. Von hinten schlang ich meine Arme um ihn. »Du hättest mich nicht in deinem Mund kommen lassen müssen. Es wäre auch anders schön gewesen.«

»Eigentlich wollte ich es schlucken«, sagte er, sah mich dabei jedoch nicht an. »Aber als dein Sperma in meinem Mund war, habe ich Panik bekommen.«

»Weil dir erst in diesem Moment klar geworden ist, dass ich ein Kerl bin?«

»Nein, es waren eher irrationale Ängste.«

Ich zog die Augenbrauen hoch. »In Bezug auf was?«

»Safer Sex.«

Ich seufzte. »Weil du nicht weißt, mit wem ich vor dir im Bett war?«, fragte ich nach.

»Ja«, gab er zu und wirkte, als würde er sich für diesen Gedankengang schämen.

»Wir sollten mehr miteinander reden«, murmelte ich in seinen Rücken. »Und nicht immer nur rummachen.« Ich ließ ihn los, damit er sich zu mir umdrehen konnte, schlang meine Arme aber gleich wieder um seinen Körper, weil ich gerade seine Nähe brauchte. »Zuerst einmal sollest du wissen, dass die Chance, sich bei einem Blowjob mit HIV anzustecken, sehr gering ist. Außerdem würde eine Ansteckung nicht in deinem Magen, sondern über Wunden im Mundraum passieren.« Ausspucken war also eher unsinnig, außer man ekelte sich vor Sperma, was ich ihm auch nicht verübeln würde.

Mann, ich klang schon wie ein Lehrer. Das musste an den Genen liegen.

»Ich sagte doch, dass ich *irrationale* Ängste habe.«

»Alles gut«, versicherte ich Alexej und umarmte ihn fester. »Ich bin übrigens negativ«, fügte ich hinzu, um das Thema endgültig zu beenden. »Vor einem Jahr habe ich mich auf HIV testen lassen, vor einem halben Jahr erneut und dann noch einmal im Sommer. Seitdem hatte ich keinen Sex mehr, nur ein bisschen küssen und fummeln.«

»Da bist du ja in sexueller Hinsicht fast genauso enthaltsam wie ich seit Milas Geburt gewesen.«

Er drückte mir einen Kuss auf die Stirn, und ich drehte meinen Kopf so, dass ich meine Lippen auf seine drücken konnte. »Und wie sieht es bei dir aus?« Die Stimmung war sowieso im sexuellen Nirvana verschwunden, also konnte ich gleich nachfragen.

»Ähnlich. Nachdem ich Lena geschwängert hatte, bin ich panisch geworden und habe mich auf alles möglich testen lassen. Der Rest lief so wie bei dir ab, nur dass ich zwischen Lena und dir nicht einmal jemanden geküsst habe.«

Ich biss mir auf die Lippe und sah zu ihm hoch. »Warum ich?«

Er küsste mich auf die Nasenspitze. »Warum nicht du?«, stellte er eine Gegenfrage, die mich zum Lächeln brachte.

»Du hast recht. Ich bin toll. Man kann gar nicht anders, als sich in mich zu …« Beinahe hätte ich verlieben gesagt, deshalb begann ich den Satz neu. »Als sich zu mir hingezogen zu fühlen.« Wir konnten beide nicht leugnen, dass es zwischen uns gefunkt hatte.

»Stimmt.« Alexej schnappte sich meine Hand und legte sie auf die beachtliche Beule in seiner Hose. Offensichtlich schaffte es nicht einmal ein ernstes Gesprächsthema, seine Lust verschwinden zu lassen.

Ich dirigierte Alexej in Richtung der Krankenliege. »Wir haben hier einen dringenden Notfall, um den wir uns kümmern müssen«, raunte ich, während ich seine Hose öffnete. Zum Glück hatten wir mittwochs eine Doppelstunde Sport, denn ich hatte vor, Alexej nicht nur zum Keuchen, sondern zu einem Happy End zu bringen.

Kapitel 21

An diesem Tag holten wir Mila nach der Schule gemeinsam aus der Kinderkrippe ab. Sie warf sich in Alexejs Arme, und er hob sie hoch und drückte ihr einen Kuss auf die Wange. »Hey Zwerg, wie war dein Tag?«

»Papa misst.«

»Ich hab dich auch vermisst.«

Die beiden miteinander zu sehen, machte irgendwas mit meinem Herzen, das ich nicht so ganz verstand.

Immer noch auf seinem Arm, sah die Kleine mich neugierig an. Offensichtlich hatte ich keinen großen Eindruck auf sie gemacht, denn kein Erkennen spiegelte sich in ihren Zügen wider.

»Erinnerst du dich an Niklas?«

Sie schob nachdenklich die Unterlippe vor. »Nini?«

Ich lächelte sie an. »Genau, der bin ich.«

»Beste Dau-dau.« Sie wusste also doch, wer ich war.

Grinsend wuschelte ich ihr durchs Haar. »Du gefällst mir.«

Alexej ging mit Mila zu ihrem Garderobenplatz und half ihr beim Anziehen. »Und? Was sollen wir heute kochen?«, fragte er sie, während er den Klettverschluss ihrer Schuhe schloss. »Ich lasse alle Antworten außer Kakao gelten.«

»Müse.«

»Gemüse?«, fragte ich verwundert nach.

Sie nickte, und ich schaute irritiert zu Alexej. »Ernsthaft?«

Er verdrehte nur die Augen. »Warte erst mal ab, bevor du jammerst. Du kommst mit zu uns, oder?«

»Klar. Ich schreibe nur meiner Mama, dass sie mit dem Essen

nicht auf mich warten müssen.« Wir verließen den Kindergarten, während ich Mama textete, und schlugen gemeinsam den Weg zu Alexejs Wohnung ein. Alexej nahm Milas Hand. Meine leider nicht, denn Mila hatte lautstark darauf bestanden, dass ich sie an der anderen hielt. Außerdem zerrte sie uns in Richtung des Parks.

»Mila«, beschwerte Alexej sich. »Ich muss heute noch lernen.«

»Was hältst du davon«, kam ich der Kleinen zu Hilfe, weil es immerhin um einen Spielplatzbesuch ging, »wenn wir den Umweg durch den Park machen, du dich dafür auf eine Parkbank setzen darfst, um den Englischstoff durchzugehen, und Mila und ich rutschen in der Zwischenzeit.«

»Es ist sch … schweinekalt.«

»Und wir sind halbwegs warm angezogen.«

Mila sah von unten herauf zwischen Alexej und mir hin und her, und ich war mir sicher, dass sie sich wünschte, ich würde die Diskussion gewinnen.

»Na gut«, stimmt er meinem Vorschlag zu. »Aber nicht lange. Wir müssen einkaufen.«

Ich hielt Mila meine freie Hand zum Einschlagen entgegen, doch sie starrte sie nur verwundert an. »Alexej, was lernst du deinem Kind?«

»Mila, mach Ghettofaust.«

Sofort streckte sie mir ihre geballte Hand entgegen. Ich erwiderte die Geste und ließ meine gegen ihre boxen. »Verrate es nicht den anderen Kindern in der Krippe, aber du bist das coolste Mädchen, das ich kenne.«

Kurz grinste sie mich an, doch dann zog sie mich schon zum Park. Ich beneidete sie für ihren Orientierungssinn.

Wie abgemacht setzte sich Alexej auf eine Bank, und Mila und ich legten los. Zuerst gingen wir zur Schaukel, ich hob sie in dieses Babygestell und schubste sie an. Zu Beginn leicht, doch dann immer schneller.

»Hui«, kreischte sie laut und kicherte.

»Wenn sie sich übergibt, bist du schuld«, rief Alexej mir zu. Als ich zu ihm sah, hatte er sich bereits wieder ins Englischbuch vertieft.

Eltern mussten echt weitere Augenpaare haben. Anders konnte ich mir das nicht erklären.

»Runter«, forderte Mila, und ich stoppte sie. Ich hob sie raus und stellte sie auf den Boden.

»Und jetzt?«

Sie griff nach meiner Hand und zog mich zu einem Piratenschiff. »Komm mit, kleine Landratte«, wies ich Mila an und kletterte mit ihr das Gerüst hoch. Oben befand sich ein Lenkrad. »Und jetzt bring uns nach Hause, Kapitänin Mila. Die Seeräuber befinden sich hinter uns.« Sie griff nach dem Steuerrad und wirbelte es wild umher. »Schneller. Sonst bekommen sie uns, und wir müssen über die Taue klettern und flüchten.«

Beim Wort *klettern* sah sie mit leuchtenden Augen zu mir hoch und lief zur Rutsche. »Kannst du das schon allein?«

Sie schüttelte den Kopf. »Nini mit.«

Ich setzte mich hin und war mir nicht sicher, ob diese Rutsche für Teenagerhintern konzipiert war oder ob ich mittendrin stecken bleiben würde. Mila, die hinter mir stand, sprang auf meinen Schoß und sah erwartungsvoll zu mir auf.

»Na, dann los.« Gemeinsam rutschten wir nach unten. Mila wartete nicht, bis ich aufstand, sondern hüpfte von mir runter und lief auf die Kletterseile zu. Natürlich hastete ich hinter ihr her, denn sie kam mir ein wenig zu ungelenk vor, um daran allein hochzuklettern. Im Notfall würde ich sie auffangen.

Etwas später gingen wir zu einem Schaukeltier, zu einem im Boden eingelassenen Trampolin, zu einem Ding, das sich im Kreis drehte, und danach fingen wir wieder von vorne an. Wurden Kinder eigentlich nie müde?

Nach einer Weile gesellte sich Alexej zu uns.

»Und? Kannst du mir heute Abend etwas über den Schulstoff erzählen, damit ich auch eine gute Note bekomme?«, fragte ich ihn.

»Wenn du noch da bist«, erwiderte er und hob Mila hoch. »Aber zuerst gehen wir einkaufen, oder, Zwerg?«

Als sie protestieren wollte, lief er mit ihr los, was Mila zu einem fröhlichen Quietschen veranlasste. »Wenn Nini uns nicht fängt, muss er den Einkauf zahlen«, sagte er lachend und sprintete über den Kieselweg zum Ausgang des Parks.

Seine Worte motivierten mich, also rannte ich den beiden hinterher. Auf dem Gehsteig bekam ich Alexej an der Schulter zu fassen. »Hab euch.«

Mila lachte wie eine Verrückte, und ich schlang die Arme um die beiden.

»O nein«, sagte Alexej gespielt dramatisch. »Jetzt müssen wir Nini mit zu uns nach Hause nehmen und ihm etwas von dem guten Gemüse abgeben, das wir gleich kaufen.«

Das störte die Kleine nicht wirklich, denn sie reichte mir über Alexejs Schulter hinweg die Hand. Und genau so gingen wir in den Supermarkt, besorgten alles, was Alexej fürs Abendessen benötigte, und machten uns auf den Heimweg.

In Alexejs Wohnung schleifte Mila mich in ihr Zimmer für eine Teeparty, während Alexej sich ums Abendessen kümmerte. Die beiden integrierten mich völlig mühelos in ihren Alltag, und das gefiel mir unheimlich. Ehrlich gesagt machte es mich sogar verdammt glücklich, denn ich war durch und durch ein Familienmensch. Meine Eltern und ich hatten eine ausgezeichnete Beziehung zueinander, und ich verstand mich auch die meiste Zeit mit meinen Brüdern. Selbst meine Großeltern waren ziemlich gut drauf.

Wie auf Kommando vibrierte das Smartphone in meiner Hose. Ich holte es heraus und öffnete die Textnachricht von Mama.

Mama:
Soll ich dir was vom Abendessen aufheben?

Niklas:
Nicht nötig. Ich esse bei Alexej und Mila.

Mama:
Ich hatte mir schon Sorgen um dich gemacht, weil du seit Sonntag mit einer Trauermiene durch die Gegend gelaufen bist.

Auch wenn man es nicht immer wahrhaben wollte, waren Eltern empathischer, als man dachte.

Niklas:
Wäre es ein Problem, wenn ich die Nacht bei ihm verbringen würde?

Mama:
Wenn du es morgen pünktlich zur ersten Stunde in die Schule schaffst und nicht erst zur dritten, könnte ich darüber hinwegsehen, dass heute Mittwoch ist.

Niklas:
Klingt nach einem Deal. Bis morgen.

Ich schob das Smartphone zurück in die Hosentasche und sah, dass Mila mich böse anstarrte. Schnell griff ich nach meiner Teetasse und tat, als würde ich den besten Tee aller Zeiten schlürfen. »Hmmmm. Lecker.«

Wir spielten, bis Alexej uns zum Essen rief.

Ich lag mit ausgestreckten Beinen auf der Couch, während Mila es sich in ihrem Bett bequem gemacht hatte und Lieder hörte. Offensichtlich war das so etwas wie ein Abendritual. Oder einfach die Zeit, die Alexej nutzte, um zu duschen. Irgendwie musste er die Kleine ja beschäftigen, während er sich um seine eigenen Bedürfnisse kümmerte.

Nur mit einer Pyjamahose bekleidet kam Alexej wieder zu mir ins Wohnzimmer, kletterte über die Lehne der Couch und drückte mir einen Kuss auf die Lippen. »Bist du noch da, wenn Mila eingeschlafen ist?«, flüsterte er, und sein Atem roch minzig frisch.

»Ja. Wieso sprechen wir so leise?«

»Damit ich dich kurz einen Moment für mich habe«, erwiderte er. »Es gefällt mir, dass du jetzt jederzeit zu uns kommen kannst, aber es war auch schön, dich nur für mich allein zu haben. Nun muss ich dich teilen.« Alexej zog eine unwiderstehliche Schnute, und ich schlang meine Arme um seinen Hals. »Na ja«, wisperte ich, »was hältst du davon, wenn ich über Nacht bleibe?« Gespannt hielt ich den Atem an.

»Ich muss noch Englisch lernen«, antwortete er und sah aus, als würde er unsere Englischbücher am liebsten anzünden.

»Und wann willst du das tun? Zwischen elf und ein Uhr nachts? Nachdem ich gegangen bin?«

Er vergrub sein Gesicht an meinem Hals. »So ungefähr. Der Tag hat eindeutig zu wenig Stunden.«

»Wir lernen gleich gemeinsam, und die Zeit, die ich zurück nach Hause brauchen würde, verwenden wir ... für andere Dinge«, schlug ich ihm vor.

Alexej rappelte sich hoch. »Deal. Magst du Mila gute Nacht sagen?«, fragte er und streckte mir die Hand entgegen.

»Unbedingt.« Ich ließ mir von ihm aufhelfen. Dicht vor ihm blieb ich stehen und umarmte ihn. Dabei zog ich tief den Geruch seines Duschgels in meine Nase. »Darf ich duschen gehen? Ich will auch so erfrischend zitronig riechen.«

Er brachte etwas Abstand zwischen uns und grinste mich an. »Ich habe schon ein Handtuch und deine Zahnbürste rausgelegt.«

Mir klappte der Mund auf. »Du Arsch.« Leicht boxte ich ihn gegen den Oberarm. »Hast du mich gerade echt betteln lassen, obwohl du mich die Nacht über bei dir haben wolltest?«

»Möglicherweise. Und jetzt komm. Je schneller Mila schläft, desto eher haben wir ...«

»Zeit für Englisch«, unterbrach ich ihn.

Von Alexej kam nur ein unwilliges Stöhnen, während wir gemeinsam in Milas Zimmer gingen.

Alexej kletterte zu der Kleinen ins Bett, die sich mehr auf die Musik als auf uns konzentrierte. Er kitzelte sie, was sie zum Kichern brachte. »Gibst du Niklas deine Musikbox?« Sie nahm die kleine Figur, die darauf stand, runter, und sofort wurde es still im Zimmer.

Mila war das unkomplizierteste Kind, das ich jemals gesehen hatte. Normalerweise schrien die doch immer. Im Supermarkt. Auf dem Spielplatz. Im Bus.

»Gute Nacht, Prinzessin«, sagte ich und nahm ihr die quadratische Box ab. Ich stellte sie auf den Tisch, wo rund um die Uhr Teepartys stattfanden. Danach ging ich zu den beiden zurück. »Schlaf gut, und morgen früh sehen wir uns wieder.«

»Nacht, Nini«, murmelte sie und kuschelte sich näher zu Alexej, der seine Hand um sie legte. Einen Moment sah ich die beiden an, dann drehte ich mich um, löschte das Licht und ging aus dem Zimmer. Die Tür schloss ich leise und holte im Anschluss Alexejs und meine Englischunterlagen, die ich ins Schlafzimmer brachte. Außerdem bediente ich mich an seinem Kleiderschrank und stellte fest, dass Alexej dringend fröhlichere Boxershorts und Socken benötigte. Schwarz war stylisch, aber auch langweilig. Ich nahm mir noch ein T-Shirt, dann ging ich ins Bad und machte mich bettfertig.

Vorbildlich löschte ich danach sogar alle Lichter, schlich an Milas Zimmer vorbei und setzte mich mit Collegeblock, Stift und Englischbuch bewaffnet ins Bett. Konzentriert arbeitete ich, bis Alexej sich hinter mich schob und mir einen Kuss in den Nacken drückte. »Hey.«

»Schläft Mila?«

»Ja.«

Ich griff nach Alexejs Englischbuch. »Dann solltest du ein wenig lernen, denn ich kenne dich: Wenn du eine schlechte Note bekommst, gibst du mir die Schuld.«

»Natürlich mache ich das.« Er nahm mir das Buch ab und rutschte zur Seite. »Du lenkst mich zu sehr ab. Ich will dich die ganze Zeit nur küssen und berühren.« Man konnte viel über Alexej und mich sagen. Zum Beispiel, dass die Kommunikation zwischen uns nicht unbedingt die Beste war. Wenn es allerdings eine Sache gab, bei der

179

wir eine volle Punktezahl erreichen konnten, dann war es die gegenseitige körperliche Anziehung. Mein Problem war nur: Ich erwischte mich in letzter Zeit immer wieder dabei, dass ich mehr wollte.

Mehr als Rummachen.

Mehr als eine Freundschaft mit Zusatzleistung.

Mehr als ein befristetes Abenteuer.

Natürlich war ich nicht so dumm, Alexej davon zu erzählen. Er hatte deutlich klargemacht, dass er es unkompliziert wollte. Deshalb verhielt ich mich in Anwesenheit seiner Tochter nur wie ein guter Freund und nicht wie dieses bemitleidenswerte Etwas, dessen Gedanken sich nur noch um den heißen Kerl drehten, der gerade anfing, auf seinem Notizblock herumzukritzeln.

»Starr mich nicht an«, murmelte Alexej.

»Ich wollte nur sehen, ob du wirklich lernst«, sagte ich und zwang mich, den Blick wieder auf das Buch zu richten. Englisch. Lernen. Jetzt.

Und das taten wir, bis ich immer öfter zu gähnen begann. Mit einem lauten Geräusch schloss ich das Buch, sammelte den Rest meiner Lernutensilien zusammen und warf alles aus dem Bett. Ich ließ mich zurück in die Kissen sinken und sah zu Alexej. »Bist du bald fertig.«

»Kurz brauche ich noch.«

Das wäre im Normalfall der Zeitpunkt, in dem ich mich meinen Social Media-Accounts widmete, nur steckte das Smartphone in meiner Hosentasche. Und die Hose lag im Badezimmer. Aufstehen war für mich allerdings keine Option.

Ich rutschte näher an Alexej heran und legte eine Hand auf seinem Oberschenkel ab. »Der Tag war schön«, murmelte ich und schloss die Augen. »Anstrengend, aber schön.«

»Wenn der Tag mit einem Blowjob beginnt, kann er nur großartig werden.«

»Merk dir das für morgen früh«, nuschelte ich ins Kissen. »Nur meinte ich gar nicht das Rummachen. Das hier«, ich klopfte auf seinen Oberschenkel, »ist ziemlich abgefahren.«

Ich.

Hier.

In seinem Bett.

Alexejs Hand verirrte sich in mein Haar, und er begann damit, meine Kopfhaut zu massieren.

»Finde ich auch, Niklas« waren die letzten Worte, die ich hörte, bevor ich langsam in den Schlaf driftete.

Kapitel 22

»Niklas.« Dave stieß mich mit dem Ellbogen an. »Schläfst du mit offenen Augen?«

Wir saßen nebeneinander im Pub, und ich für meinen Teil beobachtete Tim, der völlig selbstvergessen an der Bar stand und auf seinem Smartphone herumtippte. Nina, Sarah und Martha bestellten eine neue Runde für uns, deshalb hatte ich Daves vollkommene Aufmerksamkeit.

»Du und Alexej also.«

Ich hatte gewusst, dass er mich darauf ansprechen würde. Es wunderte mich nur, dass er es nicht früher getan hatte. »Häng es nicht an die große Glocke.«

»Hatte ich nicht vor. Aber warum?«, fragte er nach.

Ich seufzte und drehte mich zu ihm. »Keine Ahnung.« Leider.

»Warum bringst du ihn nicht mal mit?« Weil er eine Tochter hat. Wobei … vielleicht könnte er sich ja mal einen Babysitter nehmen. Machte man so was wirklich? Oder gab es Babysitter nur im Fernsehen? Obwohl ich mehr Zeit mit den beiden verbrachte, war ich nicht plötzlich ein Profi in Sachen Kleinkind.

Einige Sekunden sah ich Dave nachdenklich an. »Wenn ich dir ein Geheimnis verraten würde, könntest du es für dich behalten?«

Daves Augenbrauen wanderten nach oben, und er lehnte sich weiter zu mir. »So wie das Geheimnis, dass Tim nur dein Fake-Boyfriend ist, weil du einen anderen triffst.«

Erstaunt sah ich ihn an. »Oh, du weißt es noch.«

Nun verdrehte er die Augen. »Natürlich erinnere ich mich an dein Geständnis auf der Party.«

»Womöglich schadet dir das ständige Kiffen doch nicht so sehr, wie ich angenommen hatte«, versuchte ich witzig zu sein.

»Haha«, murrte Dave und wirkte tatsächlich beleidigt.

»Sorry, aber mal ernsthaft: Danke, dass du nichts verraten hast.«

Er zuckte nur mit den Schultern. »Wir sind Bros. Da haut man sich nicht gegenseitig in die Pfanne. Nur frage ich mich langsam, was diese Fake-Beziehung mit Tim soll? Gut, niemand hat euch je miteinander rummachen sehen, aber auf euren Videos wirkt ihr dann ja doch immer ganz innig.« Ungläubig schüttelte er den Kopf. »Nina war bisher der Meinung, ihr steht nicht auf öffentliches Turteln, nur seitdem sie dich mit Alexej in der Schule Händchen halten gesehen hat, hält sie dich für …«

»Einen Betrüger?«, grätschte ich dazwischen.

»Ein Arschloch, wollte ich sagen. Du weißt schon, es könnte auf andere so wirken, als würdest du zweigleisig fahren.«

So etwas hatte ich mir schon fast gedacht. »Tim und ich haben bereits ein Wir-trennen-uns-Video gedreht«, erklärte ich ihm.

»Du bist mein Freund, deshalb sage ich dir das jetzt ganz ehrlich: Diese ganze Sache mit der App ist dir ein wenig zu Kopf gestiegen. Du musst nicht irgendeinen Scheiß erfinden, damit du noch mehr Follower bekommst.«

»Nicht?«

»Nein, die Leute haben auf den Folgen-Button gedrückt, weil du *echt* warst. Ihnen haben deine Coming-out-Videos gefallen, weil sie authentisch waren. Also beende den Scheiß mit Tim lieber früher als später. Denn was tust du, wenn du Händchen haltend mit Alexej durch die Stadt läufst, und irgendjemand filmt das?«

Ich griff nach meiner leeren Bierflasche und zupfte am Papier herum. »Ich bin nicht einer der Hemsworth-Brüder. Niemand interessiert sich für mich.«

Er holte sein Smartphone raus, öffnete die Videopeek-App, ging auf mein Profil und machte große Augen. »Scheiße, Mann, die 513,2k Follower sind da vermutlich anderer Meinung.« Er wirkte beeindruckt wegen der hohen Zahl. »Wie machst du das?«

»Sieh dir dieses Gesicht an, und du hast deine Antwort.« Die

Wahrheit war, dass ich einfach zum richtigen Zeitpunkt die richtige App gedownloadet und jede Menge Mist fabriziert hatte, den die Leute unterhaltsam fanden. Reine Glückssache.

»Die sollen alle froh sein, dass sie dich nicht wirklich kennen. Als Freund kannst du verdammt anstrengend sein.«

Ich hob meine Hand. »Schuldig im Sinne der Anklage.«

»Was für ein Geheimnis wolltest du mir eigentlich erzählen?«

»Na ja, du hast doch gefragt, warum ich Alexej nicht mal mitnehme.«

»Ja?«

Ich holte tief Luft. »Du musst es aber wirklich für dich behalten und darfst es nicht mal Nina erzählen.« Schnell warf ich einen Blick zur Bar, wo unsere Freunde in ein Gespräch mit dem Barkeeper vertieft waren.

»Nicht mal, wenn sie mir mit Sexentzug droht«, meinte er.

Das reichte mir als Versprechen. »Gut, die Sache ist folgende: Alexej hat eine knapp zweijährige Tochter, die bei ihm wohnt.«

Darauf erwiderte Dave lange nichts, sondern starrte mich nur schockiert an. Da mich das Wissen ebenfalls aus den Latschen gefegt hatte, konnte ich es ihm nicht einmal verübeln.

»Okay«, murmelte er und griff nach dem Stapel Bierdeckel auf den Tisch. Er drehte sie in seinen Händen, sortierte sie im Anschluss, nur um sie dann wieder wegzulegen. »Krass«, kam es schlussendlich von ihm.

Mit beiden Händen rieb ich mir übers Gesicht. »Wem sagst du das.«

»Und seine Eltern?«, fragte Dave nach. »Können die mal ein Wochenende auf das Kind aufpassen?« Wir waren also wieder bei der Frage angelangt, warum ich ihn nicht mitbrachte.

»Die wohnen in Italien.«

»Ich höre, was du mir erzählst«, gestand Dave, »das Ganze will nur nicht in meine Rübe.«

»Verstehe ich. Es ist wirklich …« Ich tat so, als würde mein Kopf explodieren.

Dave kratzte sich den Schädel. »Aber irgendwie passt das alles für mich zusammen. Und erklärt, warum er nie mit uns abhängt. Ich würde ja behaupten, wir haben eine gute Klassengemeinschaft, nur Alexej wollte nie ein Teil davon sein. Vielleicht weil er schon seine eigene kleine Gemeinschaft hat«, sinnierte er, und ich war mir sicher, die Worte waren nicht nur die klügsten, sondern auch die poetischsten, die je aus seinem Mund gekommen waren.

Offensichtlich war er noch nicht fertig mit reden. »Ich frage mich nur, was er mit dir will?« Entschuldigend hob er die Hände. »Versteh mich nicht falsch, du bist ein großartiger Typ. Aber allem Anschein nach steht er erstens auf Frauen, sonst hätte er kein Kind« – das würde ich jetzt nicht so unterschreiben, ich nickte jedoch trotzdem – »und zweitens würde ich mir an seiner Stelle jemanden suchen, mit dem ich mir eine Zukunft vorstellen könnte.«

Voller Tiefschlag. Und ich hatte ihn nicht kommen sehen. »Und das kann man mit mir nicht?«

»Niklas«, sagte er und sah mich dabei mitleidig an, »du bist eher der Kerl, den man anruft, wenn man Spaß haben will. Der einen mit seiner frechen Art und den dummen Sprüchen auf andere Gedanken bringt. Und das ist gut so, denn du möchtest genau dieser Typ sein.«

Früher schon. Aber jetzt? Wollte ich das immer noch? Oder war das nur die Vor-Alexej-Version von mir?

Ich biss mir auf die Unterlippe und rührte mit dem Zeigefinger in den Etikettenschnipseln, die ich auf dem ganzen Tisch verteilt hatte. »Tim ist auch in mich verliebt«, gab ich zu bedenken.

»Wohl eher in die Social-Media-Version von dir.« Waren alle Freunde so schonungslos ehrlich wie Dave? Eigentlich traute man dem üblen Kiffer solche Gedankengänge gar nicht zu.

Angepisst schob ich meine Unterlippe vor. »Alexej … der kennt doch den richtigen Niklas«, beharrte ich.

»Genauso wie ich. Und du bist mein bester Freund«, versicherte mir Dave. »Und das nicht grundlos. Auch wenn ich in letzter Zeit nicht unbedingt ganz oben auf deiner Prioritätenliste stehe. Aber für mich ist das voll okay.«

»Und für Alexej nicht?« Denn der war eindeutig meine Nummer

eins. »Worauf willst du hinaus?« Dieses Gespräch irritierte mich immer mehr.

»Ehrlich gesagt nur darauf, dass ich mir vorstellen kann, dass du für ihn ein guter Freund bist. Und dass er den auch dringend braucht, so als Teenie-Vater.«

Meine Laune sank immer weiter nach unten. »Du meinst, ich bin nur so was wie eine willkommene Ablenkung für ihn?« Ehrlich gesagt, fühlte ich mich gerade ziemlich beschissen. Daves Worte taten mir beinahe körperlich weh, aber das schlimmste daran war: Sie kamen mir wahr vor.

»So drastisch hätte ich das nicht formuliert«, beschwichtigte mich Dave, »nur machst du es einem mit deiner Art verdammt leicht, die Welt für ein paar Augenblicke einfach zu vergessen.«

Das war doch etwas Gutes. Oder nicht?

Nachdenklich kaute ich auf der Innenseite meiner Wange herum. »Er hat immer wieder betont, dass das mit uns nichts Ernstes ist. Nur Spaß«, gab ich ehrlich zu.

»Du hast das in der Vergangenheit doch auch immer wieder betont. Wo genau liegt dein Problem?«

»Mein Problem ist, dass ich mich verdammt noch mal in ihn verliebt habe.«

Was?

Was hatte ich da eben gesagt?

Nun klappte Dave der Mund auf. »Neeeeein«, sagte er geschockt. Er deutete mit dem Zeigefinger auf mich. »Du hast dich verliebt?«

»Na ja, ganz sicher bin ich mir nicht«, murmelte ich. »Ich würde am liebsten den ganzen Tag mit ihm zusammen sein. Nicht nur dann, wenn Mila schläft. Sondern immer.«

»Schläfst du mehrmals die Woche bei ihm?«, fragte er nach, und mir fiel wieder unser Gespräch auf Ninas Party ein.

»Ich habe Mittwoch bei ihm geschlafen.« Danach zog ich einen Wohnungsschlüssel aus der Hosentasche. »Und ich darf heute Nacht noch zu ihm kommen.«

»Alter … er hat dir seinen Schlüssel gegeben?«

»Na ja, nein. Ich habe danach gefragt, damit ich ihn nicht mitten in der Nacht aus dem Bett klingeln muss und versehentlich Mila aufwecke.«

»Wer ist Mila?«

»Das Kind«, knurrte ich.

Nun seufzte er. »Okay, wenn er ihn dir aus freien Stücken gegeben hätte, wäre die Sache klar gewesen. Dann würde er von dir auch mehr wollen, nur so …«

»Dave«, jammerte ich. »Ich fühle mich scheiße.«

Er legte kumpelhaft einen Arm um mich. »Na ja, unglücklich verliebt zu sein ist kacke.«

Bevor ich mit Dave gesprochen hatte, war alles okay gewesen. Einmal die Gefühle rausposaunt, flogen sie wie nervige Stechmücken um mich herum.

»Nennt er dich Baby?«, fragte Dave nun, und ich brach endgültig zusammen. Ich legte meinen Kopf auf dem Tisch ab und schloss die Augen.

»Natürlich nicht.« Jetzt war ich kurz vorm Heulen, denn ich fände es schön, wenn er mich so nennen würde.

»Und wie ist der Sex?«

»Nicht existent«, sagte ich zur Tischplatte. Dave konnte ich nicht ansehen.

Vorsichtig rieb er mir mit kreisenden Bewegungen über den Rücken. »Niklas, ich sag es nicht gern, aber … vielleicht solltest du dir überlegen, ob du nicht lieber Alexej abschießt anstatt Tim.«

Ich setzte mich auf, und ganz ehrlich: Ich war den Tränen nahe. Dave deutete zur Bar. »Die anderen kommen mit den Getränken wieder.«

Sofort sprang ich auf. »Dave, es tut mir leid. Ich … ich muss jetzt gehen.«

Nur in Boxershorts stieg ich zu Alexej ins Bett und schlüpfte unter seine Decke. Sofort ließ ich meine Hände über seinen Körper wandern und stellte fest, dass er kein Shirt, aber eine Pyjama-Hose trug.

»Hey, Baby«, flüsterte ich und küsste ihn in den Nacken. »Wach auf.«

»Warum?«, nuschelte er schlaftrunken.

»Darum«, antwortete ich und ließ meine Hand über seinen Bauch bis zum Bund seines Pyjamas wandern. Dort nestelte ich ein wenig daran herum, bevor ich die Hand weiter in seine Hose schob.

»Bist du betrunken?«, murmelte er, bog sich jedoch meiner Berührung entgegen. »Du hast mich Baby genannt.«

Ich verdrehte die Augen und zog meine Hand zurück. »Sorry, ich kann auch aufhören«, sagte ich schmollend und drehte mich von Alexej weg. »Und nein, ich bin nicht betrunken.«

Sofort kam er mir hinterher und legte einen Arm um mich. »Stehst du auf Kosenamen?«, murmelte er in meinen Nacken, und eine Gänsehaut kroch über meinen ganzen Körper. »Weil, wenn das so ist, *Baby,* dann sollte ich dich vielleicht so nennen«, raunte er und legte seine Hände auf meinen Bauch. Seine Finger glitten spielerisch in meine Boxershorts und schlossen sich um die beginnende Erektion. Dass wir das mit dem Rummachen gut konnten, wusste ich, aber ich wollte endlich mehr.

»Schlaf mit mir«, stieß ich atemlos hervor.

Keine Ahnung, was ich erwartet hatte, allerdings nicht, dass Alexej seine Hand zurückzog und von mir wegrutschte. Und ich … begann aufgrund meiner Unsicherheit zu heulen. Alexejs Zurückweisung tat mir so verdammt weh, dass ich nicht anders konnte. Fest biss ich die Zähne zusammen, um ja keinen Laut von mir zu geben. Meine geballte Faust drückte ich an die Stelle, wo mein Herz schlug.

»Niklas?« Ich wollte nichts sagen. Wirklich nicht, doch dann schluchzte ich laut auf.

»Heulst du?«, fragte Alexej.

»Nein«, antwortete ich mit brüchiger Stimme. »Ich habe nur eine Allergie gegen Vollpfosten.«

Mühsam rappelte ich mich hoch, und als ich aus dem Bett steigen wollte, schlang Alexej seine Arme um ich.

»Lass mich los«, protestiere ich und versuchte, mich aus seinem Griff zu lösen.

»Kann ich nicht«, antwortete er.

»Warum nicht?«

»Weil du sonst verschwindest. Und ich will nicht, dass du gehst.«

Frustriert schüttelte ich den Kopf. »Man bekommt nicht immer, was man sich wünscht. Ich hätte gerne mit dir geschlafen, aber … du willst es nicht, weil ich … keine Ahnung, dir nicht gefalle oder du ganz allgemein herausgefunden hast, dass du nicht auf Männer stehst. Oder im Besonderen auf mich.«

»Ey, Niklas, was laberst du da?« Das fragte ich mich auch. Sicher wusste ich nur, dass ich einen akuten Anfall von Unsicherheit durchlitt.

»Du hattest eben noch deine Hand in meiner Hose und bist auf Abstand gegangen, nachdem ich auf ziemlich eindeutige Weise klargemacht habe, was ich mir wünsche.«

Endlich ließ Alexej mich los, doch ich sprang nicht mehr auf, sondern blieb zusammengesunken auf der Bettkante sitzen. Das Bett knarrte, als Alexej aufstand, und ein paar Sekunden später erhellte das Licht der Nachttischlampe den Raum. Geblendet kniff ich die Augen zusammen.

Alexej kniete sich vor mich hin. »Ich hab nicht aufgehört, weil ich es nicht will. Sondern weil ich es will.«

»Das ergibt keinen Sinn«, beharrte ich. »Außer du wolltest nach dem Gleitgel greifen«, fügte ich hinzu. Für meine gemurmelten Worte bekam ich einen verdammt süßen Blick von Alexej zugeworfen.

Er griff nach meiner Hand. »Hör mal«, begann er, »als ich das letzte Mal unbedacht mit jemandem geschlafen habe, war ich neun Monate später Vater.« Natürlich versuchte ich, Verständnis für Alexej aufzubringen. Sein Leben war nicht gerade leicht, und auch wenn Mila ihn mit ihrem Lächeln und ihrer Art für alles entschädigte, hatte er seine jugendliche Unbeschwertheit eingebüßt.

Ich wandte den Blick ab. »Na, zum Glück kann dir das mit mir nicht passieren«, grummelte ich. Erst da kam mir ein schrecklicher Gedanke. »O mein Gott! Ist das der Grund, warum du dich auf mich eingelassen hast? Weil ich« – mit meinen Fingern zeigte ich Gänsefüßchen in der Luft – »ungefährlich bin?«

»Sag mal, drehst du jetzt komplett durch?«, fragte er mich.

Sah fast danach aus. Ich legte den Kopf in den Nacken und starrte an die Decke. »Scheiße, ich weiß nicht, was mit mir los ist«, log ich dreist. Dabei wusste ich es ganz genau.

Ich hatte mich in Alexej verliebt, und deshalb führte ich mich so dämlich auf. Ich wollte wissen, woran ich war.

»Okay«, murmelte er und setzte sich neben mich. »Für dich spielt es offensichtlich eine große Rolle, und ich habe in den letzten Wochen intensiv über das Thema nachgedacht. Ich bin definitiv nicht schwul«, erklärte er mir. Konnte dieses Gespräch noch schlimmer werden? »Und nicht bisexuell.« Ja, konnte es. »Ich bin aber auch nicht hetero.«

Wie jetzt? »Bist du pan?«, fragte ich nach.

»Ehrlich? Ich bin mir nicht sicher. Ich weiß nur, dass ich im Moment einzig und allein auf dich abfahre.«

»Und was heißt das jetzt für uns?«

Er legte einen Arm um meine Schulter und drückte mir einen Kuss auf die Wange. »Es heißt, dass ich mit dir schlafen will.« Nicht ganz das, was ich hören wollte, für den Anfang jedoch gar nicht so übel.

»Und warum hast du dann nicht?«

»Niklas, du bist der intelligenteste Kerl, den ich kenne, nur manchmal wirklich bekloppt«, sagte er. »Ich will es nicht sofort. Nicht, wenn du nach einem Treffen mit deinen Freunden in mein Bett kriechst und nur Befriedigung suchst.« Ernst sah er mich an. »Sex zu haben ist eine große Sache.« Mit dem Daumen deutete er auf die Wand, hinter der Mila schlief. »Wenn das jemand weiß, dann ich. Und ja, ich bin neunzig Prozent des Tages absolut scharf auf dich, aber wenn wir miteinander ins Bett gehen, will ich das nicht mitten in der Nacht, sondern bewusst.«

»Das klingt schön«, gab ich kleinlaut zu. Und eigentlich genau das, wonach ich mich immer gesehnt hatte.

Nun lächelte er mich wieder an. »Und ich weiß, wir kennen uns gerade mal zweieinhalb Monate, aber ich schätze dich schon so ein, als wäre dir meine Wir-schlafen-das-erste-Mal-bewusst-miteinander-Variante ebenfalls lieber. Oder täusche ich mich da?« Es war das, was ich mir immer gewünscht hatte. Eine lockere Beziehung mit einem umwerfenden Kerl, mit dem ich mich auch außerhalb des Bettes gut verstand. Das Problem war nur: Jetzt, wo ich genau das hatte, reichte es nicht mehr. Jetzt wollte ich sein Herz.

»Du liegst absolut richtig«, antwortete ich und lehnte meinen Kopf gegen seine Schulter.

»Dann können wir uns ja wieder hinlegen oder was meinst du?«

Ich nickte und beobachtete, wie Alexej es sich im Bett bequem machte. Er breitete seinen Arm aus. Die offizielle Einladung, mich zu kuscheln, deshalb löschte ich das Licht und krabbelte zu ihm.

Zärtlich drückte er mich an sich und küsste mich auf die Schläfe. »Weißt du, manchmal vergesse ich, dass du nicht so taff bist, wie du gerne tust. Du bist rein äußerlich dieser tätowierte Bad Boy, der gerne mal dumme Sprüche kloppt, nur eigentlich willst du, dass alle dich mögen.«

»Meinst du?«

»Klar. Auch wenn du es nicht wahrhaben willst, ist es dir doch wichtig. Aus diesem Grund bist du doch auch so umwerfend zu Mila, oder?«

Ich runzelte die Stirn. »Wie meinst du das?«

»Du gibst dich bewusst mit ihr ab. Das hätte ich nie erwartet.«

»Sie ist ja auch ein tolles Kind.«

»Und sie vergöttert dich. So wie deine Freunde, die du, obwohl wir so viel Zeit miteinander verbringen, ebenfalls nicht vernachlässigen willst. Deshalb triffst du dich regelmäßig mit ihnen. Außerdem ist dir deine Familie wichtig. Wenn du bei mir bist, schreibst du deinen Eltern immer, wo du bist.«

»Macht man eben so als guter Sohn«, wisperte ich leise.

»Genau, aber gerade weil du es mit deiner Art schaffst, dich absolut überall perfekt einzufügen, sollte man … oder in diesem Fall ich mir bewusst machen, dass ich deine Bedürfnisse nicht aus den Augen verlieren sollte.«

»Das klingt«, murmelte ich, »als wäre ich sehr pflegeleicht. Du könntest das also durchaus hinbekommen.«

Alexej drückte mir einen Kuss auf den Mund. »Lass uns schlafen, Nini.«

Dass er den Kosenamen, den seine Tochter mir gegeben hatte, benutzte, machte mich unglaublich glücklich. Eigentlich war das viel besser als ein einfallsloses *Baby*.

Kapitel 23

Da es kurz vor Weihnachten war und ich durch die Alexej-Sache ziemlich abgelenkt gewesen war, hatte ich mir am darauffolgenden Samstag Mamas Wagen geliehen, um Weihnachtsgeschenke einzukaufen. Mila und er hatten mich begleitet. Wie jede Woche stand an diesem Tag Babyschwimmen auf Alexejs Tagesplan, deshalb mussten sie früher los. Das war mir ganz recht, denn so konnte ich Geschenke für die beiden besorgen. Zuerst begleitete ich sie ein Stück, vollgepackt mit zahlreichen Einkaufstüten.

»Sag mal, wie läuft das bei euch mit Weihnachten?«, fragte ich Alexej.

Mit gerunzelter Stirn sah er mich von der Seite an. »Vermutlich so wie bei dir auch.«

»Sorry, aber du bist doch Russe, oder?«

Mit dem Kinderwagen wich Alexej einer älteren Dame aus. Als er wieder neben mir war, bemerkte ich seine hochgezogenen Augenbrauen. »Ich bin ein Dritte-Generations-Russe.«

»Und?«

»Na ja, selbst mein Papa ist schon hier aufgewachsen, und das Russischste an uns sind die Namen.«

»Oh, also kaufst du ihm keinen Wodka zu Weihnachten?«

Mit seinem behandschuhten Finger schnipste mir Alexej gegen die Nase. »Nein, er bekommt von der ganzen Familie ein Jahresabo von Juventos.«

»Was ist das?«, fragte ich nach.

Alexej seufzte laut. »Ein italienischer Fußballclub.«

»Ich habs nicht so mit Fußball.«

»Und Papa nicht mit Wodka. Meine Mama trägt übrigens auch keine Pelzmäntel.«

Abwehrend streckte ich meine Hände in die Luft. »Ich hab es kapiert. Also, feiert ihr Weihnachten am Vierundzwanzigsten?«

»Genau. Mila und ich fliegen zu meinen Eltern.« Oh, also war Alexej an Heiligabend gar nicht zu Hause? In meinem Kopf hatte ich mich gemeinsam mit ihm in seiner Wohnung vor dem leuchtenden und vor allem lebenden Weihnachtsbaum – das war mir wichtig –, mit Eierlikör oder Glühwein sitzen gesehen, wo wir spätnachts unsere Geschenke austauschten. »Allerdings kommt die ganze Familie an Silvester zusammen. Oma und Opa sind teilweise noch sehr traditionell veranlagt, und wir treffen uns am sechsten oder siebten Januar mit ihnen. Da bringen Väterchen Frost und Snegurotschka die Geschenke.«

»Klingt nach einer russischen Stripperin«, flüsterte ich in Alexejs Richtung. So leise, dass Mila es nicht hören konnte. Aber sie sah sowieso aus, als würde sie jede Sekunde in ihrem Kinderwagen wegpennen.

»Snegurotschka bedeutet übersetzt so was wie Schneemädchen, und sie ist definitiv keine«, das kommende Wort flüsterte Alexej ebenfalls, »Stripperin, sondern die Enkelin von Väterchen Frost.«

»Ich kenne nur Jack Frost. Und der ist soo hot.«

Damit brachte ich Alexej zum Lachen. Er nahm eine Hand vom Kinderwagen und griff nach meiner. Die hob er zu seinem Mund und küsste sie. Es war das erste Mal, dass er das neben seiner Tochter tat, und natürlich klopfte mein Herz vor lauter Freude doppelt so schnell.

»Wow«, hörte ich eine Stimme, die mir unheimlich bekannt vorkam. »Ihr zwei? Damit hätte ich jetzt nicht gerechnet.« Vor uns war Finn, mein Tätowierer, stehen geblieben und sah erstaunt zwischen Alexej und mir hin und her.

»Ich hab dir doch von ihm erzählt«, zischte Alexej und bekam niedliche rote Wangen. »Finn, das ist Niklas. Niklas, mein Freund Finn. Du weißt schon, der, mit dem ich immer online zocke.«

»Wir« ... kennen uns, wollte ich sagen, doch Finn unterbrach mich.

»Du hast mir nie seinen Namen verraten, sondern ihn zuerst deinen nervigen Mitschüler« – Na, danke! – »und später Nini genannt. Hättest du mal vom extrem gut tätowierten Niklas gesprochen, hätte ich dir sagen können, dass wir Bekannte sind.« Er streckte mir seine Faust hin, und grinsend stieß ich meine dagegen.

»Ihr kennt euch also?«, fragte Alexej nach, der ein bisschen vor den Kopf gestoßen wirkte.

Leicht drückte ich Alexejs Hand und sah zu ihm hoch. »Finn ist der Tätowierer, von dem ich dir erzählt habe. Erinnerst du dich? Der Kerl, der an mir geübt hat.« Wie das wieder klang. So als hätten Finn und ich miteinander rumgemacht.

Finn grinste breit. »Du weißt, mein linker Arm ist voll, da brauchte ich ein williges Opfer.« Mit dieser Aussage machte er es natürlich nicht besser.

Ich schnaubte genervt auf.

»Musst du noch viel einkaufen?«, fragte Alexej mich.

»Na ja … ein bisschen was.« Wollte er mich loswerden?

Er lenkte den Kinderwagen zur Seite. »Wenn du magst, können wir uns gleich hier verabschieden. Dann musst du mit den Tüten in der Hand nicht wieder den ganzen Weg zurück zum Auto.« Er wollte mich definitiv loswerden.

»Ähm … okay?« Hilfesuchend sah ich zu Finn, doch der zog es vor, sich zum Buggy zu beugen und mit Mila zu reden, die ein gequietschtes Fifi ausstieß. Eines musste man dem Mädel lassen, in Sachen Spitznamen hatte sie es echt drauf.

Alexej drehte sich so um, dass er mit dem Rücken zu Mila und dem Kinderwagen stand, hielt ihn aber immer noch fest. Ich machte einen Schritt auf ihn zu, und er legte seine freie Hand an meine Seite. »Holst du uns ab?«

»Gerne.«

Er drückte mir einen Zettel mit einer Adresse und einer Uhrzeit in die Hand und grinste mich an. »Wir treffen uns dort.«

»Also hast du schon damit gerechnet, dass ich euch abholen komme?«

Er beugte sich vor und drückte mir einen Kuss auf die Lippen.

»Ich bin nur auf alles vorbereitet. Bis später, Nini«, raunte er.

»Bis später.« Wären wir ein Paar, würde ich uns zum Kotzen kitschig finden, weil Alexej sich jedoch an der Fuckboy-Sache festhielt, war es durchaus in Ordnung, dass zumindest ich ekelhaft verliebt war.

Leicht schob ich Finn zur Seite, damit ich Mila ansehen konnte. »Hey, Prinzessin. Viel Spaß beim Schwimmen. Wir sehen uns dann nachher wieder.« Ich winkte zuerst ihr, danach Finn und drückte Alexej einen weiteren Schmatzer auf die Wange. Es war schön, zu sehen, dass Alexej Freunde hatte. Klar, er hatte mich abgewimmelt, aber bestimmt nur, weil er Finn ausquetschen wollte.

Zwei Stunden später hatte ich nicht nur verdammt viele Pflanzen im Auto, sondern parkte in der Nähe eines Hotels. Ich verstand nur nicht, was ich hier sollte. Mit dem Smartphone in der Hand stieg ich aus.

> **Niklas:**
> Du hast mir die falsche Adresse gegeben. Ich stehe vor einem Hotel.

> **Alexej:**
> Dann bist du richtig.

> **Niklas:**
> Soll ich da jetzt reingehen?

> **Alexej:**
> Warte kurz. Ich hole dich.

Unbehaglich wanderte ich am Gehsteig vor dem Wagen auf und ab. Durch meinen Kopf jagten tausend Gedanken, warum Alexej mich ausgerechnet hierher bestellt hatte.

»Niklas. Hier!«, rief er nach mir.

Suchend sah ich mich um und entdeckte Alexej ungefähr zwanzig Meter von mir entfernt. Er trug eine Badehose, ein kurzes T-Shirt und Flip-Flops. Die blonden Haare waren nass, wirkten dadurch viel dunkler als sonst, und seine Hand lag auf der Türklinke einer grauen unscheinbaren Tür.

Ich lief schnell auf ihn zu, damit er sich in seinem sommerlichen Outfit nicht den Tod holte.

»Hey«, begrüßte ich ihn und wusste nicht, ob ich ihn jetzt immer in der Öffentlichkeit küssen durfte oder ob wir da einem komplizierten Regelwerk folgten, das nur Alexej geläufig war.

Er nahm mir die Entscheidung ab, indem er sich nach vorne beugte und mir einen kurzen Kuss auf die Lippen drückte.

»Wo ist Mila?«, fragte ich und spähte an ihm vorbei, neugierig, was sich hinter der Tür befand. In dem gefliesten Gang stand allerdings kein Kinderwagen.

»Drinnen«, sagte er und griff nach meiner Hand.

Er zog mich hinein, und als er die Tür hinter uns schloss, nahm ich einen leichten Chlorgeruch wahr.

»Wollen wir nicht nach Hause gehen?«

»Noch nicht.« Er deutete auf sein sommerliches Outfit. Wahrscheinlich musste er sich erst umziehen.

»Wieso? Ist das Babyschwimmen nicht vorbei?« Es war schon nach halb acht, und meistens lag Mila da bereits in ihrem Bett. Vielleicht durfte sie samstags länger aufbleiben?

Er führte mich den Gang entlang und öffnete irgendwann eine der zahlreichen Türen. Ich hatte keine Ahnung, was mich erwartete, jedoch nicht, dass wir auf keine Leute treffen würden.

»Wo sind denn die anderen Eltern?«

Ich sah mich um, aber die einzigen Kleidungsstücke im Raum gehörten zu Alexej und Mila. Langsam wurde die ganze Sache mysteriös.

»Ich denke, mit ihren Kindern zu Hause. Oder auf dem Heimweg, einen Happen essen.«

Ich schüttelte den Kopf. »Ehrlich, ich verstehe gar nichts. Dürfen wir überhaupt hier sein?«

Nun zauberte Alexej einen Schlüssel hervor. »Den habe ich, weil ich jeden Samstag von halb sechs bis halb sieben eine Babyschwimmgruppe leite.« Er tat bitte was? Dieser Kerl war doch der absolut perfekte Vater. Die Frauen mussten ihm reihenweise hinterherlaufen. »Es kommen nur Kinder aus Milas Krippe, und wir dürfen den Hotelpool in dieser Zeit gegen einen kleinen Unkostenbeitrag benutzen.«

»Und was ist mit den Hotelgästen?« Keine Ahnung, warum ich genau diese Frage stellte.

»Das Hallenbad wird pünktlich um achtzehn Uhr zugesperrt. Danach haben Hotelgäste keinen Zutritt mehr, und wir sind ungestört.« Alexej zog sich das T-Shirt über den Kopf, warf es auf eine kleine Sitzbank. »Und jetzt zieh dich aus.«

»Und wenn du sagst, wir sind ungestört, meinst du dann dich und die Babyschwimmgruppe oder dich und mich?«

Alexej machte einen Schritt auf mich zu und zog mich in seine Arme. »In diesem speziellen Fall meine ich dich und mich.«

Das musste ich erst mal sacken lassen. Fest umarmte ich ihn und versuchte, alles zu verstehen. »Wo hast du Mila hingebracht?«

Ich spürte, wie Alexej mir einen Kuss auf den Scheitel gab. »Die schläft in einem Nebenzimmer friedlich angeschnallt in ihrem Kinderwagen, nachdem wir uns zuerst beim Schwimmen ausgepowert und danach geduscht haben.« Stolz zeigte er mir ein Babyphon, auf dem man die schlafende Mila sehen konnte. »Ich musste zuvor nur ungefähr vierzehn Runden mit dem Wagen im Gang draußen fahren, bis sie aufgegeben hat und eingepennt ist.«

»Und du willst jetzt mit mir schwimmen gehen?«, fragte ich nach.

Alexej drückte mich von sich weg und sah mich an. »Endlich hast du es kapiert.« Danach ging er zu seiner Sporttasche und warf mir eine Badehose zu, die ich noch rechtzeitig zu fassen bekam, bevor sie auf dem Boden landete. »Zieh dich um. Ich warte drinnen.«

Er zwinkerte mir frech zu und verschwand hinter der Tür, die zum Badebereich führte.

Einige Sekunden stand ich völlig überfordert in der Umkleide, danach entledigte ich mich meiner Kleidung und stieg in die Badehose. Was passierte hier gerade?

Ich atmete einige Male tief durch, bevor ich die Tür aufstieß. Der Chlorgeruch wurde intensiver, und mir schlug eine angenehme Wärme entgegen. Vom Schwimmbecken konnte ich noch nichts sehen, da mich eine Wand davon trennte.

Mit zittrigen Beinen ging ich weiter, und sobald ich um den Mauervorsprung herumgegangen war, sah ich Alexej. Er saß seitlich am Beckenrand, die Beine im Wasser, und grinste mir entgegen. »Ich dachte schon, du bist wieder abgehauen.«

»Keine Chance. Dafür liebe ich Überraschungen viel zu sehr«, sagte ich und nahm neben ihm Platz. Vorsichtig streckte ich meine Zehen ins Wasser. »Angenehm warm«, stellte ich fest.

»Und?« Alexej machte eine ausladende Geste. »Was hältst du von deinem Weihnachtsgeschenk?«

Wie bitte? »Du hast mir ein Hotelschwimmbad gekauft?«

Alexej verdrehte die Augen und rutschte näher. »Natürlich nicht. Aber wir dürfen heute Nacht so lange bleiben, wie wir wollen. Und wir werden nicht gestört. Leider hatte ich keine Ahnung, was ich dir schenken könnte.« Pflanzen! Oder ein neues Möbelstück von Ikea mit einfallsreichem Namen. »Deshalb dachte ich mir, ich schenke uns etwas gemeinsame Zeit außerhalb meiner Wohnung.«

Ich lehnte mich zu Alexej. »Ziemlich süß von dir«, raunte ich gegen seine Lippen, küsste ihn aber nicht, sondern nahm all meine Kraft zusammen und schubste ihn ins Wasser. Leider hatte der Kerl die Reaktionsfähigkeit eines Superhelden und zog mich mit sich. Unter der Oberfläche schlang er die Arme um mich, und gemeinsam tauchten wir lachend wieder auf. Ich drückte ihm einen Kuss auf den Mund. »Fang mich, wenn du kannst«, ärgerte ich ihn und wollte von ihm wegschwimmen, doch ich kam nicht weit. Alexej hatte mich in der Mitte des Beckens bereits eingefangen und erneut untergetaucht. Prustend kam ich wieder an die Wasseroberfläche.

Ich drehte mich zu ihm. Schnell stellte ich fest, dass ich im Gegensatz zu Alexej im Wasser nicht mehr stehen konnte, darum schlang ich meine Arme und Beine um seinen Körper.

»Warum habe ich das Gefühl, dass dieser Wettkampf eben unausgeglichen war?«

Alexej lachte und drückte mir einen Kuss auf die Stirn. »Vielleicht, weil ich früher regelmäßig trainiert habe und in einem Schwimmteam war.« Vermutlich trumpfte er deshalb mit diesen Adoniskörper auf, während das Aufregendste an mir meine Tattoos waren.

Alexej schien das nicht zu stören, so verlangend, wie er seine Hände über meinen Körper gleiten ließ. »Wollten wir nicht schwimmen?«, flüsterte ich und legte den Kopf auf seiner Schulter ab.

»Scheiße, Niklas.« Alexej klang verzweifelt. »Seit du in den Badeshorts auf mich zugekommen bist, denke ich an alles, nur sicher nicht ans Schwimmen.«

Er verschloss meine Lippen mit seinen und gab mir einen zärtlichen Kuss, auf den ich nicht vorbereitet war. Dieser Kuss löste so viel in mir aus. Das bereits bekannte Kribbeln, aber auch diese Sehnsucht danach, endlich mit Alexej den nächsten Schritt zu gehen. Aus diesem Grund und aus tausend anderen verwandelte ich mich in ein Tentakelmonster, das ihn nie wieder loslassen würde.

Zielstrebig steuerte Alexej den Beckenrand an und wollte mit mir auf seinen Armen das Wasser verlassen. »Ich bin zu schwer«, murmelte ich gegen seine Lippen.

Leicht schüttelte er den Kopf. »Bist du nicht.« Er küsste mich nur noch intensiver und trug mich die Stufen nach oben.

Ich konnte nicht anders, als in unseren Kuss zu grinsen. Denn ich war glücklich.

»Was hast du vor?«, musste ich ihn trotzdem fragen, während er seine Hände unter meinen Hintern legte und mit mir das Wasser verließ. Er taumelte kein einziges Mal und steuerte eine Tür an, vor der er mich abstellte. »Eine Sekunde«, bat er mich und lief zu der Stelle, an der wir zuvor gesessen hatten. Er schnappte sich das Babyphon und rannte zu mir zurück.

»Machst du auf?«, fragte er mich.

»Schläft Mila da drinnen?«, stellte ich eine Gegenfrage.

Er verdrehte die Augen. »Nein, ein Zimmer weiter.«

Sofort kam ich seiner Bitte nach und blickte neugierig ins Innere. In dem Raum befanden sich mehrere Matratzen samt Kissen auf dem Boden, die unter einer Art Baldachin lagen. Langsam ging ich darauf zu. Genauer gesagt auf eine dieser Relaxstätten, die mit roten Handtüchern und grünen Kissen dekoriert worden war. Ich entdeckte weihnachtliche Streu-Deko in Form kleiner Tannenbäume und Zuckerstangen. Daneben eine Packung Kondome und Gleitgel.

Ich drehte mich langsam zu Alexej um und deutete auf die … keine Ahnung, wie man das nannte. Kuschellieg? »Du … du willst Sex mit mir?«

Da stand ich, tropfend und völlig fassungslos. Alexej schloss die Tür und kam zu mir. »Nur, wenn du auch möchtest«, sagte er leise und legte seine Hände an meine Hüften.

Ob ich wollte? Ich wünschte mir seit Wochen nichts anderes. Allerdings hatte ich nicht damit gerechnet, dass Alexej die Gabe besaß, dieses Ereignis schon vor dem eigentlichen Sex zu einer großen und bedeutsamen Sache zu machen. Er hatte es sogar geschafft, dass es sich wie etwas Besonderes anfühlte, und tief in mir drin wünschte ich mir, dass das hier mein erstes Mal wäre.

Statt ihm zu antworten, küsste ich ihn. Ich schob ihm zeitgleich meine Zunge in den Mund und seine Badehosen von den Hüften, was ihm ein erleichtert klingendes Lachen entlockte und mich zum Grinsen brachte. Alexejs Hände zerrten den unnötigen Stoff beiseite, bevor wir uns auf die Matratze sinken ließen. Ich zog ihn auf mich, und gemeinsam schoben wir uns weiter nach oben, bis wir endlich bequem liegen konnten. Mit meinen Beinen umschlang ich seinen Körper, um ihn noch dichter an mich zu ziehen.

Je länger wir uns küssten, desto mehr verfielen wir in einen Rhythmus, der an Sex erinnerte. Blind tastete ich nach dem Gleitgel, doch Alexej fing meine Hand ab.

»Wir haben nicht darüber gesprochen, *wie* wir es tun werden.

Also, ob du … oder ich …?« Unsicher ließ er den Satz in der Luft hängen.

Er hatte sich sichtlich Gedanken gemacht, und das war für mich das endgültige Zeichen, dass ich gebraucht hatte. Alexej wollte mit *mir* schlafen. Und es war ihm egal, ob er mich toppte oder ich ihn, es ging ihm nur darum, das, was zwischen uns war, auf eine neue Ebene zu heben. Warum hätte er sich sonst solche Mühe gegeben?

Ich war bisher immer passiv gewesen, und auch in diesem Moment wollte ich nichts sehnlicher, als Alexej in mir zu spüren.

Mein Problem war nur: Ich konnte es ihm nicht sagen, denn mir fehlten das erste Mal in meinem Leben die Worte, weil ich zu überwältigt von meinen Gefühlen war.

Also befreite ich mich aus Alexejs Klammergriff. Ich öffnete die Tube, nahm seine Hand vorsichtig in meine und gab einen Klecks Gleitgel auf seine Finger. Danach führte ich ihn zu meinem Eingang, und Alexej zog scharf die Luft ein. Vorsichtig und mit konzentriertem Gesichtsausdruck tastete er sich voran. Die kleine Falte zwischen seinen Augenbrauen gefiel mir, und ich strich zärtlich mit den Fingerspitzen darüber, bevor ich meine Hand an seine Wange legte.

Ich nickte Alexej zu, und er schob behutsam einen Finger in mich. Seufzend biss ich mir auf die Lippe und ließ den Kopf zurückfallen, während er mich verwöhnte. Alexej wurde immer mutiger, und nachdem er noch eine weitere Portion Gleitgel verteilt hatte und sich ein zweiter Finger zum ersten gesellte, wurde ich ungeduldig. Leise stöhnte ich auf, was wiederum Alexej dazu brachte, seine Finger schneller in mir zu bewegen.

»Das ist so heiß«, murmelte er. »Du machst mich so an.« In seine Stimme hatte sich wieder der Hauch Verzweiflung geschlichen, der mir zeigte, wie sehr er das hier genoss.

Ich öffnete die Augen, aber nur aus einem einzigen Grund: Kondome! Wo waren die verdammten Kondome?

Mit zittrigen Händen griff ich nach der Verpackung und fummelte umständlich daran herum. Ich schnappte mir ein Tütchen und riss es auf.

»Komm her«, sagte ich zu Alexej, der erst jetzt mitbekam, dass ich einen Gummi in den Händen hielt. Er kniete sich über mich, und ich rollte ihm den Schutz über. Bisher hatte ich das noch nie gemacht, deshalb zitterten meine Finger leicht.

Alexej beobachtete mich mit einem Blick, den ich nicht deuten konnte, stöhnte jedoch auf, als ich seine Erektion mit Gleitgel einrieb. Ich griff nach einem Kissen, platzierte es unter meinem Hintern und zog Alexej zu mir. Gemeinsam führten wir seinen Penis zu meinem Eingang, doch Alexej zögerte.

»Ich …«, sagte er gepresst, doch ich schüttelte nur den Kopf. Tief in mir rechnete ich mit einem *ich kann das nicht*, und das wollte ich nicht hören, deshalb verschloss ich seinen Mund mit meinem und küsste ihn, während ich das Becken ein wenig anhob.

Das war der Moment, in dem Alexej all seine Bedenken vergaß und mit leichtem Druck in mich eindrang. Kurz verkrampfte ich mich, und Alexej hielt sofort inne. »Soll ich aufhören?«

»Nein.« Der letzte Sex war nur zu lange her, und ich musste mich besser entspannen. »Küss mich«, forderte ich ihn auf, was er nur zu gerne tat. Er spielte mit meiner Zunge, und ich schmolz quasi dahin, während er sich langsam in mich schob. Und er hörte auch nicht auf, mich zu küssen, als er ganz in mir war. Er tastete nach meiner Hand, verschränkte unsere Finger miteinander und bewegte sich in mir. Bald schon bäumte ich mich ihm entgegen. Da war so viel zwischen uns, für das ich keinen Namen fand. Vielleicht Liebe. Ich wünschte es mir.

»Das fühlt sich so gut an«, stöhnte ich, und Alexej beschleunigte das Tempo. Seine Lippen streiften nur noch fahrig über meine, und seine Atmung ging immer hastiger. Ich schob meine Hand zwischen uns und rieb über meinen Penis. Alexej stützte sich auf den Unterarmen auf und sah mir dabei zu, während er sich weiterhin in mir bewegte.

»Schneller«, forderte er mich auf. Darum musste er mich nicht zweimal bitten.

»Ich … Alexej … gleich«, keuchte ich unzusammenhängende Wörter, schloss die Augen und ergab mich voll und ganz dem Höhepunkt.

»Fuck«, fluchte er laut und erstarrte, während er ebenfalls seinen Orgasmus erreichte. Viel zu schnell zog er sich aus mir zurück, verknotete das Kondom und warf es neben die Liege. Zum Glück kuschelte er sich dann an meine Seite und zog mit den Fingerspitzen Kreise in der Sauerei, die ich auf meinem Bauch hinterlassen hatte. Unter einem Handtuch zauberte er eine Packung Kinderfeuchttücher hervor, was mich zum Lachen brachte, und säuberte mich. Die zwischen uns entstandene Stille dehnte sich aus und wurde irgendwann unangenehm.

»Wir haben es getan«, flüsterte ich.

»Hey, du sprichst wieder mit mir«, sagte er mit einem hörbaren Lächeln in der Stimme. »Du bist erstaunlich schweigsam beim Sex.«

Beleidigt schnaubte ich.

»Komm schon, Nini«, zog Alexej mich auf und legte seine Hand an meine Wange. »Schau nicht so und sag mir lieber, dass es für dich genauso gut war wie für mich.«

Gut war nicht einmal annähernd das richtige Wort. Es war weltenverändernd. »Bist du auf Komplimente aus?«

»Würdest du mir denn welche machen?«, fragte er und drehte sich so, dass er mich ansehen konnte.

»Möglicherweise«, meinte ich grinsend, lehnte mich zu ihm vor und flüsterte in sein Ohr: »Es war der beste Sex, den ich jemals hatte.«

»Wirklich?«, fragte er geschmeichelt.

»Ja«, wisperte ich und drückte ihm einen Kuss auf die Lippen, bevor ich aufstand. »Komm mit, wir machen uns sauber.«

Alexej führte mich zu dem Sanitärbereich, wo wir uns kurz duschten. »Ich hole unsere Boxershorts und T-Shirts«, sagte er. Beste Idee überhaupt. Auch wenn ich mich nackt wohlfühlte, hatte ich doch Mila im Hinterkopf, die selten durchschlief und nachts immer Alexejs Nähe suchte.

Ich ging wieder zurück zur Kuschelliege, entsorgte alle verdächtigen Spuren und streckte mich dann genüsslich aus.

Alexej betrat den Raum, und ich schob die Unterlippe vor, weil er angezogen war. Er warf meine Klamotten neben mich und legte sich zu mir. Mit den Fingerspitzen fuhr er die Tattoos auf meinem Oberkörper nach. »Wenn du so daliegst, will ich dich sofort wieder küssen.«

»Dann komm her«, antwortete ich grinsend und legte Alexej eine Hand in den Nacken, um ihn erneut auf meinen Körper zu ziehen.

Leider hörte ich genau in diesem Moment leise Geräusche durch das Babyphon. »Mila wird wach«, seufzte ich.

»Ich hole sie.« Mit entschuldigendem Gesichtsausdruck löste Alexej sich von mir und stand auf.

Ich lächelte ihn an und griff nach meinen Boxershorts. »Zeit, mich anzuziehen«, murmelte ich und beobachtete Alexej, wie er zielstrebig auf eine Tür zuging, die ich bisher gar nicht wahrgenommen hatte. Mir war nicht klar gewesen, dass Mila nur einen Raum entfernt geschlafen hatte.

Schnell schlüpfte ich in mein Shirt. »Hallo, Zwerg«, hörte ich Alexej durchs Babyphon sagen. »Gut geschlafen?« Ich angelte nach dem Teil und schaltete es ab. Wir würden es nicht mehr brauchen.

Es dauerte nicht lange, bis er mit der Kleinen im Arm wieder bei mir war. Mila krabbelte in die Mitte der Matratze, wobei sie dicht an mich heranrutschte. Alexej löschte in der Zwischenzeit das Licht und kam zurück zu uns.

»Nini«, seufzte Mila glücklich und fuhr mit den Fingerspitzen über meinen Unterarm. Aufgrund der plötzlichen Dunkelheit konnte ich sie nicht mehr sehen, aber ihren regelmäßigen Atemzügen zuzuhören machte komische Dinge mit mir. Mein Herz platzte vor Glück und Zuneigung. Für Alexej. Und für seine Tochter. Ich streckte meine Hand tastend nach Alexejs aus, was aufgrund der Finsternis im Raum etwas länger dauerte. Sobald ich sie gefunden hatte, verschränkte er unsere Finger miteinander.

»Schlaf gut, Prinzessin«, flüsterte ich Mila zu, obwohl ich mir sicher war, dass sie längst wieder schlief. »Ich kann euch zwei wirklich gut leiden«, sagte ich leise zu Alexej.

»Wir dich auch«, erwiderte er. »Wollen wir noch ein wenig hier liegen und dann später zu mir?«

»Nichts lieber als das.«

Kapitel 24

»Was machst du da?«, fragte Mama und spähte über meine Schulter hinweg in den Topf, in dem ich herumrührte.

»Ich koche eine Hühnersuppe.«

»Das sehe ich. Ich frage mich nur, warum? Fühlst du dich krank?« Sie legte mir die Hand auf die Stirn, als befände sich darin ein eingebautes Fieberthermometer. »Heiß bist du nicht. Andererseits hat es deine halbe Klasse dahingerafft«, sagte sie mit theatralischem Tonfall. »Es würde mich nicht wundern, wenn du krank wirst. Ist Alexej nicht auch zu Hause?«

Ich schaltete den Herd ab und drehte mich zu ihr um. »Genau. Und Mila ebenfalls, deshalb bringe ich ihnen Suppe.«

»Und steckst dich an?« Natürlich klang sie wenig begeistert, aber das war mir ehrlich gesagt scheißegal. Alexej fehlte mir. So richtig. Seine Küsse. Seine Berührungen. Er war seit Montag nicht in der Schule gewesen. Er konnte Mila nicht in die Kinderkrippe bringen, solange es ihr schlecht ging, und seit heute Morgen fühlte er sich auch nicht mehr besonders gut.

Natürlich sah ich Mama vorwurfsvoll an. »Die haben doch niemanden, der sich um sie kümmert.«

Sofort nickte sie. »Hast du gefragt, ob sie sonst noch was brauchen?« Mir war klar gewesen, dass sie bei so einem Argument einknickte.

»Natürlich.« Alexej ließ mich nur vorbeikommen, weil er ein paar Dinge benötigte. Eigentlich wollte er nur Zutaten für Suppe und einige andere Lebensmittel haben, doch er sollte sich ausruhen und nicht selbst kochen. »Ich habe übrigens Taschentücher aus der

Vorratskammer geklaut und ein paar Sachen aus unserem Medizinschrank geborgt.«

»Hey«, grüßte uns Mats, der mit seinem Rucksack in die Küche kam. »Ich wollte nicht lauschen, Zwerg. Aber du weißt schon, dass andere Leute solche Sachen in der Apotheke oder einer Drogerie besorgen und nicht bei Mama plündern.«

»Sagt der Kerl, der studiert und immer noch zu Hause wohnt«, konterte ich, was meine Mutter laut aufseufzen ließ. Sie ging zum Herd und sah den Topf nachdenklich an. »Wie willst du die Suppe transportieren?«

»Direkt im Topf?«

Mats ignorierte mich und ging zum Kühlschrank. Er nahm sich einen Energydrink und öffnete die Dose zischend. »Ich leihe mir Mamas Wagen und kann dich und deine Suppe mitnehmen«, bot er an.

»Ehrlich?«

Er verdrehte die Augen. »Sonst hätte ich es ja nicht angeboten. Wir müssen allerdings gleich los.«

»Kein Problem. Ich hab schon alles beisammen.« Auf dem Tresen stand meine Reisetasche, die Mama erst jetzt aufzufallen schien.

»Willst du etwa bei Alexej schlafen?«

»Ja, denn er klang am Telefon echt fertig, weil Mila die halbe Nacht lang wach war und er selbst seit heute auch Fieber hat. Ich dachte, weil es mir ja gut geht, könnte ich mich um Mila kümmern, während er sich ausruht.«

Mama und Mats sahen mich an, als wäre ich ein Außerirdischer. Wie nett.

»Was?«, fragte ich beleidigt.

»Na ja«, drucks te Mama herum, wusste aber anscheinend nicht, wie sie ihre Gedanken in Worte fassen sollte.

Mein Bruder kam ihr zu Hilfe. »Es ist nur verwunderlich, dass aus dem Leck-mich-am-Arsch-Kerl innerhalb so kurzer Zeit ein mitfühlender Mensch geworden ist.«

»Da redet ja der Richtige«, murmelte Mama und sah Mats tadelnd an. »Ihr wisst, ich liebe euch samt all eurer Macken, aber ihr denkt doch alle zuerst einmal an euch und dann erst an andere.« Weder Mats und ich widersprachen ihr. Wir wussten, dass sie in diesem Punkt recht hatte.

Sie kam zu mir und umarmte mich. »Ich finde es unglaublich schön, dass dir Mila und Alexej so wichtig sind.« Sie machte einen Schritt zurück und wedelte scheuchend mit ihrer Hand in der Luft herum. »Haut endlich ab, sonst seht ihr mich heulen.«

Mats ließ sich das nicht zweimal sagen. Ich blieb noch einen Moment und drückte ihr verstohlen einen Kuss auf die Wange. »Wir sehen uns morgen in der Schule«, verabschiedete ich mich.

»Wünsch Alexej gute Besserung von mir.«

Alexej öffnete mir müde die Tür. Er hatte ein Taschentuch in der Hand, seine Augen waren gerötet und … ich würde lügen, wenn ich behaupten würde, dass er fit aussah. Sein Schlafmangel war an guten Tagen bereits nicht zu übersehen, heute wirkte er wie ein richtiger Zombie. Schnell huschte ich durch die Tür, stellte alles ab und zog ihn an mich.

»Geh weg«, jammerte er, rückte aber kein Stück von mir ab, sondern legte stattdessen seinen Kopf auf meinem ab. »Ich stecke dich noch an.«

»Ich kann mich nicht mal mehr erinnern, wann ich das letzte Mal krank war«, gab ich an. »Mich haut so schnell überhaupt nichts um.«

»Das dachte ich bis vor Kurzem auch«, erwiderte Alexej. »Doch wenn einem die ganze Nacht das eigene Kind ins Gesicht hustet und niest, gibt das beste Immunsystem auf.« Würde ich an seiner Stelle ebenfalls behaupten.

Ich brachte ein wenig Abstand zwischen uns und legte meine Hand an Alexejs Stirn. Offensichtlich hatte ich diese verlässliche Temperaturmessmethode von meiner Mama übernommen. »Du wirkst nicht heiß.«

»Ich bin immer heiß, nur habe ich im Moment kein Fieber«, murrte er. »Hab ein fiebersenkendes Medikament eingeworfen.«

Leise lachte ich auf und drückte Alexej einen Kuss auf die geschlossenen Lippen. »Alles klar. Dann leg dich mit deinem Männerschnupfen auf die Couch, und ich kümmere mich um dich.«

»Da liegt schon Mila«, jammerte er.

Ich trat mir die Schuhe von den Füßen, nahm Alexej bei der Hand und führte ihn ins Wohnzimmer. »Da ist noch massig Platz hinter ihr.«

Die Kleine lag auf der Couch und sah mit müden Augen auf den Fernseher, wo die Eiskönigin lief. Alexej krabbelte hinter seine Tochter, und ich kniete mich auf den Boden.

Zärtlich strich ich Mila das verschwitzte Haar aus dem Gesicht. »Hey, Prinzessin.« Im Gegensatz zu Alexej glühte sie richtig. »Ich habe Suppe mitgebracht. Magst du etwas essen?«

Statt einer Antwort hustete sie mir ins Gesicht. Was für ein Statement.

»Ich geh mir mal das Gesicht waschen«, sagte ich mit einem Blick zu Alexej und überließ die beiden kurz ihrem Schicksal. Im Badezimmer sah ich in den Spiegel und schüttelte den Kopf. Ich wusch mich, und zum ersten Mal wurde mir bewusst, wie sehr sich mein Leben in den letzten Wochen und Monaten geändert hatte. Anstatt mir zu überlegen, wie ich möglichst viele Likes und neue Follower bekommen konnte, sorgte ich mich um Alexej und Mila. Und ich wollte keine dummen Videos drehen, sondern hier bei ihnen sein.

Ich war achtzehn Jahre alt und machte hier quasi auf glückliche Familie. Klar, es gefiel mir. Ich verbrachte gerne Zeit mit Alexej. Aber das war normal, wenn man verliebt war.

Ich war am Arsch. So was von.

Mit zittrigen Fingern stellte ich das Wasser ab und trocknete mein Gesicht. Danach sammelte ich das ganze Zeug im Flur zusammen und ging zurück ins Wohnzimmer. Den Suppentopf platzierte ich auf dem Herd, die Taschentücher und Medikamente fanden einen Platz auf dem Tresen. Außerdem räumte ich die anderen Lebensmittel, die ich besorgt hatte, in den Kühlschrank. Nachdem ich damit fertig war, ging ich zurück zur Couch. Mila war in Alexejs Armen eingeschlafen, und er schien auch jeden Moment wegzudämmern. Aus müden Augen blinzelte er mich an.

»Weckst du mich spätestens um fünf?«, murmelte er. »Dann darf Mila endlich wieder ihre Medizin trinken.« Dafür gab es bestimme Zeiten? Ich war wirklich der uninformierteste Mensch überhaupt, wenn es um Kinder ging.

»Klar. Kein Problem.« Ich beugte mich über Mila hinweg zu Alexej und musste mich an der Lehne abstützen, um seine Lippen zu erreichen. Zärtlich legte ich sie auf seine. »Ruh dich aus.«

»Du solltest das nicht mehr tun«, wisperte er. »Ich stecke dich bestimmt an.«

Mit der Nase strich ich über seine, und dann brachte ich Abstand zwischen uns. »Das wäre es wert.«

Mit einem Lächeln holte ich meine Tasche aus der Küche, um sie ins Schlafzimmer zu tragen.

Ja, ich war so was von am Arsch, weil mein Herz bis hinauf zum Hals klopfte und ich rettungslos verliebt in Alexej war. Ich wusste, diese undefinierbare Sache zwischen uns konnte nur in einer absoluten Katastrophe enden, doch jede Sekunde, die ich noch mit ihm verbringen würde, wäre den folgenden Kummer wert.

Kapitel 25

»Nini, auf«, forderte Mila und bohrte mir den Finger gefährlich nahe neben meinem Auge ins Gesicht. Es war fünf Tage her, seit ich … na ja, irgendwie bei Alexej und Mila eingezogen war.

Mila ging es von Tag zu Tag besser – im Gegensatz zu Alexej und mir. Ich lag zwischen ihr und ihm in seinem Bett und bekam die Augen nicht auf. Jeder verdammte Knochen in meinem Körper schmerzte. Und Alexej … den hatte es noch schlimmer erwischt. Neununddreißig Grad Fieber, Schnupfen und Husten.

Mit letzter Kraft rollte ich mich zu ihm und legte die Hand auf sein Gesicht. »Lebst du noch?« Meine Stimme klang rau und belegt. Außerdem tat mir der Hals beim Schlucken weh.

Mila warf sich von hinten auf mich, und ich stöhnte laut. »Alles okay?« Alexejs Stimme klang schwach. Er war die letzten Tage kaum aus dem Bett gekommen, und ich hatte mich allein um Mila gekümmert. Allerdings fühlte ich mich heute nicht dazu in der Lage.

»Nein«, jammerte ich. »Auf mir liegt ein Kind, das mindestens so schwer wie ein Elefant ist, mein Hals tut weh, und mir ist eiskalt.« Sobald ich die Worte ausgesprochen hatte, fingen meine Zähne zu klappern an.

»Fuck«, fluchte Alexej und drehte sich zur Seite, hielt aber in der Bewegung inne, als Mila seine Worte wiederholte.

Frustriert stöhnte er auf und griff nach irgendetwas auf dem Nachttisch. Mit dem Fieberthermometer in der Hand drehte er sich wieder zu mir um.

»Ich bin nicht krank«, wehrte ich sofort ab. Warum ging ich eigentlich immer gleich in Abwehrhaltung? Ich hatte mir monatelang

211

eingeredet, dass ich nicht in Alexej verliebt war, und es hatte nicht geholfen. Ich war ein Meister darin, mir etwas vorzumachen. Leider fühlte ich mich so miserabel, dass ich mir selbst nichts anderes mehr einreden konnte.

Alexej auch nicht, denn der steckte mir das Fieberthermometer ins Ohr. Kurz darauf krächzte er mit belegter Stimme: »Neununddreißig.«

Ich legte mir den Unterarm über die Augen, da ich gerade mega angepisst auf die Welt war. Mein Ziel war es gewesen, Alexej zu helfen, damit er in Ruhe gesund werden und über Weihnachten – was in vier Tagen war – mit Mila zu seinen Eltern fliegen konnte. Und jetzt lag ich da und fragte mich, ob ich allein überhaupt den Weg aufs Klo schaffen würde.

»Krank?«, fragte Mila.

»Ja, Zwerg. Nini fühlt sich nicht gut.« Vermutlich stellten wir uns alle drei die gleiche Frage: Wie sollten sich zwei fiebrige Erwachsene um ein fieberfreies Kind kümmern, das in den letzten Tagen bereits viel zu viel ferngesehen hatte?

Laut nieste Alexej und trompetete danach in ein Taschentuch. »Ich sollte mit Mila aufstehen.« Er bewegte sich keinen Zentimeter, genauso wenig wie ich.

»Frühstück«, verlangte Mila lautstark. Es wunderte mich nicht, dass sie etwas essen wollte, denn die letzten Tage hatte sie wie ein Spatz gegessen.

»Ich sage es nur ungern, aber wir brauchen Hilfe.«

»O ja.« Es wunderte mich, dass Alexej mir zustimmte. Offensichtlich ging es ihm noch dreckiger als gedacht. »Ich rufe Finn an.«

Ich wollte nicht wirklich diskutieren, dafür war ich viel zu müde, nur musste ich nachfragen. »Damit er sich um Mila kümmert?« Finn wäre nicht unbedingt meine erste Wahl, wenn es darum ging, sich um mein krankes Kind zu kümmern.

»Ja.«

»Und er hat so kurz vor Weihnachten nichts anderes vor?« Neben mir blieb es lange ruhig, Mila schwang sich in der Zwischenzeit von mir runter und begann ihre zahlreichen Stofftiere entlang des Bettgitters zu sortieren.

»Mist …« Alexejs Stimme kippte weg. »Er ist bestimmt schon auf dem Weg nach Hause.« Ich wollte mir im Moment gar nicht vorstellen, wie es Alexej ging. Er fühlte sich nicht in der Lage, sich um sein Kind zu kümmern und hatte keine Ahnung, was er jetzt tun sollte.

Alexej drehte sich zu mir und rutschte näher. »Ich könnte Lena oder ihre Mama anrufen«, flüsterte er, sah jedoch so aus, als würde er das nur ungern tun.

»Nein!« Mir war klar, dass ich in dieser Sache kein Mitspracherecht hatte, aber … nein! Einfach nein! Ich wollte nicht, dass seine Ex-Freundin hier auftauchte. »Wir rufen meine Mama an«, sagte ich.

»Ganz bestimmt nicht.«

»Ich diskutiere das nicht. Die Frau hat vier Kinder großgezogen, keiner ist besser geeignet als sie.«

»Hallo? Hörst du mir zu? Ich habe *Nein* gesagt.« Sein Protest klang schwach, vermutlich weil er ihn krächzte. »Auf mein Kind wird keine Fremde aufpassen.«

»Na, dann sei froh, dass du sie schon kennst«, blaffte ich ihn an. Danach mobilisierte ich alle meine Kräfte, griff nach meinem Smartphone und wählte ihre Nummer.

Erschöpft ließ ich mich zurück ins Kissen fallen. Mila kletterte über mich und kuschelte sich zwischen Alexej und mich.

»Niki?«, hörte ich Mama fragen. Sie klang, als hätte sie noch geschlafen. Ihr gutes Recht, denn die Ferien hatten bereits begonnen. Vermutete ich zumindest. Sicher war ich mir nicht, denn mein Zeitgefühl war mir in den letzten Tagen abhandengekommen. »Alles in Ordnung?«

»Nein, Mama. Du musst mir helfen.«

»Ich fasse nicht, dass ich mich darauf eingelassen habe«, murmelt

Alexej frustriert. Wir hatten uns zur Toilette, ins Badezimmer und danach auf die Couch ins Wohnzimmer geschleppt. Mila spielte mit ihren Duplo-Steinen vor dem Sofa, wo Alexej und ich lagen und froh waren, dass sie gerade nicht mehr Aufmerksamkeit forderte. Sie hatte sogar vergessen, dass sie eben noch hungrig gewesen war.

Als es kurz darauf läutete, hievte ich mich hoch und schlurfte zur Tür. Es war so anstrengend, und ich musste mich nach dem Betätigen des Summers an der Klinke abstützen, um nicht zu Boden zu gehen.

Als ich meine Mama sah, hätte ich mich am liebsten in ihre Arme geschmissen. »Hey, mein Zwerg«, begrüßte sie mich.

»Komm rein«, sagte ich und schleifte mich zurück ins Wohnzimmer. Sie würde mir schon folgen.

Ich warf mich wieder auf die Couch, wo Alexej sich in der Zwischenzeit etwas aufgerappelt hatte. Keine Ahnung, ob er einen auf aufmerksamer Vater oder einen guten Eindruck machen wollte. Es war mir egal, solange ich mich wieder hinlegen konnte.

»Hallo, Alexej«, grüßte Mama meinen Freund, der plötzlich aufsprang.

»Frau Müller«, keuchte er erschrocken. Wackelig stand er auf seinen Beinen und wirkte, als hätte er ein Gespenst gesehen. Es wunderte mich, dass er nicht auch noch salutierte.

»Du hast ihm nicht erzählt, dass ich deine Mutter bin«, schlussfolgerte Mama aufgrund des geschockten Gesichtsausdrucks von Alexej. Zu ihm war sie viel freundlicher. »Leg dich doch bitte wieder hin. Ihr seht beide nicht besonders gut aus.« Untertreibung des Jahres. Selbst Zombies würden uns in einem Schönheitswettbewerb noch schlagen.

Mila warf sich zu mir auf die Couch und drückte sich fest an mich. Offensichtlich war sie sich nicht ganz sicher, was gerade los war. Alexej zögerte einen Moment, doch dann nahm er ein wenig steif neben uns Platz. Seine Hand legte er beschützend auf Milas Rücken und streichelte sanft darüber.

»Mama, Alexej. Alexej, meine Mama«, murmelte ich und gähnte laut, während Mila quasi versuchte, in mich hineinzukriechen. Ich hätte Alexej gegenüber gerne ein schlechtes Gewissen gehabt, weil ich ihm verschwiegen hatte, dass meine Mama seine Kunstlehrerin war, aber ich war zu erschöpft dafür. »Ihr seid euch ja schon das eine oder andere Mal begegnet«, sagte ich unbeeindruckt von der Peinlichkeit der Situation.

Alexej zwickte mich leicht in die Wade. »Wir kennen uns seit September. Du hättest ruhig mal erwähnen können, dass ich zweimal in der Woche mit deiner Mutter in einem Raum sitze.«

Mama schüttelte leicht mitleidig den Kopf. »Er denkt manchmal einfach nicht nach.«

»Ist mir bereits aufgefallen«, zischte Alexej an mich gewandt und bekam daraufhin einen mörderischen Hustenanfall, der Mila dazu brachte, sich noch näher zu mir zu kuscheln.

Mama seufzte laut auf. »Mir ist das jetzt wirklich unangenehm«, meinte sie. »Da Niki zu Hause von dir erzählt hat, hatte ich angenommen, du weißt Bescheid.« Subtiler Vorwurf in meine Richtung. Genau das, was ich brauchte.

Ärgerlich schüttelte sie den Kopf über mich, kniete sich dann neben der Couch auf den Boden. »Hallo, Mila. Ich bin die Mama von Niklas.«

Mila hob ihren Kopf und drehte ihn in Mamas Richtung. »Nini?«, fragte sie und klopfte auf meine Brust.

»Ja, genau. Wenn es dein Papa erlaubt, würde ich mit dir spielen, während er sich mit Nini« – natürlich übernahm sie sofort den Spitznamen – »ein wenig ausruht.«

Fragend sah sie zuerst zu Mila, danach zu Alexej. Ich hatte keine Ahnung, was gerade in seinem Kopf vorging, doch er nickte zögerlich. »Wenn Mila einverstanden ist?«

»Weißt du, worin meine Mama ein absoluter Profi ist?«, fragte Mila. Sie setzte sich auf und schüttelte den Kopf.

»Im Zeichnen. Sie ist sogar viel besser als ich. Magst du ihr deine Stifte zeigen? Wir gehen in der Zwischenzeit ins Schlafzimmer, und wenn du was brauchst, kommst du zu uns. In Ordnung?«

Sofort sprang sie von mir runter und lief zu Alexejs Zauberschrank, der voller lustiger Utensilien für Kinder war.

215

Mama sah mich erstaunt an. »Du kannst ja richtig gut mit ihr umgehen«, flüsterte sie beeindruckt.

»Keine Ahnung.« Ich sah Alexej an. »Ich gehe mal ins Schlafzimmer.« So wie ich ihn kannte, würde er seine Tochter nicht einfach ihrem Schicksal überlassen, sondern feststellen wollen, dass es ihr gut ging. Ob die Tatsache, dass er meine Mama bereits kannte, gut oder schlecht war, ließ er sich nicht anmerken. Wie so vieles andere auch nicht. »Vielleicht kommst du ja dann nach.«

Mühsam richtete ich mich auf und torkelte ins Schlafzimmer. Dort warf ich mich aufs Bett und zog die Decke über meinen Körper. Sofort schloss ich die Augen und lauschte den Stimmen von Mama und Mila, während ich vor mich hindöste. Es verging eine ganze Weile, bis ich Schritte hörte und Alexej zu mir unter die Decke kroch.

»Ich bin Hilfe nicht gewohnt«, flüsterte er mit heiserer Stimme und legte einen Arm um mich.

Ich verflocht unsere Finger miteinander und drückte sie auf die Stelle, wo mein Herz schlug. »Du musst nicht immer alles allein schaffen.«

»Es kommt mir falsch vor, hier zu liegen, während deine Mama sich um Mila kümmert.« Ich wusste, wie schwer dieses Geständnis für ihn war. Es gefiel ihm nicht, von jemand anderem abhängig zu sein und nicht alles allein zu schaffen.

»Du bist krank und hast Fieber«, erinnerte ich ihn. »Wir beide benötigen dringend Schlaf, und vielleicht geht es uns danach wieder besser.« Ich für meinen Teil brauchte seine Nähe, aber ich hätte mir eher die Zunge abgebissen, als das laut zu sagen.

Geschlagen rückte Alexej noch näher an mich heran und drückte mir einen Kuss aufs Haar. »Du hast recht.«

»Und mach dir keine Sorgen. Meine Mama rockt das mit Mila. Sie hat vier Kinder und ist Pädagogin.« Als Alexej schnaubte, kitzelte mich sein Atem im Nacken, und ein wohliger Schauer lief mir über den Rücken.

»Und außerdem meine Lieblingslehrerin.«

»Und das, obwohl du wie ein Vorschüler zeichnest.«

Alexej verdrehte bestimmt in diesem Moment die Augen. »Halt am besten die Klappe und schlaf.«

»Das hatte ich vor, bevor du mich von hinten angequatscht hast«, konterte ich und drückte mich näher gegen ihn. Weil ich wollte, dass er genau da blieb, wo er war. »Schlaf gut, Alexej.«

»Träum was Schönes, Nini.«

Kapitel 26

Gemeinsam mit Alexej lag ich auf der Couch im Wohnzimmer meiner Eltern. Es war der dreiundzwanzigste Dezember und Alexej dementsprechend schlecht gelaunt. Eigentlich sollte er in einem Flieger nach Italien sitzen, doch die Grippe sah das leider anders. Sein Fieber war weg, genauso wie meines, aber wir waren immer noch unglaublich müde.

Das war aber nicht der einzige Grund für seine Übellaunigkeit. Mama hatte unsere Taschen gepackt und uns, ohne auf Proteste zu hören, bei uns zu Hause einquartiert. Da Felix' Zimmer so gut wie leer war, hatte Mila sogar ein eigenes Spiel- und Schlafzimmer bekommen. Papa hatte ein Bettschutzgitter besorgt, und obwohl Mila zu Beginn sehr zurückhaltend gewesen war, fühlte sie sich bei meinen Eltern jetzt schon wie zu Hause. Sie vergötterte die beiden, was auf absolute Gegenseitigkeit beruhte.

Einerseits war Alexej meinen Eltern dankbar, dass sie sich um Mila – und um uns - kümmerten, andererseits war er es nicht gewohnt rund um die Uhr Menschen um sich zu haben. Meine Familie war nicht gerade klein. Während wir vor uns hindösten, backten Mama, Levi und Mila gemeinsam Kekse. Mats saß uns gegenüber auf der zweiten Couch und tippte abwechselnd auf seinem PC und dem Smartphone herum.

Nach einer Weile legte er beides zur Seite, kam zu uns und setzte sich auf den Couchtisch. »Alexej«, flüsterte er, da mein Freund mit geschlossenen Augen dalag. Was ich nur wusste, weil er nicht mit mir, sondern mit meinen Füßen kuschelte. Es war ihm unangenehm, mich im Beisein meiner Familie zu berühren. Natürlich hatte er das nicht so gesagt, doch während er in meinem Zimmer beinahe auf mir lag, wahrte er im Wohnzimmer immer eine gewisse Distanz.

Alexej öffnete die Augen und richtete sich etwas auf. »Ja?«

»Sag mal«, verschwörerisch lehnte Mats sich zu uns, »wegen Weihnachten. Wie wollen wir das morgen machen?«

Alexejs Blick schwenkte zu mir. Unter der Decke griff ich nach seiner Hand. Ich wollte, dass Alexej mit uns feierte, wenn er schon nicht zu seinen Eltern konnte.

»Ich habe gar keinen Baum für Mila«, murmelte er und machte Anstalten, sich aufzustehen. »Ich … ich muss eine Tanne besorgen und sie aufstellen.« Er wollte seine Hand aus meiner ziehen, doch ich ließ ihn nicht los.

»Ihr feiert mit uns. Ein Baum bei dir zu Hause wäre unnötig.«

»Das … das geht doch nicht. Ihr habt die Woche schon so viel für uns getan. Allein hätte ich das nicht geschafft.«

»Natürlich hättest du das. Aber meine Familie hilft gerne«, sagte ich und ließ seine Hand nun doch los. Ich krabbelte zu ihm und legte mich einfach auf ihn drauf. Mir war es nämlich egal, wenn Mats sah, wie sehr ich Alexej mochte. »Außerdem will ich dich an Heiligabend hier haben.«

»Niki, hör mal auf, Alex«, – offensichtlich hatte mein Bruder bereits einen Spitznamen für Alexej – »anzugraben und konzentriert euch.« Er schnipste, damit wir ihn ansahen. »Meine Frage hat nicht darauf abgezielt, wer an Weihnachten wo sein wird, denn es ist ganz klar, dass ihr mit uns feiert. Als würden wir Alexej und Mila nach Hause schicken.« Mats klang ein klein wenig beleidigt. »Ich wollte nur wissen, wie Heiligabend mit Mila ablaufen wird. Darf sie den Baum schon morgen früh sehen? Oder soll die geschmückte Tanne eine Überraschung sein?«

Alexej klappte der Mund auf.

Überfordert sah er zu mir.

Ich zuckte nur mit den Schultern. »Wir machen das so, wie du das möchtest. Für uns ist es kein Drama, wenn es anders als sonst abläuft.«

»Mila erinnert sich bestimmt nicht mehr an das letzte Fest«, meinte

Alexej. »Aber voriges Jahr war ich mit ihr spazieren, während meine Eltern zu Hause alles vorbereitet haben.«

Ich vergrub das Gesicht an Alexejs Halsbeuge. »Dann machen wir das so. Ich komme mit euch mit.«

»Haha«, kam es von Mats. »Du musstest vor zwei Tagen noch eine Pause auf dem Weg ins obere Stockwerk machen. Und morgen willst du spazieren gehen?«

»Nerv nicht rum«, murmelte ich und kuschelte mich dichter an Alexej, der mir einen Kuss aufs Haar drückte. Eine Premiere vor meiner Familie. »Ich fühle mich schon viel besser.«

»Danke, Mats«, sagte Alexej zu meinem Bruder. »Ihr habt Mila und mich aufgenommen, als würden wir zu eurer Familie gehören.«

»Tut ihr doch. Ihr gehört zu Niki, also auch zum Rest von uns.« Mit diesen Worten stand Mats auf, vermutlich um Papa, der in der Garage den Weihnachtsschmuck sortierte, vom Ablauf der Aktion *Christkind* zu erzählen. Ich hingegen stellte das Atmen ein, denn Mats hatte hier gerade ein gefährliches Thema angesprochen. Auch wenn mir längst klar war, dass ich in Alexej verliebt war, wusste ich nicht, wie es ihm ging. So gar nicht. Er war nicht mal freiwillig bei uns zu Hause. Meine Mutter hatte seine Tochter und ihn ja quasi gekidnappt und hierher geschleift, damit sie uns unter die Arme greifen konnte. Alexej wäre lieber bei seinen Eltern. Das war kein Geheimnis.

Außerdem wusste ich, dass das zwischen uns nichts Ernstes war. Eigentlich. Doch ich ertappte mich dabei, wie ich mir das Gegenteil wünschte. Zum Beispiel, wenn Levi, Mats und Alexej sich beim Abendessen miteinander unterhielten und ich feststellte, wie gut er sich in meine Familie einfügte. Als würde er hierhergehören. Zu uns.

»Niklas?«, fragte Alexej und strich mit den Fingern über meinen Rücken. »Willst du etwas dazu sagen?«

Nein. Denn zu meiner Verteidigung konnte ich nichts vorbringen. Meine ganze Familie dachte, Alexej und ich waren ein frischverliebtes Pärchen. Es sollte mich nicht wundern, ich war in meinem lädierten Zustand noch anhänglicher als sonst und saß beim Abendessen fast auf seinem Schoß. Ich versuchte, gleichmäßig zu atmen. Wenn ich so tat, als würde ich schlafen, müssten wir das Du-weißt-aber-schon-dass-wir-nicht-zusammen-sind-Gespräch nicht führen. Zumindest nicht jetzt.

»Nini?« Er strich mir durchs Haar. »Bist du eingeschlafen?«

Ich spielte meine Rolle als Schlafender einwandfrei und bewegte mich keinen Millimeter. Mir war alles recht, solange ich die Illusion von Alexej und mir als Paar noch eine Weile aufrechterhalten konnte.

Alexej rutschte etwas herum, bis er ebenfalls eine bequeme Position fand. Im Gegensatz zu mir schlief er wirklich bald ein. Und ich? Ich lauschte den Stimmen meiner Familie aus der Küche und bemitleidete mich, weil ich mein Herz an jemanden verloren hatte, der es nicht haben wollte.

War das nicht Ironie, nachdem ich mich immer gegen eine Beziehung gewehrt hatte?

Kapitel 27

Ich mochte Mila. Ehrlich. Nur seit wir bei uns zu Hause waren, stieg ihr die viele Aufmerksamkeit zu Kopf, und sie benahm sie wie ein kleiner Diktator. Nachdem Alexej sie gestern ins Bett gebracht hatte, war heute offensichtlich ich dran. Und das hatte sie Alexej und mir nach ihrem abendlichen Bad mit lautem Gebrüll klargemacht. Während ich schockiert gewesen war, hatte er ihren Wutausbruch völlig gelassen hingenommen und mir erklärt, dass sie uns nur anschrie, weil sie sich bei uns sicher fühlte. Da mir eine nicht schreiende Mila eindeutig lieber war, lag ich jetzt neben ihr im Bett, hatte den Kopf auf meiner Hand abgestützt und sah sie nachdenklich an. Wie konnte so ein kleines Ding nur so laut werden? Wenn sie wie jetzt schlief, wirkte sie so … friedlich. Nicht wie eine Feuerwehrsirene in Menschenform.

Zudem gingen mir Alexejs Worte nicht aus dem Kopf. Es hatte so geklungen, als wäre ich ein fester Teil von Milas Leben. Klar hatte ich zugehört, als er davon geschwafelt hatte, dass es ihn nicht ohne Mila gab und ich mir der Verantwortung bewusst sein sollte, die unsere regelmäßigen Treffen mit sich brachten. Aber mir war zu diesem Zeitpunkt nicht wirklich bewusst gewesen, was das bedeutete. In meinem Kopf war nur eine Ich-kann-mit-Alexej-rummachen-Leuchttafel aufgeploppt und hatte mein rationales Denken lahmgelegt.

Eigentlich sollte ich jetzt Panik bekommen und weglaufen. Allerdings wollte ich das immer noch nicht. Ich wollte, dass Mila mich anschrie, weil sie mich liebte. Und noch viel mehr wünschte ich mir, dass es Alexej ebenfalls so ging.

Vorsichtig richtete ich mich auf und kletterte aus dem Bett. Da ich den ganzen Tag vor mich hingedöst hatte, war ich absolut nicht müde. Ich fühlte mich sogar richtig gut. Leise schlich ich aus dem Zimmer und ging auf direktem Weg ins Badezimmer.

Abgesperrt. Ich legte den Kopf gegen die Tür. Die Dusche lief nicht, also klopfte ich an. »Kann ich reinkommen?«, fragte ich mit gedämpfter Stimme. »Ich möchte Zähne putzen.«

Alexej öffnete kurz darauf die Tür, ebenfalls mit seiner Zahnbürste in der Hand. Er blieb im Türrahmen stehen. »Ich wollte noch duschen.«

Natürlich ließ ich mich von dieser Aussage nicht abhalten und quetschte mich an ihm vorbei. »War das eine Einladung?«, fragte ich, nahm meine Zahnbürste in die Hand und drückte eine großzügige Portion von der Paste darauf. Danach drehte ich mich zum perplex dreinschauenden Alexej um.

»Ähm … nein, definitiv nicht.« Er schloss die Tür und sperrte ab. »Wir sind hier im Haus deiner Eltern.«

Ich nickte und schrubbte meine Zähne. Alexej stellte sich hinter mich und tat es mir gleich, doch für mich war das Thema noch nicht abgeschlossen. Nachdem ich etwas Schaum ausgespuckt hatte, suchte ich im Spiegel seinen Blick. »Aha, und darum hast du jetzt die Tür zugemacht. Und abgesperrt.«

»Ich bin eben gern ungestört im Bad.«

»Vielleicht lasse ich dich ja nach dem Zähneputzen allein.«

Er schlang seinen Arm um mich. »Jetzt bist du ja schon mal da«, sagte er und konzentrierte sich wieder auf seine Zahnpflege.

Als wir beide fertig waren, drehte ich mich zu ihm um und sah ihn fragend an. »Darf ich mit unter die Dusche?«

»Hältst du das für eine gute Idee?«

»Für die beste überhaupt«, antwortete ich ihm und schob meine Hände unter sein T-Shirt.

»Na gut.«

Triumphierend grinste ich ihn an. »Gute Entscheidung.«

Langsam glitten meine Hände zum Bund von Alexejs Jogginghose, die ich ihm gleich samt seiner Unterwäsche über die Hüften schob. Danach folgte sein T-Shirt. Während ich mir mein eigenes auszog, entledigte sich Alexej seiner Socken und warf alles in meinen Schmutzwäschekorb.

»Soll ich dir helfen?«, fragte er mich.

Ich schüttelte den Kopf. »Nein, dreh lieber die Dusche auf.«

Mein Zeug stopfte ich zu Alexejs Sachen und trat zu ihm in die Duschkabine. Das Wasser hatte bereits eine angenehme Temperatur, doch weil mir immer noch kalt war, umarmte ich Alexej und drückte mich fest an seinen Körper.

Sofort legte er auch seine Arme um mich. »Als wir uns kennengelernt haben, hätte ich niemals damit gerechnet, dass du so anlehnungsbedürftig sein könntest.« Ja, das hatte mich selbst überrascht.

»Findest du das schlimm?«

»Überhaupt nicht. Ich bin ja nicht anders. Aber man rechnet nur nicht damit, wenn man dich das erste Mal sieht.«

»Womit rechnet man denn dann?«

»Keine Ahnung. Vielleicht mit einem dummen Spruch.«

»Den bekommst du wieder, wenn ich völlig gesund bin, okay?«

Er lachte leise. »Okay.« Er dirigierte meinen Kopf so, dass ich ihn ansehen musste. »Danke, dass Mila und ich Weihnachten mit euch feiern dürfen.«

Leicht irritiert sah ich ihn das. »Das ist doch selbstverständlich.«

Alexej beugte sich nach vorne und drückte seine Lippen zärtlich auf meine. »Ist es nicht.«

Sofort küsste ich ihn wieder. Er lachte und erwiderte den stürmischen Kuss, indem er seine Zunge in meinen Mund schob.

Blind griff ich nach dem Duschgel, und als ich es gefunden hatte, öffnete ich den Verschluss, gab eine großzügige Portion in meine Handfläche und begann damit, Alexej einzureiben. »Wenn du das tust«, murmelte er an meinen Lippen, »kann ich nicht dafür garantieren, dass das hier jugendfrei bleibt.«

»Wenn wir zu zweit sind, komme ich mit nicht jugendfrei zurecht«, flüsterte ich und rieb mich aufreizend an ihm.

Alexej unterbrach den Kuss und nahm ebenfalls eine Portion Duschgel in die Hand. Offensichtlich war er genauso begierig darauf, meinen Körper unter seinen Fingern zu spüren wie ich seinen. Er rieb zuerst meine Arme, danach meinen Oberkörper und zuletzt meine Beine ein. Dafür war er in die Knie gegangen und sah nun von unten herauf zu mir hoch. Mir stockte der Atem, als er nach meiner beginnenden Erektion griff und sie langsam zu reiben begann. Mit leicht geöffneten Lippen sah ich zu ihm hinunter, während er mich an meiner intimsten Stelle wusch. Mein Atem ging schwer, und ich ließ den Kopf in den Nacken fallen, da mich die sanften Berührungen seiner Hände beinahe um den Verstand brachten.

Laut polterte es gegen die Tür, und ich sah erschrocken zu Alexej, der meinen Blick aus großen Augen erwiderte. »Wer auch immer da drinnen ist. Mach auf.« Eindeutig Levis Stimme. »Ich muss gleich weg und hätte gerne etwas warmes Wasser.«

Sofort richtete sich Alexej auf.

»Was tust du?«, flüsterte ich.

»Aufstehen, mich kurz abduschen, abtrocknen und anschließend aus der Dusche gehen«, fasste er trocken zusammen.

Anklagend zeigte ich auf meine Erektion. »Und das hier?«

Er machte einen Schritt auf mich zu und strich mir eine verirrte Haarsträhne aus dem Gesicht. »Vielleicht verlegen wir die ganze Angelegenheit in dein Bett.«

»Malm wird sich freuen, dass es dort mal ein wenig Action gibt«, antwortete ich.

»Malm?«

»Mein Bett.«

Mit beiden Händen rieb er sich über sein Gesicht. Danach drängte er sich an mir vorbei und stellte sich unter den Duschstrahl. »Malm«, brummte er vorwurfsvoll. »Warum wundert es mich nicht, dass du deinem Bett einen Namen gegeben hast?«

Ich griff nach dem Shampoo, schäumte meine Haare damit ein und reichte es an Alexej weiter. »Diesen Namen habe nicht *ich* vergeben, sondern die Namenserfindungsabteilung bei Ikea.«

»Dann ist es ja nur halb so verrückt. Nennst du dein Bücherregal auch Billy?«, fragte er mich in dem Versuch, witzig zu sein.

Grinsend drückte ich ihm einen Kuss auf den Mund und eroberte den Platz unter dem Duschstrahl. »Schau, du verstehst das System ja doch.« Ich spülte meine Haare aus und stieg aus der Dusche.

Während ich mich abtrocknete, donnerte Levi ein weiteres Mal gegen die Tür. Ich wickelte mir das Handtuch um meine Hüften und öffnete daraufhin die Tür einen Spaltbreit. »Zwei Minuten«, zischte ich. »Und hör auf, hier so einen Radau zu machen, Mila schläft endlich.«

Einen Moment starrte Levi mich an, dann blaffte er zurück: »Alter, wer hat denn den ganzen Tag mit ihr Plätzchen gebacken und riecht jetzt wie ein überdimensional großer Lebkuchenmann, während du mit deinem Lover auf der Couch gepennt hast?«

»Willst du mir einen Vorwurf machen?« Nicht nur Alexej hatte ein schlechtes Gewissen, weil er in den letzten Tagen die Kinderbetreuung abgegeben hatte, sondern auch ich. Und das, obwohl Mila nicht mal mein Kind war. Deshalb konnte ich Levis subtile Vorhaltungen absolut nicht brauchen.

»Was?« Er schüttelte den Kopf. »Natürlich nicht. Ich will nur unter die Dusche. Ich habe Angst, dass mich sonst jemand anknabbert, wenn ich so außer Haus gehe.«

»Müsste dir doch gefallen«, konterte ich, und Levi und ich grinsten uns an.

Alexejs Hand legte sich an meine Hüfte, und er öffnete die Tür vollständig. »Bei euch weiß man nie, ob ihr streitet oder nur ein Gespräch führt.«

Levi klopfte meinem Freund auf die Schulter. »Du wirst dich schon daran gewöhnen.« Danach sah er zwischen uns hin und her. »Ewwwww … kann ich in die Dusche, ohne sie vorher zu desinfizieren?«

Laut seufzte ich. »Natürlich. Was denkst du denn, was wir da drinnen gemacht haben.«

»Ich weiß, was ich zu zweit unter der Dusche anstellen würde.«

Schnell griff ich nach Alexejs Hand. »Komm, wir laufen jetzt vor Levi und der Konversation davon.«

»Geht nur«, murrte der. »Ich wollte sowieso keinen Smalltalk halten, sondern nur diesen anbetungswürdigen Körper waschen.«

Bereits als ich Alexej an ihm vorbeizog, zog Levi sein Shirt über den Kopf. Auch Levi hatte zahlreiche Tattoos, doch bei weitem nicht so viele wie ich. Dieses Tattoo-Ding lag in der Familie. Natürlich betrachtete Alexej – der Tätowierungen nach eigener Aussage heiß fand – Levis Oberkörper, was mir gar nicht gefiel. Ich schleifte ihn hinter mir her in mein Zimmer und warf die Tür lautstark zu.

»Du hast den falschen Bruder angestarrt«, sagte ich und löste das Handtuch um meine Hüften.

»Ist das so?«

»Ja, definitiv.« Ich schnappte mir seine Hand und legte sie auf meine Brust. »Hier bist du richtig.«

»Scheiße, ich …« Alexej schüttelte den Kopf und dirigierte mich zum Bett. Sofort legte ich mich hin und glitt mit meinen Händen über die Tattoos.

»Ich wollte das nicht in deinem Elternhaus tun, aber … ich kann nicht mehr.« Er schob sich über mich.

Gewonnen!

Grinsend zog ich Alexej zwischen meine Beine und drückte meine Lippen auf seine. »Das hat mir in den letzten Tagen gefehlt.« Wir waren beide zu hinüber gewesen, um mehr zu tun, als nur nebeneinanderzuliegen.

»O ja.« Alexej vertiefte den Kuss. Mit seiner Hand stützte er sich neben meinem Kopf ab, während unsere Körper sich rhythmisch aneinanderdrängten. Ich schlang Arme und Beine um ihn und genoss seine Nähe und das Wissen, wie sehr er mich wollte. Mir ging es nicht anders, doch heute spürte ich nicht nur das Aufflammen von Lust, sondern etwas Neues. Intensiveres. Es fehlte diese Dringlichkeit, die ich bei all den anderen Malen gespürt hatte. Ich hatte das Gefühl, als hätten wir alle Zeit der Welt, und das wollte ich auch auskosten. Wir küssten und streichelten uns, während unsere keuchenden Atemzüge immer lauter wurden.

Alexej rollte uns herum, und nun kniete ich über ihm. »Huch«, entkam es mir, da die Drehung so schnell passiert war. Alexej und seine Superhelden-Moves …

»Ich will dich ansehen …«, forderte er.

Glücklich lächelte ich ihn an. Er hatte keine Ahnung, wie sehr ich ihn für diese Worte liebte. »Niemand hindert dich daran«, sagte ich mit rauer Stimme.

Seine Hand tastete nach meiner, und er verflocht unsere Finger miteinander. »Schlaf mit mir.«

Als könnte ich dazu Nein sagen. Ich drückte ihm einen Kuss auf die Lippen und streckte mich nach dem Gleitgel, das in meiner Nachttischschublade lag. Außerdem fischte ich gleich einen Gummi heraus, den ich Alexej in die Hand drückte.

Mit leicht gerunzelter Stirn sah er mich an, öffnete jedoch die Kondompackung. »Kommst du her, damit ich es dir anlegen kann?«, bat er mich.

Mitten in der Bewegung hielt ich inne, denn erst jetzt verstand ich den Sinn hinter seiner Wortwahl. »Ich soll dich …« Mit meiner Hand machte ich eine wedelnde Handbewegung, die mich davor bewahren wollte, dass F-Wort auszusprechen.

»Hab ich doch gesagt.« Alexej biss sich auf die Unterlippe. »Oder willst du das lieber nicht?« Er klang nicht nur unsicher, er sah auch so aus. »Hätten wir darüber reden sollen?« Na ja, vermutlich schon, aber da wir grundsätzlich ein großes Kommunikationsproblem hatten, wunderte es mich nicht, dass wir es nicht getan hatten.

»Wow.« Ich stand völlig neben mir. »Gib mir mal ein paar Sekunden.« Tief atmete ich durch und versuchte, die Situation erst einmal auf die Reihe zu bekommen. »Also«, begann ich mit meiner kurzen Zusammenfassung. »Du willst passiv sein.«

Er zuckte mit den Schultern. »Na ja, warum nicht? Spricht etwas dagegen?«

»Nein. Natürlich nicht. Ich hatte nur absolut nicht damit gerechnet, dass du es *willst*.« Und ich wusste gar nicht, ob ich es wollte. Außerdem platzte mir gerade ein wenig der Schädel, denn es wäre mein erstes aktives Mal. Und ich hatte Angst, dass ich es in den Sand setzen könnte.

Wo war mein unerschütterliches Selbstbewusstsein? Vermutlich gemeinsam mit dem Wortwitz irgendwo verschwunden.

Alexej richtete sich etwas auf und legte seine Hand an meine Wange. »Ich will ehrlich sein: Als die Sache mit uns begann, hätte ich nicht damit gerechnet, dass ich dir einen Blowjob geben würde, aber ich habe es getan. Und seit der Nacht in der Schwimmhalle denke ich an nichts anderes mehr als an dein lustvoll verzerrtes Gesicht, und ich …« Er schaffte es nicht, seine Gedanken in Worte zu fassen. Ich konnte es ihm nicht verübeln, denn mir ging es da nicht anders. Er nahm einen hastigen Atemzug. »Ich will das auch. Dieses völlige sich Fallenlassen.«

Eine ganze Weile lang sah ich ihn nur an. Und dachte nach. »Ich hab das noch nie gemacht. Also … auf *diese* Art«, platzte es aus mir heraus.

»Dann hätten wir beide zusammen ein erstes Mal. Der Gedanke gefällt mir.« Ich war so voller Gefühle, dass ich kurz davor war, zu heulen. Alexej wollte ein erstes Mal mit mir. Mit mir. Das musste doch etwas bedeuten, oder? Denn er klang nicht neugierig oder experimentierfreudig, sondern irgendwie ernsthaft. So als wäre es für ihn eine genau so große Sache wie für mich.

»Ich … mag den Gedanken auch«, flüsterte ich und küsste ihn wieder, weil ich nicht wusste, was ich sagen sollte. Und vielleicht auch ein bisschen, weil ich Angst hatte, dass meine Stimme zu viel von meinen Emotionen preisgab. Denn ich fühlte mich erschreckend verletzlich und unsicher, doch je länger Alexej und ich uns küssten, desto mehr Selbstsicherheit erlangte ich zurück. Meine Berührungen wurden mutiger, und innerhalb kürzester Zeit ging Alexejs Atem heftiger. Wir waren eben Profis im Rummachen und passten sexuell gesehen so gut zusammen wie zwei nebeneinanderliegende Teile eines Puzzles. Mit klopfendem Herzen griff ich nach dem Gleitgel und verteilte eine großzügige Portion auf den Finger. »Dreh dich auf die Seite«, bat ich Alexej. »Das ist beim ersten Mal bestimmt angenehmer.« Konnte ich mir vorstellen.

Kurz zögerte er, kam jedoch meiner Aufforderung schnell nach. Ich rutschte hinter ihn. Für ein paar Sekunden musste ich die Augen schließen und mich sammeln, doch dann bereitete ich ihn vor. Alexej stellte sein Bein auf, damit ich besseren Zugang hatte. Immer wieder nahm ich Gleitgel nach, denn ich wollte diese Erfahrung so angenehm wie möglich für ihn machen. Ich war konzentriert, aber ich konnte nicht abstreiten, dass es mir gefiel, was ich tat. Auch wenn ich großen Leistungsdruck verspürte.

Alexejs Stöhnen wurde immer lauter. »Niklas«, jammerte er. »Tu es endlich.«

Erschrocken stellte ich fest, dass ich mir noch gar keinen Gummi übergezogen hatte. Ich war so ein verdammter Anfänger. »Scheiße«, fluchte ich laut.

»Was ist los«, fragte er alarmiert.

»Ich … hast du das Kondom noch?«

Alexej drehte sich zu mir um. »Du siehst aus, als müsstest du jede Sekunde kotzen«, stellte er fest.

»Ich stehe hier etwas unter Druck«, antwortete ich.

Lächelnd holte Alexej das Kondom aus der Verpackung und zog es mir über. Danach küsste er mich. »Es muss nicht beim ersten Mal perfekt sein«, wisperte er gegen meine Lippen. »Wir haben Zeit zum Üben.«

Ich nahm einen zittrigen Atemzug. »Ich nehme dich beim Wort.«

Alexej legte sich wieder hin, und weil ich alles richtig machen wollte, verteilte ich noch mehr Gleitgel zwischen seinen Pobacken und machte mich bereit.

»Soll ich wirklich?«, fragte ich ihn.

Über seine Schulter hinweg sah er mich an. »Bitte.« Wieder ein Lächeln. Dank Alexejs Unkompliziertheit fasste ich neuen Mut und drückte mich ganz leicht in ihn. »Sag mir, falls ich aufhören soll.«

Alexej spannte sich an. »Warte mal kurz«, keuchte er. Ich legte den Kopf auf Alexejs Schulter ab, starrte an die Wand und zählte still von hundert an rückwärts. Bei dreiundvierzig angekommen sagte er: »Okay, ich glaube, ich bin so weit.«

Mein kompletter Körper war angespannt, und mir fiel erst jetzt auf, dass ich die Finger grob in Alexejs Hüfte gekrallt hatte. Sofort lockerte ich den Griff und glitt weiter in ihn.

Scheiße, das fühlte sich unglaublich an. Allerdings vermutlich nur für mich, denn Alexej wirkte nicht besonders ekstatisch. Deshalb griff ich mit meiner Hand um seinen Körper herum und begann seine Härte zu reiben, während ich ein paar erste ungeschickte Stöße machte. Ich würde so was von viel zu früh kommen. Da war ich mir völlig sicher.

Außerdem schwirrte mir pausenlos die Frage im Kopf herum, ob ich für den aktiven Part geboren war. Obwohl Alexej total unkompliziert war, warf ich regelrecht meine Nerven weg und fühlte mich gestresst von der Situation.

Das schien auch Alexej zu merken. »Küss mich«, forderte er mich auf und drehte den Kopf zu mir. Das konnte nicht bequem sein, aber seine Lippen auf meinen? Nichts lieber als das. Seine Finger gruben sich in mein Haar, und er zog mich zu sich, während er seine Zunge in meinen Mund schob.

Mit der Zeit gewann ich an Selbstsicherheit und wurde mutiger, meine Stöße fester. Alexej drückte sich enger an mich, und er keuchte erregt, da meine Hand immer wieder über seinen Schaft glitt.

Ich biss die Zähne zusammen, in der Hoffnung, meinen Höhepunkt noch eine Weile zurückhalten zu können. Das würde so was von nicht funktionieren. »Alexej … ich … gleich«, presste ich hervor, unfähig, ganze Sätze zu bilden.

Er legte seine Hand über meine, und gemeinsam trieben wir ihn immer weiter zum Höhepunkt. Als ich spürte, dass er kam, dauerte es nicht mehr lange, bis ich ihm folgte. Ich umarmte ihn von hinten, und in meinem Kopf waren so viele Dinge, die ich zu ihm sagen wollte, doch kein einziges Wort kam über meine Lippen. Ich drückte mich an ihn, weil ich ihn nie wieder loslassen wollte.

Behutsam zog ich mich zurück, verknotete das Kondom und nahm ein paar Taschentücher vom Nachttisch, um zuerst meine Hände und danach Alexej zu säubern.

Er drehte sich so, dass er auf dem Rücken lag und an die Decke schauen konnte, zog mich allerdings wieder auf seinen Körper. Hätte ich gekonnt, wäre ich in diesem Moment in ihn hineingekrochen. Wir sprachen nicht miteinander, aber ich mochte, dass seine Finger träge über meinen Körper glitten und er immer wieder meine Stirn küsste.

»Hey, Alex …«

Er lachte.

»Was?«, wollte ich irritiert wissen.

»Bisher war ich immer Alexej. Jetzt plötzlich Alex.«

»Ein Spitzname kam mir bisher zu intim vor.«

»Und das hat sich jetzt geändert?«, fragte er nach und küsste mich auf die Schläfe.

»Ja«, gab ich zu. *Weil ich jetzt weiß, dass ich dich liebe.*

Alexejs Gedanken schienen in eine andere Richtung zu wandern. »Hat es dir gefallen?«

»Es war schön.« Was die Untertreibung des Jahres war. Die letzten Wochen, der Sex und die Innigkeit, die sich zwischen uns entwickelt hatte, waren beinahe zu viel für mich. Ich war voller Gefühle und wusste nicht, wohin damit.

»Na, das klingt nicht wirklich begeistert.«

»Blödsinn. Ich brauche wahrscheinlich nur etwas mehr Übung. Vielleicht war ich ein klein wenig überfordert.« Außerdem war ich nicht sicher, ob ich nicht einfach lieber passiv war. Aber darüber musste ich ja nicht unbedingt jetzt nachdenken.

»Das aus deinem Mund. Du bist doch Mister Selbstbewusstsein höchstpersönlich.«

»Was?« Ich lachte laut auf. »Absolut nicht, das täuscht nur wegen meiner großen Klappe.«

Darüber dachte er ein paar Minuten nach. »Manchmal, wenn ich denke, ich habe endlich verstanden, was in dir vorgeht, tust oder sagst du etwas ganz anderes, als ich vermutet hätte.«

»Ist das schlimm?«

»Nein. Ich mag das, es macht mein ziemlich vorhersehbares Leben spannender.«

»Wem sagst du das.« Ich kuschelte mich enger an ihn. »Ich hätte nie damit gerechnet, dass du passiv sein willst. Hat es *dir* gefallen?« Vielleicht hätte ich das schon früher fragen sollen.

»Es war perfekt.«

»Warum denkst du das?«

»Weil du dabei warst«, sagte er und angelte nach der Decke. »Aber lass uns jetzt schlafen. Morgen ist Weihnachten, und ich bin mir ziemlich sicher, dass Mila uns in ein paar Stunden weckt, weil sie nicht mehr allein in ihrem Bett schlafen will.«

»Zum Glück hat Felix ein großes Bett, in das wir alle passen.« Ich konnte mir nicht vorstellen, hier liegen zu bleiben, wenn Alexej zu Mila ging.

Nicht heute. Nicht morgen. Vielleicht niemals mehr.

»Gute Nacht, Alex«, flüsterte ich.

»Schlaf gut, Nini.«

Ich rollte mich zur Seite und Alexej folgte mir. Er legte seine Hand über mich und übernahm die Rolle des großen Löffels. Für Weihnachten hatte ich nur einen Wunsch: Es sollte immer so zwischen uns bleiben wie in diesem Moment.

Kapitel 28

Wir liefen gemeinsam mit Mila durch die Siedlung. Schnee lag natürlich keiner, aber das war doch an Weihnachten immer so.

»Mila, schnell, schau da«, schrie ich, zog daraufhin schnell eine enttäuschte Miene. »O nein, jetzt ist das Christkind schon wieder ins nächste Haus geflogen.«

Ich streckte die Hände nach ihr aus. »Komm hoch, dann kann ich in die Richtung zeigen, in die du schauen musst.« Sofort hüpfte sie in meine Arme und sah sich aufgeregt um. Es wurde beinahe sekündlich dunkler.

Alexej verdrehte die Augen über mich. »Menno«, beschwerte er sich, war aber bei weitem nicht so ein guter Schauspieler wie ich. »Ich hab es schon wieder nicht gesehen.«

»Seid nicht traurig«, meinte ich, »denn mir kommt es so vor, als würde sich das Christkind immer weiter unserem Haus nähern.«

Schon seit einer Stunde liefen wir hier draußen rum, damit zu Hause die *Aktion Christkind* vorbereitet werden konnte. Alexejs Smartphone klingelte laut, und er zog es aus seiner Tasche.

»Ja?« Kurze Pause. »Wir sind gleich da«, sagte er mit einem Lächeln und legte auf.

»Zwerg?« Natürlich sahen sowohl Mila als auch ich ihn an. Ehrlich, Alexej brauchte einen anderen Spitznamen für seine Tochter. Ich hörte seit mehr als achtzehn Jahren auf den Namen, hatte also die älteren Rechte. »Anja meinte eben, dass sie das Christkind schon beim Nachbarhaus gesehen hat, und sie glaubt, dass es bald bei ihnen sein wird.«

»Runter.« Mila zappelte so sehr in meinen Armen, dass ich sie absetzen musste. Sofort lief sie los und Alexej und ich hinter ihr her.

Zu Hause angekommen läuteten wir an, und Felix öffnete die Tür. Aus großen Augen sah nicht nur Mila meinen Bruder an, sondern auch Alexej.

»Ups«, murmelte ich. »Vermutlich hätte ich erwähnen sollen, dass unser Mathelehrer mein Bruder ist.«

»Ja, in dem Moment, als sich deine Mutter als unsere Kunstlehrerin entpuppt hat«, zischte er, lächelte Felix dann aber verkrampft an. »Hallo, Herr Müller.«

»Felix reicht.« Nach einer kurzen Pause fügte er hinzu: »Zumindest, wenn wir uns privat sehen.« Danach grinste er uns an. »Ich bin froh, dass ihr endlich alles geregelt habt. Nachdem Niki vor ein paar Wochen mitten in der Nacht heulend bei mir aufgetaucht ist, sah es ja nicht gerade rosig aus.«

Ich warf Alexej einen schnellen Blick zu. »Ich hab nicht geheult.«

Felix machte eine Teils-teils-Geste mit der Hand.

Genau zur gleichen Zeit schrie Mila laut »Christkind« und deutete auf … Mist … Frau Frank, die in einem weißen Kleid und mit gelockten Haaren aus der Küche in den Flur gelaufen kam.

Was tat die denn hier?

Mila rannte an Felix vorbei und klammerte sich an Frau Franks Bein, die sichtlich überfordert wirkte. Alexej und ich folgten der Kleinen schnell. »Ähm … Mila?«, begann Alexej. »Kommst du mal kurz her? Wir müssen dich ausziehen.«

»Christkind dann noch da?«, fragte sie ihn, wandte den Blick keine Sekunde von Frau Frank ab.

Ich seufzte. »Ja, das Christkind bleibt bestimmt hier.« Denn es sah so aus, als würde es mit uns Weihnachten feiern. Wir schälten uns aus den Jacken und Schuhen. Danach standen wir uns unschlüssig gegenüber.

»Tja, Frau Frank kennst du, oder?«

»Ja.« Alexej wirkte überfordert. »Und Sie sind die bereits verheiratete Schwester? Wegen des anderen Nachnamens?

Felix, der hinter uns stand und bisher die Tür bewacht hatte, ging

235

zu Frau Frank und legte ihr einen Arm um die Schulter. »Nein, Simona ist meine Freundin.«

Leise flüsterte ich: »Ist ganz frisch. Als ich das letzte Mal bei Felix aufgetaucht bin, sah das eher noch nach«, ich hielt Mila die Ohren zu, »rumvögeln als nach Beziehung aus.«

»Niklas«, schimpfte Frau Frank und sah Felix Hilfe suchend an. Der boxte mir gegen den Oberarm.

»Aua.« Ich drehte mich zu Alexej, der wirkte, als würde er am liebsten im Erdboden versinken wollen.

»Sorry«, sagte ich zu ihm und sah ihn entschuldigend an. »Kann's losgehen? Oder brauchst du noch ein paar Minuten?«

»Nur wenn du mir versprichst, dass ich in diesem Wohnzimmer nicht noch einen weiteren Schock erlebe«, zischte Alexej.

Mist. Opa und Oma waren sicher auch da. »Okay, … puh … wir machen das jetzt kurz und schmerzlos, aber mein Opa ist der Direktor.« Schief grinste ich Alexej an.

Er seufzte sehr laut, und ich hob Mila hoch. Als Schutzschild.

»Warum wundert mich das jetzt nicht?« Vielleicht, weil er ebenfalls Müller hieß?

Mit Mila im Arm machte ich einen Schritt auf Alexej zu und drückte ihm einen Kuss auf die Wange. »Tut mir leid. Wir arbeiten an unserer Kommunikation, okay?«

Mila küsste ihn und danach mich, was Alexej ein Lächeln ins Gesicht zauberte, obwohl er bestimmt noch ein wenig sauer wegen der unangenehmen Überraschungen war.

»*Du* solltest vor allem daran arbeiten, denn ich habe keine Geheimnisse vor dir.« Damit hatte er nicht unrecht. Ich hatte ständig die Klappe offen, redete aber nur über unwichtiges Zeug. Die Türen zu meinem Leben standen zwar offen, doch wir waren noch nicht gemeinsam durchgegangen. Alexej erhaschte immer nur einen kleinen Blick. »Ich glaube, so schnell gibt es jetzt keine Überraschungen mehr, oder?«

»Bestimmt nicht.« Ich grinste ihn an. »Nur Weihnachtsgeschenke.«

»Mats hat übrigens seine Freundin mitgebracht«, erklärte Felix noch kurz, ging aber dann mit Frau Frank im Arm aufs Wohnzimmer zu. »Was so etwas wie das Weihnachtswunder ist, wenn ihr mich fragt.« Während Levi in der Vergangenheit ständig Frauen mit nach Hause gebracht hatte, war Mats in dieser Angelegenheit zurückhaltender. Es musste also etwas bedeuten, dass er an Weihnachten jemanden eingeladen hatte. Und ich verstand ihn, denn auch für mich war es eine große Sache, dass Alexej und Mila hier waren.

»Ich wusste nicht mal, dass er eine Freundin hat«, erklärte ich. »Aber je mehr, desto lustiger.«

Vor der geschlossenen Tür blieb Felix stehen und drehte sich zu uns um. Oder eher zu Mila. Er legte sich die Hand ans Ohr und formte eine Muschel. »Hörst du das?«

Im Wohnzimmer läutete ein Glöckchen.

»Ja.« Sie klatschte in die Hände und zappelte aufgeregt in meinen Armen herum.

»Wollen wir reingehen?«, fragte Felix.

Ein euphorisches Nicken war ihre Antwort.

Frau Frank und mein Bruder öffneten die doppelte Flügeltür, und Mila, Alexej und ich betraten gemeinsam den abgedunkelten Raum. Opa, der jedes Jahr die Musikanlage bediente, drückte auf Play. *Stille Nacht, Heilige Nacht* erklang aus den Boxen, während wir auf den mit Kerzen beleuchteten Christbaum zugingen. Ich griff nach Alexejs Hand, denn dieser Moment kam mir so bedeutsam vor. Ich war ergriffen, weil sich meine Familie solche Mühe gegeben hatte. Der heutige Tag erinnerte mich an die Weihnachtsfeste, die ich als Kind erlebt hatte.

Alle scharten sich um uns, und wir schauten andächtig auf den Weihnachtsbaum, bis Mila laut »Schenke« krähte.

Nicht nur ich musste lachen, und die besinnliche Stimmung war genauso schnell verflogen, wie sie gekommen war.

»Frohe Weihnachten, Prinzessin«, wünschte ich Mila und ließ sie runter. »Frohes Fest.« Ich schlang meine Arme um Alexej und drückte ihm einen Schmatzer auf den Mund. »Ich bin froh, dass du hier bist.«

»Ich auch.« Er trat einen Schritt zurück und wollte sich nach Mila umsehen, doch dann blieb er stocksteif stehen. Ein wenig wirkte er, als hätte er soeben einen Geist gesehen.

»Lena«, keuchte er und machte einen Schritt zurück, so als wollte er sofort die Flucht ergreifen.

Lena?

Ich sah mich um, und mein Blick blieb an einer wunderschönen jungen Frau mit blonden Haaren hängen, die kreidebleich im Gesicht war - und Mats' Hand wie einen Anker umklammerte. Geschockt sah sie von Alexej zu Mila und dann wieder zurück, und erst in diesem Moment begriff ich, was das alles zu bedeuten hatte.

Milas Mutter stand bei uns im Wohnzimmer.

Wieso war sie so hübsch? In meinem Kopf hatte sie wie ein bemitleidenswertes Drogenopfer ausgesehen. Heroinspritze im Arm und Koksreste an der Nase. Aber diese Lena hier wirkte ganz in Ordnung und nicht wie ein Mensch, der sein Kind im Stich lassen würde.

O mein Gott, mir war schlecht. Es kostete mich alle Mühe, nicht neben die Tanne zu kotzen.

Wusste Mila, dass ihre Mutter hier im Raum war? Oder war sie zu klein, um sich an sie zu erinnern?

»Nini! Schenke!«, forderte Mila meine Aufmerksamkeit. Sie zog an meiner Hand, doch ich konnte mich nicht bewegen. Ich konnte nicht einmal den Blick abwenden. Lena schlug sich die Hand vor den Mund und hatte Tränen in den Augen. Und dann passierte alles ziemlich schnell. Sie riss sich von Mats los und lief in den Flur. Wir alle starrten ihr kurz hinterher, doch Alexej löste sich als Erster aus seiner Starre und rannte ihr nach. Auch Mats wollte sich in Bewegung setzen, doch Levi hielt ihn zurück. »Nicht.«

»Warum nicht?«, blaffte Mats ihn an. »Sein Freund läuft hinter meiner Freundin her.« Anklagend deutete er mit dem Finger auf mich. »Warum?«

Aus dem Flur waren aufgebrachte Stimmen zu hören. Sie bemühten sich, leise zu sprechen, doch man hörte deutlich, wie angepisst Alexej war.

Mama kümmerte sich um Mila, die von dem Drama noch nichts mitbekommen hatte, weil sie Geschenke hin und her schob und sich am Christbaum erfreute. Meine Mutter sah mich genauso fragend an, wie Papa, Opa, Oma, meine Brüder und Frau Frank.

Ich zeigte auf Mila. »Weil Lena ihre« – das Wort *Mutter* formte ich nur mit den Lippen, ohne es laut auszusprechen – »ist. Denke ich.«

»Oh.« Es wirkte, als hätte man jegliches Leben aus Mats ausgesaugt, denn seine Schultern sackten deutlich nach unten. Nachdenklich betrachtete er Mila. Ich ließ mich an Ort und Stelle auf den Boden gleiten und versteckte das Gesicht hinter meinen Händen. Mir wurde das alles gerade zu viel. Warum war Alexej Lena hinterhergelaufen? Sollte er sie nicht viel eher hassen? Sich Mila schnappen und mit ihr vor seiner Ex davonlaufen?

Die Tür fiel lautstark ins Schloss, und ich sah alarmiert auf. Wo wollten die hin? Felix und Simona eilten zum Fenster und blickten neugierig nach draußen.

»Geht da weg«, schimpfte Oma. »Lasst den beiden etwas Privatsphäre.«

Sie hörten nicht, was Opa zum Anlass nahm und sich zu ihnen gesellte. »Sieht aus, als würden sie streiten«, kommentierte er das Geschehen.

»Komm, Mila«, sagte Mama. »Ich glaube, dieses Geschenk hier ist für dich.«

Mila … Ich sollte zu ihr gehen, denn sie konnte ja nichts für diese Situation, aber ich war gerade nur überfordert. Papa übernahm meinen Part und setzte sich zu Mama und der Kleinen. Ich war froh, dass sie sich um Mila kümmerten und versuchten, sie abzulenken.

Oma setzte sich neben mich und legte mir einen Arm um die Schulter. Ich lehnte mich gegen sie und vergrub das Gesicht in meinen Händen, denn ich wollte nicht, dass jemand die Tränen in meinen Augen sah.

»Hey, Niki«, sagte Mats nach einer Weile. »Ich wusste das nicht. Ich wollte dir nicht Weihnachten versauen.«

Ich sah auf und wischte mir über die Augen. »Du kannst doch nichts dafür.«

Er versuchte, cool zu wirken, sah jedoch mindestens genauso zerstört aus wie ich. Es passierte bestimmt nicht jeden Tag, dass zwei Geschwister sich ausgerechnet in zwei Menschen verliebten, die ein Kind gemeinsam hatten.

»Also«, sagte Levi und grinste. »Da hätte ich ja auch noch einen Gast mitbringen können.«

»Hättest du denn jemanden gehabt?«, wollte Oma wissen. Ich glaube, am liebsten würde sie uns alle glücklich vergeben sehen.

»Ja, aber wir hatten so bereits genug weihnachtliches Drama.«

Tief atmete ich durch. »Okay, ich gehe dann mal zu Mila.« Schwerfällig erhob ich mich und torkelte regelrecht auf meine Eltern und sie zu. Ich setzte mich neben Papa, der mir aufmunternd auf den Oberschenkel klopfte. Mama drückte mir einen Kuss auf die Wange und flüsterte: »Tut mir leid.«

Der größte Trost für mich war Mila, die sich sofort auf meinen Schoß warf. »Nini, schau.« Gemeinsam mit meinen Eltern hatte sie eine große Duplo-Verpackung geöffnet. In der einen Hand hielt sie einen Flieger, in der anderen einen Wal.

»Wow, das ist ja toll. Damit müssen wir unbedingt spielen.« Meine Eltern hatten das Set besorgt, und ich freute mich wirklich darauf, alles mit ihr aufzubauen. »Willst du gleich starten oder vielleicht noch ein anderes Paket aufmachen?« Ich zog das Geschenk, das ich ihr gekauft hatte, von Milas Stapel. »Das hier sieht zwar nicht wirklich groß aus, ist aber besonders cool«, versicherte ich ihr.

Sie riss es mir aus der Hand und gleich das Papier auf. Etwas enttäuscht starrte sie auf das Schminkfarbenset. »Das sind nicht nur irgendwelche lahmen Stifte, sondern welche, mit denen ich dir endlich Bilder auf die Haut malen kann.« Ich schob den Ärmel meines Pullovers nach oben. »Wenn du magst, kannst du auch bald solche Kunstwerke wie ich haben. Die gefallen dir doch, oder?«

Als sie sich zu mir umdrehte und mich umarmte, war ich kurz davor, zu heulen.

Auch Mama und Papa beobachteten uns gerührt, was die Sache nur noch schlimmer machte. »Also, was malen wir zuerst?«, fragte ich sie.

»Christkind.«

Ich lachte. »Na ja, vielleicht können wir ja Simona vom Fenster weglocken, damit sie für uns Porträt sitzt«, sagte ich laut und erklärte den anderen, die zuvor nicht mit uns im Flur gewesen waren, was es mit der Christkindsache auf sich hatte. Simona kam zu uns, und gemeinsam mit Mama malte ich ein einwandfreies Christkind auf Milas Unterarm, das leider nur so gar nicht wie Frau Frank aussah.

»Sie kommen wieder«, rief Opa. »Mats, mach die Tür auf.« Mein Bruder sprang sofort auf und hastete in den Flur. Es wurde leise geflüstert, doch dann kamen die drei wieder zurück ins Wohnzimmer.

Alexejs Blick fiel sofort auf Mila und mich. »Hey«, sagte er, lächelte zuerst sie und dann mich schwach an. »Ihr packt schon Geschenke aus?«

Ich zuckte mit den Schultern, denn ich wusste nicht, was ich sagen sollte.

»Genau«, meinte Mama. »Setz dich«, sagte sie im Schadenbegrenzungsmodus zu Alexej, der neben Mila und mir Platz nahm. Sofort drückte Mama ihm ein Geschenk in die Hand. »Du solltest auch was auspacken.«

»Danke.« Fragend sah er mich an. »Ist das von dir?«

Ich schüttelte den Kopf. Reden konnte ich nicht mehr, da mir ein dicker, fetter Kloß gegen die Kehle drückte.

»Nein, von uns«, kam mir Papa zu Hilfe. »Aber Niki hat uns einen Tipp gegeben.«

Mama malte auf Milas Hand weiter, während Oma und Opa sich zu Lena, Mats und Levi gesellt hatten und genau wie Mama und Papa versuchten, Weihnachten zu retten.

Das Problem war nur: In diesem Raum schwirrten so viele unausgesprochene Fragen herum, die auf die Stimmung drückten, dass all ihre Bemühungen vergeblich waren.

Alexej riss das Papier auf. »Wow. Die Neuauflage von Tony Hawk's Pro Skater für die Playstation. Danke.«

Danach packten wir alle Geschenke für Mila aus, bevor wir

anderen unsere Päckchen austauschten. Meine schob ich unter den Baum, denn ich hatte keine Lust darauf, Freude vorzutäuschen. Ich war immer noch völlig verunsichert von der Situation.

Alexej überreichte Mila sein Geschenk, und ich fing dabei Lenas Blick auf, die das Szenario beobachtete. Schnell sah sie weg.

Alle schienen einigermaßen miteinander beschäftigt zu sein, also stand ich langsam auf und schlich aus dem Raum. Im Flur blieb ich kurz stehen und atmete tief durch. Gestern noch war ich überglücklich gewesen, und jetzt hatte ich das Gefühl, vor einem ganz großen Scherbenhaufen zu stehen.

»Niklas?«, fragte eine sanfte Stimme hinter mir.

O nein. Bitte nicht sie!

Ich hatte mir heimlich gewünscht, dass Alexej mir folgen würde – nicht die Mutter seines Kindes. Ich zwang mir ein Lächeln ins Gesicht und drehte mich zu ihr um. Vermutlich zog ich eine sehr bemitleidenswerte Fresse. »Ja?«

»Ich wusste nicht, dass Alex und Mila hier sein würden.«

Laut lachte ich auf. »Ja, wer rechnet denn schon damit, dass man beim neuen Freund zu Hause auf den Kerl trifft, mit dem man ein gemeinsames Kind hat.«

Unglücklich sah ich sie an, doch auch das half mir nicht zu verstehen, welch absolut unlustigen Scherz sich das Universum mit uns erlaubt hatte.

Flucht! Ich wollte nur noch hoch in mein Zimmer und ein paar Minuten durchatmen, um das alles hier zu realisieren, deshalb ließ ich Lena ohne ein weiteres Wort stehen. Mein Fuß befand sich bereits auf der ersten Stufe.

»Bitte geh nicht weg.«

Was sollte ich denn sonst tun?

Stocksteif blieb ich stehen und sammelte mich. Ich ließ den Handlauf los und setzte mich auf die unterste Treppe. »Was erwartest du von mir?«, fragte ich und bemerkte, wie schwach meine Stimme klang. Mir fiel es schwer, Lena beim Sprechen ins Gesicht zu sehen, denn sie war wunderschön. Sie sah aus wie eine tätowierte Elfe.

Und vor allem so, als müsste sie vor der Welt gerettet werden, weil sie es selbst nicht schaffte.

»Gar nichts. Ich wollte mich nur entschuldigen, dass ich dein Weihnachten versaut habe.« Sie sah auf ihre Zehenspitzen. »Offensichtlich.«

Ich zuckte mit den Schultern. »Einmal fing der Christbaum zu brennen an. Das war schlimmer.«

Sie lachte ein freudloses Lachen. »Darf ich mich also an deinem zweitschlimmsten Weihnachten zu dir setzen?«

Nein. »Klar.«

Sofort nahm sie neben mir Platz, schwieg aber. Stattdessen nestelte sie an ihrem schwarzen Kleid herum. Vielleicht dachte sie noch über die richtigen Worte nach.

»Wusste Mats davon?«, fragte ich sie.

»Mila?« Sie schüttelte den Kopf. »Nein.«

Ich mochte mir gar nicht vorstellen, wie es meinem Bruder gerade ging. Bestimmt ebenfalls so beschissen wie mir. Allerdings hatte ich langsam den Verdacht, dass auch der Abend für Lena und Alexej nicht besonders toll war.

»Warum nicht?«

»Weil ich auf mein Verhalten und mein Versagen nicht stolz bin«, flüsterte sie. »Ich meine, sieh dir die beiden an. Alex und Mila sind so ein gutes Team. Und ich habe nichts außer einer unschönen Party- und Drogenvergangenheit vorzuweisen.«

Langsam drehte ich den Kopf zu Lena und berührte mit den Fingerspitzen ihre tätowierten Unterarme. »Und einen Haufen Tattoos.«

Sie erwiderte meinen Blick. »Alex hat wohl einen gewissen Typ Mensch, zu dem er sich hingezogen fühlt.« Genauso wie ich es bei ihr getan hatte, legte sie nun ihre Finger auf meine Haut. Bis auf die Tattoos hatten wir nichts gemeinsam. Und ich wollte wirklich nicht darauf herumreiten, aber bis auf gelegentliches Kiffen hatte *ich* kein Drogenproblem.

Es fiel mir nicht leicht, den Kloß in meinem Hals nach unten zu schlucken. Auch das Gewicht, das auf meine Brust drückte, wurde

243

immer schwerer. Es tat weh, zu wissen, dass Alexej mal mit ihr zusammen gewesen war. Und es vielleicht wieder sein wollte. Immerhin war sie Milas Mutter. Da konnte ich nicht mithalten. Ich war nur der Kerl, der sich in sein Leben gedrängt hatte und sich nun nicht mehr abschütteln ließ.

Freudlos schüttelte ich den Kopf. »Ich liebe ihn. Und Mila auch. Weißt du?«

»Das sieht man.« Ihre Stimme klang ein wenig wehmütig, und ich hatte Schwierigkeiten, in Lena die böse Rabenmutter zu sehen, die ihr Kind im Stich gelassen hatte.

»Ich weiß nur nicht, ob Alexej überhaupt jemanden außer Mila lieben kann«, gab ich leise zu und sah Lena an.

Unerwartet legte sie einen Arm um meine Schulter. »Ich wünsche es euch auf jeden Fall.«

Erstaunt sah ich sie an. »Du … bist also nicht hier, um mir Alexej wegzunehmen? Oder Mila Alexej wegzunehmen? Oder dich in ihr Leben zu drängen?«

Lena seufzte laut. »Die gleichen Gedanken hatte Alex auch«, gestand sie. »Mila und Alex zu sehen war eine wirklich große Überraschung. Aber ich bin nicht ihretwegen hier, sondern wegen Mats. Ich bin mir nur nicht so sicher, ob er mich jetzt noch hier haben möchte.«

Ich stand auf und streckte Lena die Hand entgegen. »Finden wir es raus.«

Der Abend war jung, wir hatten noch nicht einmal gegessen, und es war Weihnachten. Wenn wir es heute schafften, mit diesem großen Chaos klarzukommen, dann vielleicht ja auch immer.

Kapitel 29

Wir hatten das Beste aus Weihnachten gemacht. Gemeinsam gegessen und ein wenig gelacht. Doch Lenas Anwesenheit war trotz allem und obwohl sie wirklich nett zu sein schien, zu viel für mich gewesen. Außerdem wurde ich nicht schlau aus ihr. Sie wirkte hübsch, klug und gebildet. Ich schaffte es nicht, in ihr das überforderte Mädchen zu sehen, das Mila allein gelassen hatte.

Nach und nach waren alle aufgebrochen beziehungsweise in ihren Zimmern verschwunden. Jetzt saß nur noch ich auf dem Boden im Wohnzimmer, den Rücken gegen die Couch gelehnt, und starrte auf den Christbaum mit dem bunten Baumschmuck. Meine Gedanken schwirrten herum, landeten jedoch immer wieder beim gleichen Punkt: Durch Lena sah ich meinen Platz im Leben von Alexej und Mila gefährdet. Und das tat mir verdammt weh. Ich wollte weder ihn noch sie verlieren. Ich zog meine Geschenke zu mir, schob sie dann aber gleich wieder von mir weg. Ich könnte mich im Moment sowieso über nichts richtig freuen. Alexej hatte im Gegensatz zu mir seine Päckchen geöffnet, und die vielen bunten Socken und Unterhosen in allen Farben des Regenbogens, die ich ihm geschenkt hatte, nur mit einem leichten Schmunzeln abgetan. Vielleicht war die Idee, Farbe in sein Leben bringen zu wollen, auch einfach blöd gewesen. Und zu subtil. Über den passenden Weihnachtspulli zu dem, den ich heute trug, wollte ich gar nicht sprechen. Den hatte er nur zur Seite gelegt. Deshalb hatte ich ihm die ganzen Pflanzen, die ich für seine Wohnung besorgt hatte, gar nicht erst gegeben. Vielleicht wäre er dann nur zum endgültigen Schluss gekommen, dass ich mich in sein Leben drängen wollte.

»Niklas?«

Ich sah auf. Alexej stand mit finsterem Gesichtsausdruck, die Hände fest um mein Smartphone geklammert, im Türrahmen.

»Hat mein Handy geläutet?«, fragte ich verwirrt. Eigentlich hatte ich keine Ahnung, wer mich hätte anrufen sollen. Waren doch alle hier gewesen, und mit meinen Freunden hatte ich schon nachmittags die obligatorischen Frohe-Weihnachten-Nachrichten ausgetauscht.

»Nein.«

»Warum hast du es dann mitgebracht?«

Die Antwort erhielt ich, als er es mir mit voller Wucht entgegenschoss. Zum Glück hatte er nicht auf meinen Kopf gezielt, sondern nur auf den Bauch. Perplex schloss ich die Finger um das Handy und sah Alexej geschockt an.

»Sag mal, spinnst du?«, schrie ich und sprang auf. Das Telefon schmiss ich wütend auf die Couch.

Aufgebracht stapfte Alexej auf mich zu. »Ich? Du tickst doch nicht mehr richtig.«

Wir standen uns wütend im Wohnzimmer gegenüber. »Habe ich was verpasst? Was ist denn bitte passiert, während du Mila ins Bett gebracht hast?«, rief ich aufgeregt. »Newsflash. Es war für uns alle ein beschissener Abend. Nicht nur für dich! Jetzt hier unten aufzutauchen und dich wie ein Arschloch aufzuführen, hilft niemandem.«

»Du hast doch Wahrnehmungsstörungen«, zischte er.

Ich? Was zum Teufel stimmte nicht mit Alexej? Stand mir hier sein böser Zwilling aus der Hölle gegenüber?

Ich schüttelte den Kopf. »Ey, ich weiß nicht, was das Wiedersehen mit Lena bei dir kaputtgemacht hat, aber wenn du versuchst, mich loszuwerden, dann funktioniert das ganz ausgezeichnet.«

»Das wäre dir jetzt recht, oder? Sobald es schwierig wird, abzuhauen.« Er drängte sich an mir vorbei und holte mein Smartphone.

Sofort folgte ich ihm. »Was machst du überhaupt mit dem Telefon?«, blaffte ich ihn an und wollte es ihm aus der Hand reißen. Meine Traurigkeit war wegen Alexejs Gereiztheit wie weggeblasen.

Er drehte sich von mir weg und wischte auf dem Display herum.

Schnaubend drückte er es mir in die Hand. Die Videopeek-App war geöffnet, und eines der Videos von Tim und mir lief. Genauer gesagt, das Video, das Sarah vor gefühlt hundert Jahren im Pub aufgenommen hatte.

»Oh«, flüsterte ich.

»Ja, oh«, äffte Alexej mich nach. »Mats hat heute Abend Lena gegenüber erwähnt, dass du Videos machst. Was übrigens auch wieder eine Sache ist, die du mir *nicht* erzählt hast. Genauso wie die Tatsache, dass deine Mutter und dein Bruder meine Lehrer sind. Und dein Opa mein Direktor«, spuckte er mir regelrecht entgegen. »Nicht zu vergessen: Finn ist dein Tätowierer. Du hättest doch nur einmal seinen Namen in einem Gespräch fallen lassen müssen.« Seine Stimme überschlug sich beinahe. »Und weißt du, was das Schlimmste ist? Ich Vollpfosten habe mir nicht mal was dabei gedacht, als ich die App geöffnet habe, weil du immer so verpeilt unschuldig tust.« Fassungslos schüttelte er den Kopf. »Aber du Arschloch hattest neben mir die ganze verdammte Zeit einen zweiten Freund«, rief er aufgebracht.

»Zweiten Freund?« Ich hatte nicht mal einen, da Alexej von Anfang an darauf gepocht hatte, es locker angehen zu lassen. Keine Verpflichtungen. Alles easy.

Er ging gar nicht auf die Zwischenfrage ein. War vielleicht besser so. »Ich habe dich in mein verdammtes Leben gelassen und dir hundert Mal gesagt, dass ich niemanden brauchen kann, der einfach wieder verschwindet.«

Vollkommen durch den Wind schüttelte ich den Kopf. »Aber … du wolltest doch gar nichts Ernstes.«

Nun lachte Alexej spöttisch auf. »Niklas! Ich habe gemeinsam mit meiner Tochter und dir Weihnachten gefeiert und wohne seit einer Woche im Haus deiner Eltern. Wenn das nicht ernst ist, weiß ich auch nicht.«

»Dann sag das doch«, versuchte ich die Kurve in Richtung Versöhnung zu bekommen.

»Sagst ausgerechnet du!«

Alexejs Körper wirkte angespannt, und ich war mir sicher, wenn

Mila nicht oben in Felix' altem Zimmer schlafen würde, wäre er schon längst mit ihr abgehauen.

Vorsichtig machte ich einen Schritt auf ihn zu. »Alexej, ich liebe dich«, sagte ich.

Für eine Sekunde wurde seine Miene weicher, doch sofort verschloss sie sich wieder. »Liebe … was weißt du schon von Liebe?«, fuhr er mich an. »Du hattest zeitgleich was mit mir und einem anderen. Wie groß kann deine *Liebe*« – er malte Gänsefüßchen in die Luft – »da schon sein.«

Das hier lief völlig falsch. »Ich hatte nichts mit Tim.«

Nun riss er mir wieder das Telefon aus der Hand, rief ein anderes Video auf und hielt es mir wie ein Beweisstück unter die Nase. »Deine Follower und ich sehen das leider anders.«

»Das war alles nur fake«, versuchte ich ihm zu erklären.

Daraufhin sah Alexej mich lange an. »Und wieso wolltest du einen Fake-Freund, wenn du doch die Chance auf einen echten gehabt hättest?«

Ich machte den Mund auf, doch ich wusste nicht, was ich darauf antworten sollte. »Ich … ich weiß es nicht.«

Alexej atmete tief durch. »Und ich weiß nicht, ob ich dir auch nur ein Wort glauben soll.« Er drehte sich um und stürmte davon. Bei der Tür blieb er stehen. »Ich schlafe heute Nacht bei Mila im Bett. Wir sehen uns morgen früh.« Ohne mich noch einmal anzusehen, ging er nach oben und ließ mich völlig durch den Wind im Wohnzimmer zurück.

Was war hier gerade passiert?

Völlig überfordert sank ich auf den Boden und vergrub das Gesicht in meinen Händen. An die scheiß App hatte ich gar nicht mehr gedacht. Genauso wenig wie an Tim. Oder die Videos. Denn das alles … das war nicht das echte Leben gewesen. Das echte Leben fand hier statt. In diesem Haus. Mit Alexej. In diesem Moment. Aber das Leben interessierte es nicht, dass ich Alexej liebte. Genauso wenig, wie es ihn zu kümmern schien.

Kapitel 30

Mit einem Frühstückstablett in der Hand stand ich frühmorgens vor Milas Zimmer. Die Nacht war beschissen gewesen, und ich war um sieben Uhr aufgestanden, da es keinen Sinn mehr gemacht hätte, weiterhin im Bett zu bleiben und an die Decke zu starren. Wenn es hoch kam, hatte ich vielleicht eine Stunde geschlafen.

Allerdings stand ich nun vor einem großen Problem, denn ich konnte nicht zeitgleich das Tablett balancieren und die Tür öffnen. Deshalb stellte ich alles auf dem Boden ab, drückte die Türklinke nach unten und schlich in den abgedunkelten Raum. Meine Augen gewöhnten sich schnell an die veränderten Lichtverhältnisse, allerdings brauchte mein Kopf länger, um zu verstehen, warum das Bett leer war.

Ich lief aus dem Raum, zurück in mein Zimmer, aber auch dort fand ich weder Alexej noch Mila. Als nächstes sah ich im Badezimmer nach. Auch nichts. Ich rannte die Treppe nach unten, durchkämmte Küche und Wohnzimmer. Sogar die Garage, die Speisekammer, die Toilette im Untergeschoß und den Abstellraum kontrollierte ich.

Nichts.

Danach hastete ich wieder nach oben. Schaute noch einmal in mein Zimmer. Und ein weiteres Mal in Milas Zimmer. Wieder nichts. Als nächstes riss ich die Tür zum Zimmer meiner Eltern auf, die …

»Raus«, kreischte Mama.

»Ewwww.« Schnell drehte ich mich um. Beide waren angezogen, nur lag Papa auf Mama und … igitt. Einfach igitt. Dieses Bild würde ich nie wieder aus dem Kopf bekommen. »Ich nehme an«, sagte ich mit schwacher Stimme, »Alexej und Mila sind nicht bei euch im Zimmer.«

»Niklas, raus«, schrie mich Papa an.

»Nichts lieber als das.« Blind angelte ich nach der Klinke und warf die Tür ins Schloss. Als nächstes klopfte ich – ich hatte ja dazugelernt – bei Levi. Auf ein *Herein* wartete ich nicht. Allerdings war sein Zimmer leer. Er hatte die Nacht wohl wo anders verbracht. Blieben nur Mats und Lena. Die beiden waren gestern hiergeblieben, hatten sich aber früh entschuldigt. Klar, bei ihnen hatte genauso großer Redebedarf wie bei Alexej und mir bestanden. Ein unangenehmes Gefühl machte sich in mir breit. Was, wenn Lena gemeinsam mit Alexej verschwunden wäre?

Zaghaft klopfte ich an. »Kann ich reinkommen?«, rief ich.

»Nein«, kam es verschlafen von Mats.

»Natürlich«, rief kurz darauf Lena, und mir fiel ein Stein vom Herzen. Ich öffnete die Tür. Die beiden waren noch im Bett, lagen allerdings zum Glück nicht aufeinander. Lena saß aufrecht, drückte sich aber die Decke gegen den Oberkörper. Suchend sah ich mich in Mats' Zimmer um. »Alexej und Mila sind nicht bei euch, oder?«

Lena runzelte die Stirn. »Nein.«

Nun setzte sich auch Mats auf. »Hast du schon unten nachgesehen?«

»Ich habe überall gesucht«, antwortete ich leicht verzweifelt. »Sie sind nicht mehr da. Wir haben uns gestern gestritten, und …«

Betroffen sah Lena mich an. »Ich hoffe, nicht wegen mir.«

»Nein …« Die Sache hatte ich mir leider selbst zuzuschreiben. »Es war ein blödes Missverständnis.« Meine Schultern sackten nach unten. »Mats hat ja dir gegenüber Videopeek erwähnt, und na ja, Alexej hat das Gespräch mitbekommen, war neugierig, hat sich die Videos angesehen und …«

»O Scheiße«, unterbrach Mats mich. »Er wusste das immer noch nicht? Und kannte die Videos mit dem Kleinen nicht?«

Ich sank noch mehr in mich zusammen. Bald konnte man mich vom Boden aufkratzen, wenn es so weiterging. »Nein.« Ich wusste, dass ich Mats nicht böse sein durfte, wegen eines Fehlers, den ich selbst gemacht hatte, nur sein Timing hätte trotzdem etwas besser sein können.

»Okay, Alex und Mila sind nicht mehr hier«, fasste sie zusammen. »Und außer Finn hat er niemanden mehr in der Nähe.« Kurz überlegte sie. »Der ist nur leider nicht unbedingt der Beste im Trösten, aber wenn Alex verzweifelt ist, dann ist er entweder bei ihm, Anton, seinen Eltern oder leckt allein seine Wunden.« Soweit ich es mitbekommen hatte, war Finn über Weihnachten nach Hause gefahren. Wo auch immer das war. Und wer zur Hölle war überhaupt Anton?

Einige Sekunden sah ich Lena an, denn es tat weh, dass sie viel mehr über Alexej wusste als ich, obwohl sie kein Teil seines Lebens war. Langsam nickte ich. »Ich denke, ich versuche es zuerst bei Alexej zu Hause.« Auf dem Weg dorthin würde ich Finn anrufen. Seine Nummer hatte ich ja, auch wenn ich sie bisher nur gewählt hatte, um einen Termin für ein neues Tattoo auszumachen.

Auf dem Weg zu meinem Zimmer kam ich wieder beim Frühstückstablett vorbei. Ich hob es hoch und trug es zu Lena und Mats. Auf dem Schreibtisch stellte ich es ab. »Und sorry für die frühe Störung. Vielleicht entschädigt euch das ein wenig.«

»Meld dich, wenn du Alex nicht findest. Vielleicht fällt mir in der Zwischenzeit noch was ein.«

»Danke, Lena … du bist wirklich in Ordnung.« Bei den Worten sah ich meinen Bruder an, nicht sie. Was sie auch immer dazu getrieben hatte, Mila im Stich zu lassen, ich wollte sie dafür nicht verurteilen, denn ihr Pech war mein Glück.

Gewesen, wenn man bedachte, dass Alexej verschwunden war.

Zurück in meinem Zimmer schlüpfte ich in einen Hoodie und eine Jogginghose. Erst als ich nach unten lief, wurde mir klar, dass ich absolut in der Scheiße steckte. Alexej war abgehauen. Weil er immer noch dachte, dass ich zweigleisig fuhr. Er vertraute mir nicht, was ich ihm auch nicht verübeln konnte. Nachdem ich in meine Schuhe geschlüpft und mir eine Jacke übergezogen hatte, schnappte ich mir Papas Autoschlüssel. Ich rannte hinaus, sprang in den Wagen und fuhr zu Alexejs Wohnung. Natürlich hatte sich die ganze Welt gegen mich verschworen, und ich fand keinen Parkplatz. Nervös trommelte ich mit meinen Fingern auf das Lenkrad. Ich musste zu Alexej und die Angelegenheit regeln.

Abrupt trat ich auf die Bremse und lenkte das Auto in eine freie Parklücke. Ich sprang raus, sperrte den Wagen mit der Fernbedienung ab und lief zu Alexejs Wohnhaus. Dort drückte ich auf eine andere Klingel, denn ich nahm an, dass Alexej mir sowieso nicht öffnen würde. Der Türsummer ertönte und ich hastete die Stufen nach oben, ohne mich darum zu kümmern, wer mir überhaupt geöffnet hatte.

Vor Alexejs Tür atmete ich einige Male durch. Obwohl ich gerne gegen das Holz gehämmert hätte, zügelte ich mich und klopfte zivilisiert an. Es dauerte nicht lange, bis Alexej mir öffnete. Als er mich sah, verfinsterte sich sein Gesichtsausdruck. Von drinnen hörte ich Elsa singen, ich nahm also an, dass Mila entweder vor dem Fernseher saß oder zum Hörspiel durchs Wohnzimmer tanzte.

»Du bist verschwunden«, warf ich ihm vor.

»Ja.«

»Warum?«

»Ich habe heute Nacht Tickets nach Italien gebucht. Wir besuchen meine Eltern«, leierte er monoton runter. »Der Flug geht am Nachmittag, ich muss packen.«

Fest biss ich mir auf die Unterlippe, um nicht einfach loszuheulen. Er wollte das Land verlassen. Wegen mir. »Du hast dich nicht verabschiedet.« Großartig. Meine Stimme zitterte, und das war auch Alexej nicht entgangen. Seine Miene wurde minimal weicher.

Er nahm sich seinen Schlüssel und steckte ihn in die Hosentasche. Mit leichtem Druck schob er mich hinaus in den Hausflur und folgte mir. Die Tür lehnte er nur an.

»Hör mal«, sagte er leise, »der gestrige Abend war nicht leicht für mich. Eigentlich wollte ich mich nur zu dir ins Bett legen und schlafen. Nur dann bist du nicht gekommen, ich hab mir dein Handy geschnappt, und den Rest der Geschichte kennst du ja.« Alexej sah nicht glücklich aus. Seine Augen waren gerötet, so als hätte er geweint.

Ich streckte meine Hand aus, wollte über seine Wange streichen, aber er fing sie ab.

»Nicht«, sagte er, und seine Stimme brach weg. Traurig sah er auf die Stelle, an der er mich festhielt und ließ nach kurzem Zögern los. »Okay«, sprach er weiter, »ich sage jetzt einfach, was ich zu sagen habe.«

Das klang nicht gut.

Gar nicht gut.

»Weißt du«, begann er, »als ich dich das erste Mal gesehen habe, hätte ich nicht damit gerechnet, dass ich mich in dich verlieben würde. Erstens mal aus dem einfachen Grund: Ich habe vor dir nicht einmal einen Gedanken daran verschwendet, mit einem Mann rumzumachen. Und zweitens, dachte ich, ich könnte mich wegen Mila auf nichts Festes einlassen.«

»Das hast du ziemlich deutlich gemacht«, fügte ich kleinlaut hinzu.

»Es war genau das, was du wolltest. Tja, das Ding ist nur, irgendwann wurde aus etwas Lockerem zumindest von meiner Seite aus mehr.«

»Bei mir ist es doch genauso.«

»Ja? Du hast nie etwas in die Richtung gesagt.« Mit beiden Händen rieb Alexej sich über das Gesicht. »Aber es ist auch egal.«

»Wie bitte?«, fragte ich schockiert nach.

»Niklas … Für eine Weile hast du dich so mühelos in unser Leben eingefügt, dass ich über all das, was mich gestört hat, hinweggesehen habe.«

Was ihn störte? An mir? »Was … was meinst du?«

»Scheiße.« Alexejs Unterkiefer zitterte, und seine Augen wurden glasiger. Er richtete den Blick gegen die Decke und atmete hektisch ein. Es dauerte eine Weile, bis er mich wieder ansehen konnte. »Weißt du, ich dachte, es genügt, wenn du einfach bei uns bist, nur … es reicht eben nicht. Das habe ich in den letzten Tagen gemerkt. Ich will gemeinsam mit dir bei deinen Eltern sonntags Mittagessen.«

»Da brunchen wir immer mit Oma und Opa«, flüsterte ich leise, weil ich endlich begriffen hatte, worum es Alexej ging.

Freudlos lachte er auf. »Genau solche Kleinigkeiten meine ich. So etwas kann man doch einmal in ein Gespräch einfließen lassen. *Hey, Alexej*«, sagte er mit verstellter Stimme, »*ich muss gleich los. Wir brunchen heute bei Oma und Opa.*«

»Es … es tut mir leid.«

»Du kannst doch nichts dafür«, gab er mit einem Seufzen zu. »Ich habe mich ja nicht unbedingt mit Ruhm bekleckert. Wenn ich meinen Mund aufbekommen hätte, um dir zu sagen, dass ich dich liebe, würden wir hier nicht stehen.«

»Du liebst mich?«

»Natürlich tue ich das. Meinst du, ich hätte mir sonst die Mühe gemacht und eine ganze Nacht in einem Schwimmbad für uns beide organisiert?«

Darauf hatte ich keine Antwort. Ich zuckte nur mit den Schultern.

»Ach, Niklas.« Er machte einen Schritt auf mich zu und zog mich in seine Arme. Sobald ich mich an seine Brust gedrückt hatte, weinte ich ein paar stumme Tränen. Wir standen eine ganze Weile so da, und als Alexej sich von mir wegschob, bemerkte ich, dass das Ganglicht ausgegangen war.

Beiläufig drückte er auf den Lichtschalter, und ich wischte mir verstohlen ein paar Tränen aus den Augenwinkeln. »Ich war mir nie sicher, woran ich bei dir bin. Du hast mich an Kleinigkeiten teilhaben lassen, und ich wusste relativ schnell, dass deine Lieblingspizzasorte Hawaii ist, sonst hast du mich jedoch im Dunkeln tappen lassen.«

»Wir waren doch noch in der Kennenlernphase«, verteidigte ich mich.

»Ich weiß. An diesen Gedanken habe ich mich auch geklammert, aber die Sache mit den Videos war schon ein Schock. Du hast extrem viele Follower, aber bei mir hast du nie auf deinem Smartphone rumgetippt. War das Absicht? Damit ich nichts davon erfahre?«

Sofort schüttelte ich den Kopf. »Nein, wirklich nicht. Wenn ich bei dir war, war mir alles andere egal. Außer du. Es ging dann nur um dich und mich.«

»Schön zu wissen«, sagte er mit einem schwachen Lächeln. »Es ist nur so, dass mich die Sache mit Tim ganz schön getroffen hat. Wenn du sagst, dass zwischen euch nichts war, dann glaube ich dir. Allerdings wirkt ihr auf euren Videos verdammt innig und … ich hab mir heute Nacht alle Posts von Tim und dir auf Videopeek angeschaut. Es tat ziemlich weh, zu sehen, wie leicht mit ihm alles für dich wäre.«

»Nein«, sagte ich scharf. »Fang jetzt nicht so an. Tim und ich, das wird nie passieren. Wir sind Freunde. Aus. Und mit dir *ist* es leicht für mich. Dieser Social-Media-Niklas … der … der ist nicht echt. Alles Fake. Lass dich davon nicht verunsichern.« Frustriert kämmte ich mir mit den Fingern durchs Haar. »Du … du bist so viel besser als ein Fake-Freund.« Nun klang ich richtig verzweifelt.

Alexej machte einen Schritt auf mich zu. »Ich weiß, es wäre schön, wenn wir unsere Probleme hier und jetzt klären könnten, aber ich bin völlig durch den Wind. Mir ist im Moment alles zu viel, und ich will ein paar Tage bei meinen Eltern entspannen. Nicht nur wegen dir. Auch Lena zu sehen und zu wissen, dass sie mit deinem Bruder zusammen ist, macht alles so viel komplizierter. Mila und ich würden sie zwangsläufig häufiger sehen, und ich weiß nicht, ob ich das will.«

Daran hatte ich natürlich absolut keinen Gedanken verschwendet. In meinem Erbsenhirn war viel eher die Vision von Lena, Alexej und Mila als Familie entstanden. So weit wie er hatte ich gar nicht gedacht. Seine Gedankengänge zeigten mir jedoch, wie viel ich ihm wirklich bedeutete. Immerhin kamen meine Familie und ich in seinen Zukunftsvisionen vor.

»Für einen einzigen Tag kam eine ganze Menge zusammen. Ich brauche ein wenig Zeit, um meine Gedanken zu sortieren. Verstehst du das?«

»Ja«, antwortete ich mit hängendem Kopf. »Aber … darf ich mich bei dir melden? Um mit Mila zu telefonieren? Und vielleicht auch mit dir?«

Nun lächelte Alexej. »Klar.«

Unschlüssig standen wir uns gegenüber, doch dann lief ich auf ihn zu und drückte ihm einen schnellen Kuss auf die Wange.

»Ich werde dich vermissen.«

Automatisch wanderte Alexejs Hand an die Stelle, wo ich ihn geküsst hatte. Einen zittrigen Atemzug später sagte er: »Ich dich auch.«

Langsam drehte ich mich um und ging auf die Treppe zu. »Alexej?«

»Ja?«

»Lass das nicht unser Ende gewesen sein«, bat ich ihn und ging nach unten.

Kapitel 31

»Weißt du«, erzählte ich dem Kaktus auf meinem Nachttisch. »Du hast einiges mit Alexej gemeinsam. Im ersten Moment wirkst du abweisend, dabei willst du in Wirklichkeit nur geliebt werden.« Ich wickelte ein Schokobon aus und warf es in meinen Mund, während ich Hubert, so hatte ich meinen stacheligen Freund getauft, abwartend ansah.

Natürlich antwortete die Pflanze nicht. Das war das Großartige an Kakteen. Sie waren gute Zuhörer.

»Und dann gerätst du an so einen Totalreinfall wie mich.« Ein weiteres Schokobon wanderte in meinen Mund, und seufzend ließ ich mich nach hinten fallen. Ich griff nach dem Kissen und schnüffelte daran. So weit war es mit mir gekommen. Ich drückte die Nase in den Bezug, weil er nach Alexej roch.

Ich angelte nach meinem Smartphone und scrollte lustlos durch die aktuelle Spotify-Playlist. Nicht einmal Musik machte Spaß. Diese Herzschmerz-Songs, die ich mir seit Tagen reinzog, waren nicht mehr auszuhalten. Deshalb liefen im Moment meine Lieblingslieder, leider schlichen sich auch da immer wieder Songs zwischen, die mir Tränen in die Augen trieben.

Liebe. Da wurde einem das ganze Leben erzählt und vorgelebt, dass Liebe etwas Großartiges, Erstrebenswertes war, dabei tat verliebt sein nur unglaublich weh. Und trotzdem wollte ich nichts anderes, als neben Alexej zu liegen, mich an ihn zu kuscheln und einfach in seiner Nähe zu sein. Aber nein … er war ja nicht einmal im gleichen Land.

Meine Tür wurde aufgerissen, und Levi kam ungefragt herein.

Ohne etwas zu sagen, nahm er mir das Smartphone aus der Hand und drehte die Lautstärke herunter. Kurz darauf ertönte ein anderes Lied. »Zwerg, wenn ich noch ein einziges Mal Can You Feel My Heart hören muss, drehe ich – so leid es mir tut – durch.«

Er setzte sich neben mich und drückte mir eine Eispackung in die Hand. »Hier, mein Bestechungsangebot. Ben & Jerry Strawberry Cheesecake.«

»Du hast mir mein Lieblingseis gekauft?«, fragte ich gerührt nach.

»Ich wusste nicht, dass es deine Lieblingssorte ist«, murmelte er, und ich tat so, als würde ich ihm glauben.

Er streckte mir zwei Löffel entgegen. »Teilen?«

»Eigentlich wollte ich mich noch ein wenig in Selbstmitleid suhlen«, antwortete ich ihm.

Er seufzte. »Das tust du schon lang genug. Heute ist Silvester, und ich werde nicht zulassen, dass du dich an diesem wichtigen Feiertag selbst bemitleidest.«

Ich zuckte mit den Schultern und nahm ihm einen Löffel aus der Hand. »Und Eis hilft da?« Selbst wenn nicht, zu den Schokobons passte mein Lieblingseis ausgezeichnet. Ich schaufelte eine große Portion auf den Löffel und schob ihn mir genüsslich in den Mund.

Felix tauchte auf und blieb an den Türrahmen gelehnt stehen. »Genaugenommen ist Silvester gar kein Feiertag. Es gibt Leute, die arbeiten heute.«

Spöttisch lachte Levi auf. »Lehrer sind von diesem Gespräch ausgenommen.«

»Haha.« Das war das offizielle Zeichen für Felix, sich ebenfalls ungefragt in meinem Zimmer breitzumachen. Er gab Levi eine Kopfnuss und setzte sich dann auf den Boden vor Malm.

»Warum bist du hier?«, fragte ich ihn. Keine Frage, es war nett, dass meine Brüder sich zu mir verirrt hatten, es war aber auch irritierend.

»Weil meine Familie hier wohnt, du Genie. Außerdem war Simona der Meinung, ich soll nach dir sehen und das hier mitbringen.« Hinter seinem Rücken zauberte er eine Keksdose hervor und legte sie neben Hubert auf den Nachttisch.

»Danke.«

»Iss sie nicht gleich«, sagte er daraufhin. »Sonst bekommst du einen Zuckerschock.«

»Awww«, säuselte Levi. »Machst du dir Sorgen um unser kleines Baby?«

Felix zuckte mit den Schultern. »Du doch auch, oder?«

Das würde Levi niemals zugeben, deshalb schob er Eis auf den Löffel und steckte ihn sich in den Mund.

Mein ältester Bruder schüttelte wegen Levis Ablenkungsmanöver den Kopf.

»Schokobon?«, bot ich Felix an, und er nickte.

»Wer kann da Nein sagen?«

Kurz darauf stand Mats mit zahlreichen Chipstüten in der Hand bei mir im Zimmer. »Oh, ich war nicht allein mit meiner Idee«, sagte er und quetschte sich neben Levi auf die Matratze. Er riss eine Tüte auf und lehnte sich über Levis Schoß zu mir. »Etwas Salziges?«

»Nein, Chips erinnern mich an Alexej«, sagte ich mit zittriger Stimme.

»Wieso?«, fragte Levi nach.

Ich schob die Unterlippe vor. »Er mag ausgefallene Geschmacksrichtungen.«

Levi schnaubte. »Na, wenn man auf dich steht, muss man ja zwangsläufig einen abartigen Geschmack haben, Zwerg.«

»Du sollst mich trösten, nicht beleidigen«, beschwerte ich mich.

»Fang jetzt nicht zu heulen an«, warnte mich Mats. »Ich habe keine abgefahrenen Chips, sondern nur Paprika.«

»Meinst du, die schmecken zu Eis?«

Felix nickte. »Bei Liebeskummer bestimmt.«

Ich griff in die Tüte und nahm mir eine Handvoll. »Wisst ihr, mit euch hier zu sitzen ist viel besser, als allein auf Malm zu liegen und mich selbst zu bemitleiden.«

»Glaub mir«, kam es von Felix. »Wir haben das alle schon durch.«

»Genau«, stimmte Mats zu. »Als Katie, meine erste Freundin, mich verlassen hat, ist Felix mit mir übers Wochenende nach Amsterdam gefahren, damit ich auf andere Gedanken komme.«

»Und ich bin immer noch sauer«, beschwerte sich Levi, »weil ihr mich nicht mitgenommen habt.«

Felix lachte. »Sei froh, dass du nicht dabei warst. Mats hat die meiste Zeit geheult. Und es wurde nur schlimmer, je mehr Alkohol er intus hatte. Das arme Mädel hatte bestimmt zehn betrunkene Sprachnachrichten von ihm.«

»Darum habe ich Chips gebracht«, meinte Mats und klang ziemlich weise. »Alkohol macht Liebeskummer nicht besser.«

»Wir sollten dem Zwerg sein Smartphone wegnehmen«, beschloss Levi.

»Eigentlich texten Alexej und ich so ein bisschen«, flüsterte ich. »Bevor er nach Italien abgerauscht ist, hat er mehr oder weniger gesagt, dass er mich auch liebt, aber Zeit braucht.«

Mats stieß mich mit dem Ellbogen an. »Dann ist es ja nur halb so schlimm.«

»Genau.« Felix lächelte mich aufmunternd an. »Das klingt, als hätte er noch nicht mit der Sache zwischen euch abgeschlossen.«

»Meint ihr?«

Selbst Levi, der kein Beziehungsexperte war, nickte zustimmend. »Ganz sicher sogar. Und jetzt, wo ich das weiß, kann ich dich nachher ja auf eine Silvesterparty mitschleifen. Nachdem wir geklärt haben, dass es für dich keinen Alkohol gibt, bist du unser Fahrer.« Er sah zuerst Mats, dann Felix an. »Seid ihr dabei?«

Felix antwortete zuerst. »Sorry, hab schon was mit Simona geplant. Wir essen mit ein paar Freunden Raclette.«

»Langweilig«, murrte Levi und heftete seinen Blick auf Mats. »Was ist mit Lena und dir? Seid ihr dabei?«

»Eher nicht.«

»Komm schon. Es ist Silvester, da könnt ihr nicht zu Hause rumsitzen.«

»Ich bespreche das später mit Lena, okay?«

»Gut.«

Ich runzelte die Stirn. »Werde ich nicht gefragt, ob ich will?«

»Ich weiß, dass du nicht willst«, meinte Levi. »Aber ein Nein akzeptiere ich nicht.« Hach, Geschwister waren einfach toll.

Nicht.

»Hey, Jungs.« Mama und Papa kamen ebenfalls zu mir ins Zimmer, und ganz ehrlich: Langsam wurde es etwas eng. »Wir haben Pizza bestellt.« Selbst bei der Erwähnung meiner Lieblingsspeise musste ich an Alexej denken. Im Gegensatz zu mir war er nicht auf eine spezielle Pizza festgelegt, sondern wählte jedes Mal einen anderen Belag, als könnte er sich nicht entscheiden.

»Hawaii?«, fragte ich nach.

Papa nickte. »Genau.«

»Ehrlich gesagt, bin ich verwundert, dass du überhaupt noch etwas essen kannst«, meinte Felix und hob die Schokobons wie ein Beweisstück an.

Trotzig schob ich mir einen Löffel Eis in den Mund.

»Pizza geht immer«, kam mir Levi zu Hilfe. »Vor allem, wenn wir uns einen Film dabei anschauen.«

»Das haben wir schon ewig nicht mehr gemacht«, meinte Felix. »So alle zusammen.«

»Das denkst du nur«, ärgerte ihn Mats. »Weil du nicht mehr hier wohnst.«

»Genau«, stimmte Levi zu. »Wir machen das andauernd.«

Ich boxte Levi auf den Oberarm. »Lüg doch nicht.«

Mama und Papa lachten und betrachteten uns glücklich mit einem Wir-wissen-nicht-wie-aber-wir-haben-es-hinbekommen-Blick. Wir redeten miteinander, bis die Pizza geliefert wurde, und dann gingen wir hinunter ins Wohnzimmer und sahen uns gemeinsam einen Film an. In einer Großfamilie zu leben, war nicht immer leicht, aber an Tagen wie heute wusste ich sie mehr zu schätzen als sonst.

Kapitel 32

Um mich herum tanzten alle und hatten Spaß. Ihr gutes Recht, denn wir waren auf der Silvester-Party, zu der uns Levi überredet hatte. Leider. Meine Laune wäre vielleicht besser, wenn ich den Abend mit Alexej verbringen könnte. Es hätte mir schon gereicht, mit ihm auf der Couch zu kuscheln und einen Film zu schauen.

Stattdessen saßen Mats und Lena, die sich an einer Flasche Mineralwasser festhielt, mir auf der Couch gegenüber und wirkten, als wären sie lieber woanders. Doch Levi hatte nicht lockergelassen und nicht nur uns, sondern auch Dave, Nina, Sarah, Martha, Tim und mich in das Haus eines Freundes mitgeschleift. Martha, mit der ich mich noch nie wirklich unterhalten hatte, die aber wegen Tim und Sarah immer dabei war, setzte sich zu mir.

»Hast du Tim gesehen?«, fragte sie mich.

»Nope, schon 'ne ganze Weile nicht.«

»Levi ist verschwunden, und Sarah habe ich ebenfalls schon länger nicht mehr gesehen«, beschwerte sie sich.

»Also«, sagte ich mit einem leichten Grinsen im Gesicht. »Deine Schwester knutscht dort drüben mit Devin rum. Die beiden sehen süß miteinander aus.« Devin war ein Freund von Levi und Mats und wohnte mit seinen Eltern in unserer Nähe. Und ganz ehrlich, ich war sehr überrascht gewesen, ihn mit Sarah rummachen zu sehen, denn Devin war ein sehr zurückhaltender Typ. »Er ist ein großartiger Kerl. Macht eine Ausbildung zum Koch in einem großen Hotel und hilft nebenbei im Restaurant seiner Eltern aus.« Beim Gedanken an Linsensuppe, gefüllte Blätterteigröllchen und Köfte mit Bulgursalat knurrte mein Magen lautstark.

Ich lehnte mich zur Chipstüte, die auf dem Tisch lag, und füllte meine Hand.

»Und Devin hat nicht zufällig noch Brüder?«

»Nee, nur Schwestern«, sagte ich und warf mir zwei Chips in den Mund.

»Schade.«

»Auf Mädchen stehst du nicht so?«, fragte ich Martha.

»Du doch auch nicht«, konterte sie und brachte mich damit zum Grinsen.

»Erwischt.« Ich stopfte mir das restliche Knabberzeug in den Mund. Zum Glück kamen Dave und Nina zu uns.

»Martha«, bettelte Nina. »Tanz mit mir. Dave weigert sich.« Der warf sich zwischen Martha und mir auf die Couch und klopfte mir auf den Oberschenkel. »Lass mich mal ein bisschen mit Niklas quatschen. Du siehst doch, wie traurig er aussieht.«

Nina warf mir einen mitfühlenden Blick zu. Schnell sah ich weg, dabei bemerkte ich, dass Lena und Mats mich nachdenklich betrachteten. Das passierte, wenn man der chaotische Typ war, der seine Beinahe-Beziehung mit einem atemberaubenden Kerl in den Sand gesetzt hatte.

Martha sprang auf und zog Nina mit sich auf die provisorische Tanzfläche. Als beste Freundin von Tim war sie wohl nicht wirklich heiß darauf, zu hören, wie ich mich bei den anderen wegen Alexej ausheulte. Ich nahm es ihr nicht übel.

»So.« Dave lehnte sich zurück und sah zwischen Lena und Mats hin und her. »Niklas hat mir erzählt, dass Weihnachten dieses Jahr besonders interessant war.«

»Dave«, zischte ich. Klar, mein bester Freund war direkt, nur manchmal übertrieb er es etwas.

Lena bekam rote Wangen und senkte den Blick. Sofort hatte ich ein schlechtes Gewissen. Vermutlich hätte ich nicht erzählen sollen, dass sie Milas Mutter war, aber im Gegensatz zu meiner Familie war Dave nicht befangen, und ich hatte jemanden gebraucht, bei dem ich mich ausheulen konnte.

Mats legte seinen Arm um Lena und zog sie näher zu sich. »Ja, es war ereignisreich. Und gemeinsam bekommen wir das alles schon hin.«

»Ich habe auch ein gutes Gefühl«, erwiderte ich lahm.

»Ehrlich?«, fragte Dave nach und wirkte nicht besonders überzeugt. »So wie du in Selbstmitleid badest?«

»Es wird täglich besser«, mischte Mats sich ein, »Alexej und er schreiben sogar Nachrichten.« Ich würde meinen Bruder nie wieder zu mir ins Zimmer lassen, wenn er mit vertraulichen Informationen einfach hausieren ging.

Da es mir auf den Sack ging, dass sie mein bemitleidenswertes Leben diskutierten, stand ich auf. »Ich hole mir was zu essen.« Schon wieder.

Ich schlängelte mich an den tanzenden Körpern vorbei in die Küche. Leider sah das Buffet etwas mickrig aus. Das verwaiste Pizzabrötchen lachte mich nicht unbedingt an.

Seufzend zog ich mein Smartphone aus der Tasche und lehnte mich gegen die Küchenzeile. Ich wollte wissen, was Alexej machte.

> **Niklas:**
> Schläft Mila schon oder schafft sie es bis Mitternacht?

Seine Antwort kam sofort.

> **Alexej:**
> Wir haben eben gemeinsam mit meinen Eltern einen Disney-Film angesehen. Mila ist dabei eingeschlafen.

> **Niklas:**
> Keine Party für dich?

> **Alexej:**
> So wie immer ;) Und bei dir?

Niklas:
Bin mit meinen Freunden auf einer Feier. Ich wäre aber lieber bei Mila und dir.

Auf die nächste Antwort musste ich lange warten.

Alexej:
Ich wäre auch lieber bei dir.

Niklas:
Heißt das, du kommst bald nach Hause?

Alexej:
Wir sehen uns am Schulanfang wieder. Wir schreiben und hören uns, okay?

Niklas:
Geht klar. Ich wünsche dir einen guten Rutsch ins neue Jahr.

Alexej:
Ich bin mir sicher, es wird besser beginnen, als es aufgehört hat.

Traurig steckte ich mein Smartphone in die Tasche und bemerkte, dass Lena neben mir stand. »Ich wollte dich nicht verfolgen oder so«, entschuldigte sie sich, »aber ich hatte Hunger.«

»Tja, hier haben wir keine große Chance auf etwas zu essen.«

»Leider.« Neugierig sah Lena mich an. »Irgendwie finde ich die ganze Party nicht so toll.« Sie trank einen Schluck Mineralwasser.

»Wie ist das jetzt eigentlich mit dir und den Partys?«

»Du meinst, wegen früher? Weil ich dumm war und Mila einfach allein gelassen habe?«

So deutlich hätte ich es nicht ausgesprochen, aber ja. Es interessierte mich schon, was in ihr vorgegangen war.

»Ich verstehe, wenn du nicht darüber reden magst. Leider weiß ich bisher nur, was Alexej mir erzählt hat.« Auch wenn Lena seit Weihnachten oft bei uns gewesen war, hatten wir uns nicht gegenseitig unsere Herzen ausgeschüttet.

Lena seufzte. »Okay, ich bin schon früher gerne unterwegs gewesen. Mit Alexej konnte man irrsinnig gut feiern. Er ist … oder eher war der geborene Entertainer, und er liebte es, im Mittelpunkt zu stehen. Wir hatten wirklich jede Menge Spaß miteinander.« Der Alexej, den ich kannte, war ganz anders.

Ich nickte nur, denn sie sollte weitererzählen.

»Nur hatten wir eines Nachts zu viel Spaß, und ein paar Monate später bemerkte ich, dass ich schwanger war. Alex wollte das Baby unbedingt, aber mir ist die Entscheidung nicht so leichtgefallen.«

»Du hast Mila trotzdem bekommen.«

»Damals hatte ich das Gefühl, es wäre nicht allein mein Entschluss.« Nervös spielte Lena mit dem Etikett der Wasserflasche. »Wobei das völlig falsch klingt, denn er hat mich nie unter Druck gesetzt, sondern mir die Sache mit der gemeinsamen Familie eher schmackhaft gemacht. Und wenn ich ehrlich bin, könnte ich mir Alex ohne Mila gar nicht mehr vorstellen. Er geht in dieser Vatersache richtig auf. Das Problem an der ganzen Sache war nur: Alex und ich haben uns nie geliebt. Das Zusammenleben war schon von Beginn an zum Scheitern verurteilt.«

Zaghaft griff ich nach ihrer Hand. »Das tut mir leid.«

»Muss es nicht. Wir beide würden jetzt nicht gemeinsam hier stehen, wenn es anders gekommen wäre. Und ich hätte Mats nicht kennengelernt.«

»Es hat alles seine guten Seiten«, sagte ich lächelnd. »Auch wenn ich natürlich der absolute Haupttreffer unter unseren Geschwistern bin.«

Meine Aussage brachte Lena zum Grinsen. »Klar doch!« Der Sarkasmus in ihrer Stimme wäre jetzt nicht nötig gewesen.

»Wie ging es dann weiter?«

Obwohl es um uns herum immer lauter wurde, da es nur noch eine Stunde bis Mitternacht dauerte, befanden Lena und ich uns in unserer eigenen Blase.

»Es fällt mir nicht leicht, darüber zu reden«, seufzte sie. »Ich bereue das alles zutiefst. Nach der Geburt bin ich in ein tiefes Loch gefallen. Es war wirklich … ich kann das nicht beschreiben, aber während Alex jedes Mal gestrahlt hat, sobald er Mila im Arm gehalten hat, war ich froh, wenn ich Zeit für mich hatte. Ich wollte sie nicht im Arm halten. Welcher Mutter geht es bitte so?«

Ich hatte keine Ahnung, denn ich war keine Mutter. »Weiß nicht«, sagte ich wenig hilfreich.

»Wir hätten glücklich sein sollen, doch ich wurde immer wütender. Auf Mila. Auf Alex. Und darauf, dass es mir egal war, ob die beiden da waren oder nicht. Und dafür habe ich sie gehasst. Und mich selbst gleich mit. Ich habe mitbekommen, dass ich eine schlechte und herzlose Mutter war, und als Alex schlussendlich die Reißleine gezogen hat, bin ich nicht aufgewacht. Es wurde alles nur noch schlimmer. Mir wurde erst viel später klar, dass ich zu der Zeit an postnatalen Depressionen gelitten habe. Durch die Partys und das Rumgekokse wollte ich mich wieder besser fühlen. Wie früher. Es hat nur nicht funktioniert. Erst eine Therapie hat mir geholfen.«

»Ach du Scheiße«, flüsterte ich. »Das alles tut mir schrecklich leid.« Ich drehte mich zu ihr und nahm sie in den Arm. »Weißt du, irgendwie bin ich froh, dass wir uns kennengelernt haben.«

»Ich auch«, murmelte sie leise.

»Und jetzt? Wie soll das mit Alexej, Mila und dir weitergehen?«

Daraufhin zuckte Lena nur mit den Schultern. »Alexej kümmert sich großartig um sie. Ich will sie ihm nicht wegnehmen, falls du darauf anspielst. Die beiden, oder wohl eher ihr drei, seid ein tolles Team. Wie das alles weitergeht, muss Alexej entscheiden.«

»Wir beide haben ihm ziemlich viel Stoff zum Nachdenken gegeben«, sagte ich.

»Seine Ferien könnten erholsamer sein«, stimmte Lena zu. »Sag mal, trägst du eigentlich immer noch das Weihnachtsgeschenk von ihm mit dir rum?«, wechselte sie das Thema.

Ich holte die kleine rechteckige Schachtel aus meiner Hosentasche. »Klar.«

»Und du bist nicht neugierig, was da drin ist?«

»Natürlich, aber es hat sich falsch angefühlt, es zu öffnen.« Seitdem Alexej nach Italien geflogen war, trug ich diese Schachtel immer bei mir. Es war, als hätte er mir einen Teil von sich dagelassen.

»Man soll keine Altlasten mit ins neue Jahr nehmen.«

»Du bist doch nur neugierig.«

»Ein wenig«, gab sie zu. »Aber ich lasse dich dann mal allein, um so zu tun, als wäre es nicht so. Vielleicht willst du das Geschenk ja doch noch heute öffnen.«

Sie stieß sich von der Küchenzeile ab, aber ich hielt sie auf. »Lena?«

»Ja?« Fragend sah sie mich an.

»Meinst du, es wäre ein großes Problem für Mats, Levi und dich, wenn ihr mit dem Taxi nach Hause fahrt?«

»Natürlich nicht. Willst du schon heim?«

Ich nickte. »Ja, mir ist nicht nach Gesellschaft.«

»Fahr vorsichtig! Ich sag den anderen Bescheid.«

»Danke.«

Kapitel 33

Ich saß im Auto und tippte eine Nachricht an Alexej.

Niklas:
Seit ich dich kenne, ist meine Lieblingsfarbe blau.

Alexej:
Warum erst seitdem?

Niklas:
Weil ich davor nicht wusste, welche Augenfarbe du hast.

Gott, klang das kitschig. Das musste ich etwas abschwächen mit einer weiteren Nachricht.

Niklas:
Und Pizza Hawaii ist nicht nur meine Lieblingspizzasorte, sondern meine Lieblingsspeise. Nichts kommt an Pizza heran.

Niklas:
Außerdem schlafe ich lieber zwischen Mila und dir als am Rand.

Alexej:
Wieso schreibst du mir das?

Niklas:
Weil ich will, dass du alles von mir weißt.
Auch wenn es noch so unbedeutend ist.

Alexej:
Bist du noch auf der Party?

Niklas:
Nein, ich sitze im Auto und bemitleide mich,
weil ich nicht bei dir bin.

Kurz darauf klingelte mein Telefon. Alexej war dran. Natürlich nahm ich den Anruf sofort an.

»Hey«, grüßte ich ihn.

»Du solltest wieder zu deinen Freunden gehen.«

»Und du solltest mit deinen Eltern ins neue Jahr feiern«, antwortete ich. »Es ist kurz vor Mitternacht.«

»Die kommen gut ohne mich klar. Und sie haben Verständnis dafür, dass ich mit dir telefonieren will.«

Nervös trommelte ich mit meinen Fingern aufs Lenkrad. »Wo bist du gerade?«

»Ich sitze draußen beim Pool und schaue aufs Meer.«

»Wow, da wäre ich gerne dabei.«

»Vielleicht nächstes Jahr«, antwortete Alexej und brachte damit mein Herz aufgeregt zum Schlagen. »Wo genau bist du?«

»Mein Ausblick durch die Windschutzscheibe ist weniger spannend. Oder vielleicht schon. Ich schaue auf dein Wohnhaus«, gab ich beschämt zu.

»Wieso?«

»Ich bin hierhergefahren, weil ich mich dir näher fühlen wollte.«

»Ach, Niklas«, seufzte Alexej.

»Tut mir leid«, entschuldigte ich mich sofort. »Ich will dich nicht unter Druck setzen.

»Das tust du nicht«, versicherte er mir.

»Wirklich?«

»Ja, wirklich.« Danach blieb es eine Weile still.

»Und jetzt?«, fragte ich.

»Warten wir gemeinsam, bis es Mitternacht wird?«

»Okay. Ich habe übrigens dein Geschenk dabei. Das könnte ich auspacken, während wir Zeit totschlagen.«

»Daran habe ich gar nicht mehr gedacht.« Klang Alexej peinlich berührt?

»Soll ich nicht?«

»Hmm … na ja, doch. Pack es aus.«

Ich zog die Schachtel aus der Hosentasche, die am Weihnachtsabend unter dem Tannenbaum gelegen hatte, und legte sie auf meinen Schoß. »Ich mach mal den Lautsprecher an«, warnte ich Alexej kurz vor und legte das Smartphone neben mich. Danach zog ich die Schleife vom Geschenk und hob den Deckel an.

Ein kleines Stück Papier lag darin, und ich hob es auf. Darunter lag ein Schlüssel.

Ich faltete das Papier auseinander.

Jetzt hast du nicht nur den Schlüssel zu unseren Herzen, sondern auch zu unserer Wohnung. Mila & Alexej

»Wow.« Mir fehlten die Worte. »Du hast das mit den großen Gesten so richtig drauf. Klar, dass ich da mit den Socken und Unterhosen abgestunken habe.«

»Zu viel?«, fragte er.

»Nicht für mich. Ich frage mich nur: Darf ich den Schlüssel noch benutzen?«

Daraufhin blieb es lange ruhig.

»Weißt du was«, sagte ich. »Du musst darauf nicht antworten. Alles in Ordnung.« Ein Nein hätte ich gar nicht ertragen.

»Meine Eltern zählen bereits laut von zehn rückwärts«, wechselte Alexej das Thema.

»Die Leute im Radio ebenfalls.«

271

»Willst du auflegen?«, fragte er mich.

»Nein. Du?«

»Auch nicht.«

Bei drei stimmten wir in den Countdown mit ein. »Zwei. Eins.« Ich hätte Alexej jetzt gerne geküsst. Aber zumindest konnte ich ihm sagen, wie viel er mir bedeutete.

»Ich liebe dich«, sagten er und ich zeitgleich. Daraufhin herrschte kurze Stille, danach lachten wir peinlich berührt.

»Zumindest das wäre geklärt«, murmelte Alexej. »Ich gehe jetzt besser zu Mila, nicht dass sie noch wegen des lauten Feuerwerks wach wird.«

»Okay.« Dafür hatte ich Verständnis, obwohl ich noch viel lieber mit ihm weitergeredet hätte. »Vielleicht kann ich morgen wieder mit euch telefonieren?«

»Mila wird sich freuen. Und … ich mich auch.«

»Wir sehen uns dann in der Schule«, verabschiedete ich mich.

»Bis bald.« Hörte ich in Alexejs Stimme genauso viel Sehnsucht, wie ich sie verspürte?

Kapitel 34

Ich war so früh in der Schule wie nie zuvor. Es war der erste Tag nach den Ferien, und heute würde ich Alexej endlich wiedersehen. Weil ich ihn so vermisste, hatte ich mich sogar auf seinen Stuhl gesetzt, was eigentlich überhaupt nichts brachte. Außer dem Wissen, dass er dort im Normalfall immer saß.

Dave baute sich vor dem Tisch auf und grinste mich an. »Du siehst nervös aus.«

»Und du nervig.«

»Weißt du, ich hätte nicht damit gerechnet, dich jemals so zu sehen.«

»Wie denn?«, fragte ich nach.

»Verliebt.« Er deutete auf den Kaffeebecher, wo groß Alex draufstand. Außerdem hatte ich ein Herz dazu gemalt.

Nina boxte ihrem Freund im Vorbeigehen gegen die Schulter. »Lass Niklas in Ruhe. Siehst du nicht, wie grün er vor lauter Nervosität um die Nase ist?« Wenig hilfreich, aber ich konnte nicht abstreiten, dass ich wirklich aufgeregt war. Klar, Alexej und ich hatten in den Ferien oft miteinander telefoniert, und er hatte mir mehrmals versichert, dass er zurückkommen würde, nur … ich hatte trotzdem Angst, er könnte es sich anders überlegen. Kurz vor dem Läuten hetzte Alexej in den Raum. Sein Blick richtete sich sofort auf mich, und ein Lächeln stahl sich auf sein Gesicht.

Er stellte sich neben Dave und sah mich an. »Ich will dich jetzt auch gar nicht lange anlabern«, begann er einen der ersten Sätze, die ich jemals zu ihm gesagt hatte, zu wiederholen, »aber du sitzt auf meinem Platz.«

Dave schaute etwas unbehaglich zwischen uns hin und her, denn er konnte ja nicht wissen, dass Alexej auf unser erstes Zusammentreffen anspielte. »Ich gehe mal zu Nina«, verabschiedete er sich mit verwirrtem Gesichtsausdruck und brachte sich aus der Schusslinie.

Alexej sah mich mit schräg gelegtem Kopf an und wartete auf meine Antwort. »Steht dein Name hier irgendwo auf einem Reservierungsschild?«, hielt ich mich so gut es ging ans Drehbuch.

»Nope«, machte Alexej weiter, »ich hab ihn nur mit Edding ins Bankfach geschrieben.«

»Alexej, oder?«, fragte ich nach.

»Ja«, bestätigte er, und es wunderte mich, dass er die Sache weiter durchzog. Immerhin hatten wir die Aufmerksamkeit der ganzen Klasse auf uns gezogen.

Ich stand auf. »Leider muss ich dich enttäuschen. Dein Name steht nicht mit Edding im *Bankfach*.« Nun runzelte Alexej die Stirn. Er wirkte leicht irritiert.

»Wo denn sonst?«

Es klingelte, und das konnte ich jetzt so gar nicht brauchen. Trotzdem deutete ich auf mein Herz. »Genau dort.«

Schockiert starrte er mich an.

»Metaphorisch gesprochen«, beruhigte ich ihn. Natürlich hatte ich meinen Körper weder mit Edding noch mit Tinte verziert. Erleichtert entließ er die angehaltene Luft aus seinen Lungen.

»Und ich dachte schon, du Spinner hast dir meinen Namen tätowieren lassen.« Er überbrückte die Distanz zwischen uns und zog mich an sich. Eine Sekunde schüttelte er noch den Kopf über mich, doch dann küsste er mich.

Ich hörte jemanden grölen, vermutlich Dave, dann jedoch ein deutliches Räuspern.

»Niklas. Alexej.« Mit hochrotem Kopf machte Alexej sich von mir los und sah zu Simona. Sie lächelte uns an. »Würdet ihr euch bitte setzen?«

»Kein Problem«, sagte ich und dirigierte Alexej, der sich in Schockstarre befand, zu unserem Platz. Wir nahmen Platz, rutschten ganz dicht zusammen und hielten uns an den Händen.

»Ich habe dir Kaffee mitgebracht«, flüsterte ich und deutete auf den Becher.

Sofort griff er danach und nahm einen Schluck davon. »Danke. Womit habe ich den verdient?«

»Ich bin einfach nur froh, dass du wieder da bist.«

»Ich auch.« Den Rest der Deutschstunde hielten wir uns fest an den Händen.

Den ganzen Tag über nahm das Prickeln zwischen Alexej und mir zu, und als endlich die letzte Stunde vorbei war, konnte ich meine Finger schon gar nicht mehr von ihm lassen.

»Wann musst du Mila aus der Kita abholen«, fragte ich ihn, während wir das Schulgelände verließen.

»Spätestens um fünf.« Ich würde ihn jetzt nicht darum bitten, sie später zu holen, sondern mich noch ein paar Stunden zusammenreißen, bis Mila im Bett lag. Dann konnte ich über Alexej herfallen.

»Darf ich mitkommen?«

Seine Schultern sackten erleichtert nach unten. »Ich wollte dich jetzt nicht bitten, aber sie freut sich schon so sehr auf dich. Ganz schlimmer Nini-Entzug.«

»Das freut mi… whoa.« Wir waren gerade um die nächste Ecke gebogen, als jemand gegen uns prallte. »Hast du keine Augen im … oh, Tim.«

»Niklas.« Er sah zwischen uns hin und her. »Hey, ich bin Tim. Du musst Niklas' Freund sein, wegen dem er die ganzen Ferien über so deprimiert war.«

Alexej hatte es kurzzeitig die Sprache verschlagen, doch er erholte sich schnell. »Und du bist Niklas' Fake-Freund.«

Nun wurde Tim blass um die Nase.

»Das war von Anfang an eine total dumme Idee«, plapperte er wild drauf los. »Ich wollte nur mehr Klicks auf Videopeek, und …«

Nervös wippte Tim auf den Fußballen von vorne nach hinten. »Ich muss zur Schule, mein Mathebuch holen.« Mit diesen Worten drängte er sich an uns vorbei und lief vor uns davon.

»Wow. Der hatte ziemlich Angst vor dir.« Ich sah Alexej an, der die Augenbrauen mürrisch zusammengezogen hatte. Mit meinem Finger strich ich leicht darüber.

»Zwischen Tim und mir lief nichts«, sagte ich und zog Alexej weiter die Straße entlang. Neben einer Bäckerei gab es einen kleinen Park, und genau den visierte ich jetzt an.

»Wie gesagt, ich glaube dir, aber offensichtlich habt ihr beide ein außerordentliches Schauspieltalent.« Er sah mich nicht an, sondern hatte den Blick auf den Boden gerichtet. »Auf mich habt ihr in den Videos schon verliebt gewirkt.«

Ich verflocht meine Finger mit Alexejs und ging mit ihm über die Straße. Dieses Gespräch wollte ich nicht beiläufig im Gehen führen. »Setzen wir uns da vorne auf die Parkbank?«, fragte ich ihn.

»Ja, warum nicht.«

Zum Glück lag kein Schnee, allerdings würden wir uns trotzdem die Eier abfrieren. Alexej störte das nicht, denn er setzte sich mit verschränkten Armen hin. Ich rutschte ganz dicht neben ihn.

»Nimmst du mich in den Arm?«, fragte ich. »Mir ist kalt.«

Etwas widerwillig legte er den Arm um mich.

»Du musst nicht eifersüchtig sein.«

»Ich bin *nicht* eifersüchtig«, brummte er.

»Hör mal, zwischen Tim und mir lief wirklich nichts«, wiederholte ich noch einmal. »Während wir die Videos gedreht haben, sind wir Freunde geworden. Ich mag ihn. Freundschaftlich. Wie Dave.«

»Okay.« Leider klang er nicht so, als wäre es wirklich in Ordnung. »Wieso hast du die Videos überhaupt gedreht?«

»Die Frage ist nicht so leicht zu beantworten«, gab ich zu, versuchte es jedoch. »Bevor ich dich kennengelernt habe … also das klingt jetzt blöd, aber mein Leben hatte keinen wirklichen Sinn. Ich habe mich an diese App und die Follower geklammert, doch das alles war nicht real. Ich hab den anderen Nutzern einen Niklas vorgespielt, den es nie gegeben hat. Und gemeinsam mit Tim habe ich das Ganze dann mit der Fake-Boyfriend-Sache auf die Spitze getrieben.«

Ich zog mein Handy aus der Tasche, öffnete die App und hielt ihm das Display unter die Nase. »Aber das hier« – ich wedelte mit dem Smartphone – »ist nichts wert. Überhaupt nichts. Denn ich will nur dich. Und darum lösche ich meinen Videopeek-Account.«

»Was … stopp, jetzt warte …« Alexej wollte mir mein Telefon aus der Hand reißen, doch ich hielt es außerhalb seiner Reichweite, während ich darauf herumtippte.

»Zu spät«, unterbrach ich ihn und zeigte ihm das Smartphone. »Gelöscht.«

»Das hättest du doch nicht tun müssen.«

»Weiß ich, aber ich wollte es. Keine dummen Videos mehr. Keinen Fake-Boyfriend mehr.«

»Warum?«

Ich drehte mich so, dass ich Alexej ins Gesicht sehen konnte. »Weil das zwischen uns viel besser ist alles andere.« Ich drückte ihm einen Kuss auf die Lippen. »Ich will auch für Mila da sein und eine ernsthafte, erwachsene Beziehung mit dir führen.«

»Meinst du, du schaffst das? Denn manchmal kannst du echt ein Vollpfosten sein«, sagte er mit einem Lächeln im Gesicht.

»Wir bekommen das geregelt«, versprach ich ihm. »Auch die Sache mit Lena.«

»Meinst du?«

»Klar. Und weißt du warum?«, fragte ich ihn.

»Nein.«

»Weil ich dich liebe.«

In seinen Augen erkannte ich bereits, dass er das gleiche fühlte, bevor er die Worte aussprach. »Ich liebe dich auch, Nini.« Er legte mir eine Hand auf die Wange und küsste mich.

Epilog

»Wusstest du, dass statistisch gesehen ein schwules Pärchen nur drei Jahre lang zusammen ist?«, sagte Mama durch die Telefonleitung zu mir. Alexej und ich hatten genau heute unseren dritten Jahrestag, und Mila war seit zwei Stunden bei meinen Eltern, da sie dort übernachten würde.

Etwas irritiert richtete ich mich auf und drückte Peppa, das nervige Fernsehferkel, an meine Brust. »Willst du mir jetzt sagen, dass ich mich von Alex trennen muss? Ich glaube, so schnell bekomme ich keinen Umzug organisiert, Mama.« Allein die ganzen Pflanzen, die ich Alexej in den letzten Jahren untergejubelt hatte, bräuchten einen Umzugswagen für sich allein.

Nach dem Abi war ich offiziell bei ihm eingezogen. Inoffiziell hatte ich schon länger bei ihm gewohnt, denn es hatte kaum Nächte gegeben, die wir getrennt verbracht hatten.

»Nein, ich wollte dir nur gratulieren. Du trotzt jeder Statistik.« Mama und das Internet …

Es wunderte mich, dass sie immer noch ein Faible dafür hatte, denn bei dem Haufen, den sie *Familie* nannte, halfen sämtliche Umfragen nicht mehr. Aber wir brauchten sie nicht, denn wir bekamen unser persönliches Chaos auch so in den Griff.

Mehr oder weniger.

Seit Alexej und ich das Abi hinter uns gebracht hatten, trafen wir uns häufiger mit Felix und Simona. Für Lehrer waren sie wirklich nicht so übel, und seit unsere ehemalige Lehrerin schwanger war, konnte Alexej mit seinem umfassenden Babywissen auftrumpfen.

Auch Mats und Lena waren noch zusammen, und er hatte sie

sogar gefragt, ob sie ihn heiraten würde. Alexej war über den Antrag weniger erstaunt als über die Tatsache, dass sie *Ja* gesagt hatte und *ich* ihr Trauzeuge sein sollte.

Wie es dazu gekommen war?

Lena und ich hatten von Anfang an einen guten Draht zueinander gehabt, und dadurch, dass sie sich in den letzten drei Jahren sehr um Mila bemüht hatte, war sie aus unserem Leben nicht mehr wegzudenken. Ich will nicht lügen … es war nicht immer leicht gewesen. Vor allem die Entscheidung, ob Alexej Mila sagen sollte, dass Lena ihre Mutter war, hatte uns alle an den Rand der Verzweiflung getrieben.

Aber wir hatten es hinbekommen. Irgendwie.

Selbst Levi, der die Gabe besaß, noch mehr Chaos als ich zu stiften, hatte schlussendlich ein Happy End bekommen. Doch das war eine etwas längere Geschichte …

»Peppa ist übrigens noch zu Hause«, wechselte ich wieder zum ursprünglichen Thema zurück.

»Puh.« Wer einmal ein tobendes Kind miterlebt hatte, wusste, wie erleichtert man sich fühlte, wenn das Lieblingsstofftier doch nicht verschollen war. »Ich dachte schon, wir haben sie verloren.«

»Sollen wir Peppa vorbeibringen?«

»Nein, ich denke, wir schaffen es so. Genießt euren freien Abend.«

»Danke.« Ich legte auf und drehte mich um, erschrak aber tierisch, da Alexej, nur mit einem Handtuch um die Hüften, im Türrahmen zu Milas Kinderzimmer lehnte.

»Boah.« Ich drückte die Hand mit dem Smartphone gegen meine Brust. »Schleich dich doch nicht so an.«

»Eigentlich war ich auf dem Weg ins Schlafzimmer, aber als die Worte *Alex* und *trennen* in einem Satz gefallen sind, musste ich einen kurzen Zwischenstopp einlegen.« Er war völlig entspannt, vermutlich fand er es genauso abwegig wie ich, dass wir jemals Schluss machen würden. Klar, wir hatten einen holprigen Start gehabt, aber wir waren in den letzten Jahren zusammengewachsen. Wir waren mehr als ein Pärchen.

Dank Mila waren wir eine kleine Familie.

Ich ging zu ihm und umarmte ihn. »Das mit uns ist für immer«, murmelte ich gegen seine Brust und inhalierte den typischen Alexej-Geruch.

»Daran habe ich gar keine Zweifel.« Er legte seine Arme um mich und drückte mir einen Kuss aufs Haar. »Weißt du, warum ich mir da so sicher bin?«

»Nein.« Ich brachte etwas Abstand zwischen uns und sah ihm fragend in die Augen.

Ein schelmisches Lächeln stahl sich auf sein Gesicht. »Weil du wie Pizza Hawaii bist. Früher war ich der Meinung, ich brauche keine Pizza Hawaii in meinem Leben. Aber irgendwann musste ich feststellen, dass Ananas-Pizza alles ist, was ich jemals wollte.«

Das war die schönste Liebeserklärung, die man mir machen konnte. »Ich liebe Pizza Hawaii.«

»Und ich liebe dich«, sagte Alexej und drückte seine Lippen auf meine.

Danksagung

Na, wer hätte nach Festivalsommer damit gerechnet, dass Alexej seine eigene Story bekommt? Ich nicht, aber Niklas war sehr penetrant und wollte unbedingt seine Geschichte erzählen.

Ich gebe es nur ungern zu, nach dem großen Erfolg von Festivalsommer hatte ich unglaubliche Angst davor, ein neues Buch zu veröffentlichen. Als ich das Manuskript an meine Testleser geschickt habe, war ich extrem nervös. Und ich habe allen den gleichen Satz geschrieben: *Ist es besser, schlechter oder gleich gut wie Festivalsommer?*

Die Antworten, die ich erhalten habe, waren alle ähnlich: Es ist anders. Aber sie lieben es. Und ich hoffe so, so, so sehr, dass ihr Niklas genauso liebt wie meine Testleser und ich. Er ist chaotisch. Und absolut nicht perfekt. Er hat dumme Ideen. Und macht Fehler. Dafür liebe ich ihn gleich noch mehr.

Dass ich den Veröffentlichen-Button gedrückt habe, liegt an ein paar wahnsinnig großartigen Menschen, die nicht nur ihre Pompons geschwungen haben, sondern mir auch immer zur Seite stehen: Diana, Jenny, Juli, Katharina, René und Katja. Danke für die Zeit und die zahlreichen (Sprach-)Nachrichten zu Projekt #niklej.

Auch Tatjana Weichel (Wortfinesse) möchte ich nicht unerwähnt lassen, denn sie hat das Buch nicht nur korrigiert, sondern auch richtig mit Nini mitgefiebert.

Und zum Schluss: ein großes Dankeschön an DICH. Danke, dass du dieses Buch gekauft und gelesen hast. Ich freue mich über jede Verlinkung, Nachricht oder Mail, jedes Bild und jede Rezension.

Buchempfehlung

Falls dir »Better than a Fake-Boyfriend« gefallen hat, dann lies unbedingt:

»Better with someone else – Mitbewohner küsst man nicht«

Ein Coming-out? Für Levi undenkbar! Er flüchtet lieber vor seinen Gefühlen und seiner Familie nach London. Leider hat er seinen Neuanfang nicht wirklich durchdacht. Keine Möbel, eine verlorene Reisetasche und noch dazu eine WG, in der alle mehr nebeneinander her leben als miteinander. Niemand interessiert sich für ihn – außer Jannis. Durch jeden Blick, jedes Gespräch und jede Berührung kommen sich die beiden näher, doch Levis große Klappe und seine oft unüberlegten Worte trüben die anfängliche Harmonie. Dennoch lässt sich die gegenseitige Anziehung kaum leugnen. Aber: Mitbewohner küsst man nicht. Oder?

»More than a Fake-Boyfriend«

Tims Schwärmereien enden immer in einem Desaster, dabei will er nur eins: endlich die große Liebe finden. Völlig unerwartet trifft er auf den absoluten Traummann. Und Paul scheint perfekt für Tim zu sein. Von ihm fühlt er sich das erste Mal in seinem Leben richtig verstanden. Doch mehr als Freundschaft ist zwischen den beiden nicht möglich, denn Paul ist vergeben. Und da Tim seiner letzten Fast-Beziehung hinterhertrauert, setzt er alles daran, keine Gefühle aufkommen zu lassen. Das wird jedoch mit der Zeit immer schwieriger, da Paul Tims Leben völlig durcheinanderwirbelt. Er überredet ihn, die Ferien gemeinsam als Betreuer in einem Feriencamp zu verbringen. In der flirrenden Sommerhitze kommen sich die beiden bei Wanderungen und langen Nachmittagen am See immer näher und schon bald sprühen nicht nur am Lagerfeuer die Funken, sondern auch zwischen Tim und Paul.